河出文庫

桃尻語訳

枕草子　上

橋本　治

河出書房新社

とりあえずは、受験勉強に頭に来ていた諸氏諸嬢、
ならびに受験勉強に頭に来ている諸君へ——

桃尻語訳　枕草子　上＝目次

まえがき―― Male Version

本書は今から千年ばかり前に書かれた清少納言の『枕草子』の全訳であります。ホントならこれだけでいいのでありますが、いきなり本文なんぞをめくられると多分目を回す方が一杯あるでありましょうから、こうして前説がついております。

中身をちょっとお目通しいただけるとお分かりいただけるのでありますが、これはあまりにも過激な翻訳であります。でありますから「これは多分意訳なのであろうな」とお思いになられる方もいらっしゃるであろうとは思いますが、どっこいサにあらず、これは正真正銘の〝直訳〟であります。ここまでストレートに直訳である方が珍しいような、これは翻訳であります。言葉を補って訳すということをほとんどやっておりません。単語の数は平安時代の数と現代語とでほとんど違いがないように訳しております。ですから、この本文の分かりの悪い部分は、全部訳者のせいではなく、そもそもの原作者清少納言女史のせいなのであります。

という訳で、一つ二つ三つばかりその例をお目にかけましょう。

まず一番最初のあまりにも有名な冒頭【春は曙】であります。【春は曙】ただこれだけ。それがいいんだとも悪いんだともなんだとも、彼女は言っていない。普通ここを現代語に訳す時は【春は曙（がよい）】という風に言葉をこっそりと補って訳しますが、本書ではそういうことはしません。いいとも悪いともなんとも言っていないそこを押さえて、【春って曙よ！】これであります。これだけしか言ってないんだからこれだけが正しい。これが一番正しい直訳だと訳者は信じております。という訳で、全篇がこの調子なのであります。

次――。

『枕草子』というのは有名な古典で格調の高いもんだということになっております。従って【春って曙よ！】なんてやられると落ち着かない、頭に来る、憤慨なさる方だって一杯いらっしゃるだろうと思いますが、ならばお尋ねいたしましょう（とまでオオゲサに構えることはない）。清少納言女史の文章にはこんなところもあります。やはり第一段の〝秋は夕暮〟のところです。

【まいて雁などのつらねたるがいと小さく見ゆるはいとをかし】――これを正確に訳しますとこうなります――【ま・し・て・よね。雁なんかのつながったのがすっごく小さく見えるのはすっごく素敵！】

もうこれは絶対に〝美しい日本語〟なんかじゃないだろうなァと私は思っておりますが、【いと】というのは【非常に・大層】という意味の言葉でありますが、これは現代語では【すっごく・すごく】という意味であります。これを清少納言女史はおんなじ一つの文章の中で二回も使っている――【いと小さく見ゆるは】【いとをかし】。という訳で、この文章は、良識のある方々には非常に評判の悪い現代娘のやたら「すっごい」を連発する日本語にすっごく似ているのであります。そしておまけに、清少納言女史のこの文章にはちゃんと【曖昧・婉曲】を意味する【など】というのもあります。これもやっぱり評判の悪い現代娘言葉――もしくは新人類言葉の一つではありますね――やたら「なんか」と言って対象をぼかす。別にここでは【雁など】じゃなくったって構わない。はっきり【雁】が飛んでったって構わない訳なんですがね。

　という訳で、残念ながら今から千年前に書かれた清少納言女史の文章というのはとっても現代的なのでした。【雁なんかのつながったのがすっごく小さく見えるのはすっごく素敵！】

――ね？

　次――。

「なんだ、お前のは全部喋り言葉に直しちゃっただけじゃないか」とお思いの方もおありかとは思いますが、最早お気のつかれた方もいると思います。私が清少納言女史の文章を引用している時には今までのところ全部〝句読点〟というものを省いております。【まいて、雁などのつらねたるが、いと小さく見ゆるは、いとをかし。】でも【まいて雁などのつらねたるがいと小さく見ゆるは、いとをかし。】でもなく【まいて雁などのつらねたるがいと小さく見ゆるはいとをかし】ですね。普通の古典のテキストには現代人でも抵抗なく読めるように句読点がつけてありますけど、でも清少納言は今から千年前にそんなものをくっつけて書いてた訳じゃない。昔の日本語に今みたいな句読点――【、《テン》】や【。《マル》】はありませんでしたからね。勿論会話を表わす【「」《カギカッコ》】だって。

という訳で、なんで日本の古典が読みにくいのかという理由はもうお分かりになったと思いますが、あれは、そもそもの原文に句読点が一つもないもんだからどこで切れるのか分からない――下手すりゃダラダラとどこまでも続いて行きかねないもんなんだからですね。

という訳で、現代の日本語に句読点のないものは一つしかありません。即ち話し言葉です。話し言葉には句読点がないかわりに〝息つぎ〟の間《ま》があります。はっきり言って日本の古典の言葉は全部これです。という訳で、この平安時代の古典を現代語に移し換えるには〝こういう日本語〟しかないという恐ろしい正解になるんです。

〝こういう日本語〟がどういう日本語かというと、それは勿論、すっごい美しい日本語なんかとかっつうのとはさ全然違っちゃっててオジさん達のひんしゅくなんかすっごく買っちゃいそうな――日本語です。句読点つけましょか？【すっごい美しい日本語なんかとかっつうのとはさ、全然違っちゃってて、オジさん達のひんしゅくなんかすっごく買っちゃいそうな】ですね。

という訳で、清少納言という人はかなり現代人なんです。

という訳で、次――。

話し言葉の分かりにくさというのは、かなり相手というものを限定して成立しているところにあります。平安時代の言葉の分かりにくさというのは、会話の場合特にそうなりますが、主語というものを平気で省いちゃう。だから「一体これは誰のセリフなんだろう?」というのが全然分からない。なるほど句読点がない言葉だなァと思うのは、清少納言の書いている会話です。すごいもんです。第五段のこれも有名な「大進生昌《だいじんなりまさ》が家に」のところにこんな部分があります。

【「　《ナニナニ》」といへば「　《ナニナニ》」といへば「　《ナニナニ》」といへば「　《ナニナニ》」「　《ナニナニ》」とて笑ふめれば「　《ナニナニ》」とて引き立てて往ぬるのちに……】

原文では「　」の中にちゃんとセリフが入ってるんですが、それを省くとこうなります。すごいでしょ? こんな日本語、こうとしか訳せません――【「　《なんとか》」って言えばさ、「　《なんとか》」って言うから、「　《なんとか》」って言えばさ、「　《なんとか》」って言うから、「　《なんとか》」「　《かんとか》」って笑うみたいだからさ、「　《なんとか》」って閉めて行っちゃった後で……】――若いお喋りな娘が一人で喋りまくってる様子って、容易に目に浮かぶでしょ? そうなんですよ。清少納言が書いてた日本語っていうのは、実は〝こういう日本語〟だったんですよ。ただ今までそれに対応する現代語がなかったっていうだけなんですよ。そんだけの話。下手すりゃ「原文は分かるけど訳文の方が全然分かんない」なんて方もいらっしゃるかもしれませんな。なこと言われたって知りませんよォ。

という訳で、この本にある訳をそのまんま試験の解答用紙に書き込むことだって可能なんですけどね。ただ、それやってあなたが点数を貰えるかどうかは私の関知するところではござゐません。そこら辺で、本書の冒頭に掲げられている〝献辞〟というものを心して読むように。それからこの3巻本の最後には『桃尻―平安語辞典』なんていう恐ろしいものもくっついちゃう予定なんですがね、もしよろしかったらですけど、あなたも一遍原文にチャレンジしてみません？「なァるほど……」って思う部分もかなりあると思うんだけどな。以上。

（あ、ついで。【――《ナニナニ》しちゃう】は【――《ナニナニ》ぬ】、すなわち【完了】の意味ですね。ご存じでしたでしょ？　そういうのの意味まで持ってる日本語って存外ないんですよね、普段喋ってはいるくせにね）

という訳で、次はいよいよＭＩＳＳ清少納言のおでましではあります――。

まえがき——Female Version

こんにちは♡　あたし清少納言でーす。驚いた？　いいんだけど。

あたしってさーァ、よく考えたらとってもナウくなんかないでしょ。ほとんど国文学だし（ツルカメ、ツルカメ）。要するにさ、とっても色気なんかなくてバァさんで、パサパサでオールドミスでカビがはえててなに言ってるか分かんなくて男にはもてなくてセイゼイ横文字はカルチャーセンターのオバサンで……。あーあ……。そんなムゴイ言い方しなくたっていいと思うんだけど、誰が言ってるのよ？（あたしじゃない！）

ああッ!!　失礼しちゃうわねッ！

ホントそうよ、頭来るッ！

どうして？　我ながらホント、すさまじく可哀想になっちゃうゥッ!!

だってそうでしょ？　一体どこのヤングが『枕草子』なんか読むのよ？　そうでしょ？　読む訳ないわよね。絶対読まないと思う。あたし知ってんだから。そんなとこに確信なんか持たなくたっていいのに、でも持っちゃう……。

ああッ!! やんなっちゃうッ!

一体どこのどいつがあたしのことをオールドミスなんかにしたのよォ! あたしなんかナウいのよッ。あたしなんかキャリアウーマンやってたのよ! いくらナウいったって、この日本で千年前からキャリアウーマンやってる女が今ほかにいる? いたら化け物だけどさ、はっきり言って。〝京都に巣喰う一千年の妖婆〟とかって……。(あたしは違うわよ。あたしは化け物じゃないからね。冗談じゃないわよ、失礼ね。あたしは化け物なんかじゃない! アア、ナンマンダブナンマンダブ……)

あたしなんて千年前からキャリアウーマンやってんのよね。ナウいったって、これだけナウい人間がどこにいるの? いないでしょ? 時代の先端の先端の先端のそのまた先よ――千年前ったらこれぐらいあるのよ。あたしは化け物なんかじゃあ・り・ま・せ・ん。ただの流行の尖端です!

今なんかさ、横文字使えばナウいじゃない? でもさ、あたしが生きてた頃なんて、まだアメリカ大陸なんてなかったのよ。コロンブスがまだ生まれてないんだもん、アメリカなんてありようがないじゃない? ヨーロッパなんてのがさ、まだ世界のド田舎だった時代よ。そういう時代にさァ、あなた、あたしなんかキャリアウーマンやってたのよォ! どうすさまじい進み方してたかなんて分かるでしょォ。当時の女なんかさ、平仮名しか読めないのよ。その時代にさ、なんと、あァた、あたしなんか漢文の原書読んでたのよォ! なんてインテリなんだろう(!)。まだインテリなんて言葉がない時代に、あァた、あたしなんかインテリだったた

のよォ。（エライ子、エライ子）

ま、別に自慢するつもりじゃないんだけど——なんてことを言いながらしっかりとしてしまった子は誰？　それはあたしよクック・ロビン♡（なに言ってんだか）

要するにあたしがなにを言いたいのかというと、あたしはカビのはえたコクブンガクなんかじゃない！　っていうことね。国文学なんか紫式部にまかしとけばいいのよ。

ねェ、あの女があたしのことなんて言ったか知ってるゥ？　ホントやな女なんだからッ!!「清少納言ていうのがもうホント、知ったかぶりでのさばってる女だ」って、もうさ、あたしのことそんな風に言うのよォ！　そんな言い方ってあるゥ？　あんた達なんか現代人だからそんなことどうでもいいかもしれないけどさ、なにしろあたしなんかあの女と同時代人なのよ。頭来るったらないわねッ!!「清少納言、こそ」よ。もう頭来たから国文学にしてやるわッ！「清少納言こそしたりかほにいみじうはべりけるひとウンヌン」よ。どうォ？　分かんないでしょ？　ザマァ見なさいよ。あの人の言うことなんか分かんないのよッ！「清少納言、こそ」よ。【こそ】ったらあなた、強調よ。掛り結び使ってまで人の悪口言いたい訳？　人のこと知ったかぶりだっていうのになんだってそんなに力こめるのよ？　やな女だと思うでしょ？　すましちゃってさ。

あの人の言う通りだったら、まるであたし一人が世界中の知ったかぶりを独占して生きてる女みたいじゃないよ。ねェ、そうでしょ？【こそ】ってそういう表現よォ。

あーあ、知らないってさいわいよねェ、あなた達なんかどうせ現代人だから、なんでも分かんない方がありがたいって思ってんでしょォ。

どうせそうでしょうよ。

『源氏物語』の方が難解だからありがたいって思ってんでしょうよ。どうせね。あたしの書いたのなんかただの〝エッセイ〟だとかさ。でもさ、日本で最初のエッセイストがどんなもんだか、あたしの書いたの見てから言ってよねッ！　なによ、あんな女。あんなスケベで気取っていやったらしい女っていないわよねッ！　紫式部なんて、あんな女、国文学になって古本屋の隅で眼鏡かけてムシに喰われてればいいんだわッ！　どうせその方がありがたいんだろうしさ。

なによ、『源氏物語』なんて、あんなもん現代語にしたってよく分かんないじゃないよ。自慢じゃないけどさ、あたしの本なんか誰も現代語になんか訳さないのよ。訳さなくていいぐらいに――（まさか忘れられてるって訳じゃないわよねェ？）あたしの感性なんかもうズーッと昔っから現代人に通用してるのよ。しっぱなしなのよ。そういう風に思うことにするわ。だってあたしって、ちゃんとそういう風に現代人に分かるようにもの言ってたと思うもん。

そうよ。

自慢じゃないけどさ、あたしなんか昔っからナウくて有名だったのよ。もうさ、そういうんでホントにホントに有名だったのよ。昔っからナウくてさ、やっぱりそういうのって永遠に変わらないと思うのね。自分のことだからそうだって言うんじゃなくて、古典て変わらないもんだと思うのね。永遠にナウいから、永遠にナウいもんを古典ていうんだって思うのね。なんたってあなた、春って曙よ！ これだけでもったのよ。千年の間。なんというすぐれたコピーだろう……（♡）。

あたしってさ、そういうこと言ってたのよ。春って曙でさ、だんだん白くなってく山の上の空がさ、少し明るくなってさ、紫っぽい雲がさって、言ってたのよ。素敵だと思わない？ 古典てさ、難しくってよく分かんないから、なんかムツカシイこと言ってんのかなァってさ、そう思うだろうけどさ、でもそんなに大したことって言ってないと思うんだ——なこと言ったらこのあたしの立場はどうなんのかって話はおいといて、要するにあたしとしてはさ、あたしの言ってることを分かってもらいたいっていう、そんだけなのよ。

今も昔も大して違わないことは違わないんだしさ。大体あたしはそんなに大したことは言ってないんだしさ——って訳でもないんだけどさ、ホントは——でも、やっぱりおんなじ日本人な訳じゃない？「おんなじ日本人が日本語使って書いてんのになんで分かんないんだろう？」なんて思うの。ホントに、つまんない神棚になんか上げられちゃたまんないわ、とかさ。古臭い人間の〝教養〟なんかにされてたまるもんかッ!! とかね。

あたしはナウい。あたしはナウい。あたしは——もうそんなこと決まってんだ。読めば分かるんだから。だってあたしは分かるように書いてんだから。ねェ？

という訳で始まります。あたしはナウいのよ。あたしの生きていた時代だってさ。

それではまいります（いよいよです）。という訳で、覚悟なんかしててもらいたいと思います。

行くわよッ！

それッ!!

桃尻語訳

枕草子

上

本文イラスト　まついなつき

第一段

春って曙よ！

だんだん白くなってく山の上の空が少し明るくなって、紫っぽい雲が細くたなびいてんの！

夏は夜よね。

月の頃はモチロン！

闇夜もねェ……。

蛍が一杯飛びかってるの。

あと、ホントに一つか二つなんかが、ぼんやりポーッと光ってくのも素敵。雨なんか降るのも素敵ね。

秋は夕暮ね。

夕日がさして、山の端にすごーく近くなったとこにさ、烏が寝るとこに帰るんで、三つ四つ、二つ三つなんか、飛び急いでくのさえいいのよ。ま・し・て・よね。雁なんかのつながったのがすっごく小さく見えるのは、すっごく素敵！　日が沈みきっちゃって、風の音や虫の声なんか、もう……たまんないわねッ！


冬は早朝《つとめて》よ。雪が降ったのなんか、たまんないわ！

霜がすんごく白いのも。

あと、そうじゃなくても、すっごく寒いんで火なんか急いでおこして、炭の火持って歩いてくのも、すっごく〝らしい〟の。昼になってさ、あったかくダレてけばさ、火鉢の火だって白い灰ばっかりになって、ダサイのッ！

第二段

頃《シーズン》は——、
正月。三月。四月。五月。
七、八、九月。
十一、二月。
結局その時その時でさ、一年中が素敵なのよ。

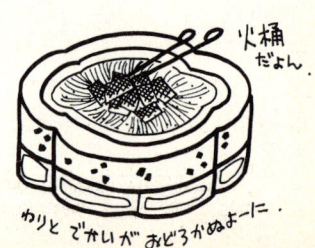

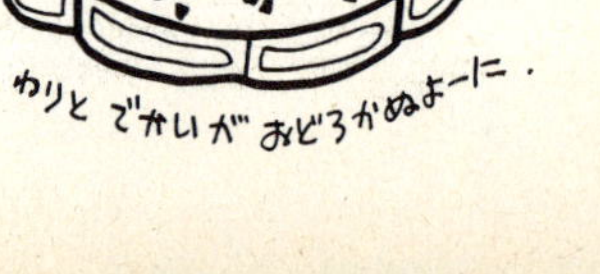

火桶だよん.
わりとでかいがおどろかぬよーに.

正月。

一日は別よォ！

空の気色《けしき》だってウラウラで、ふあんたすちっくに霞がかってるとこにさ、世界中の人はみんな、着る物やお化粧を特別気ィ入れてしてさ、帝のことも、自分のこともお祝いなんかしてるっていうのは、特別に素敵！

七日。

雪の中の若菜を摘んでね、青々としてるのをさ、いつもはそんなにもそんなもんにお目にかかれないようなところでさ、持ってはしゃいでるのって、ホントに素敵なんだよねェ。

儀式の白馬《あおうま》を見るんでさ、一般関係者は牛車《くるま》をキチンと仕立てて見に行くの。内裏の東の御門の敷居を曳いて通る時、頭ゴッツンコに揺れて、頭に挿してある櫛も落ちてさ、そんなつもりじゃないから、折れたりなんかして笑うのもまた素敵なのよね。

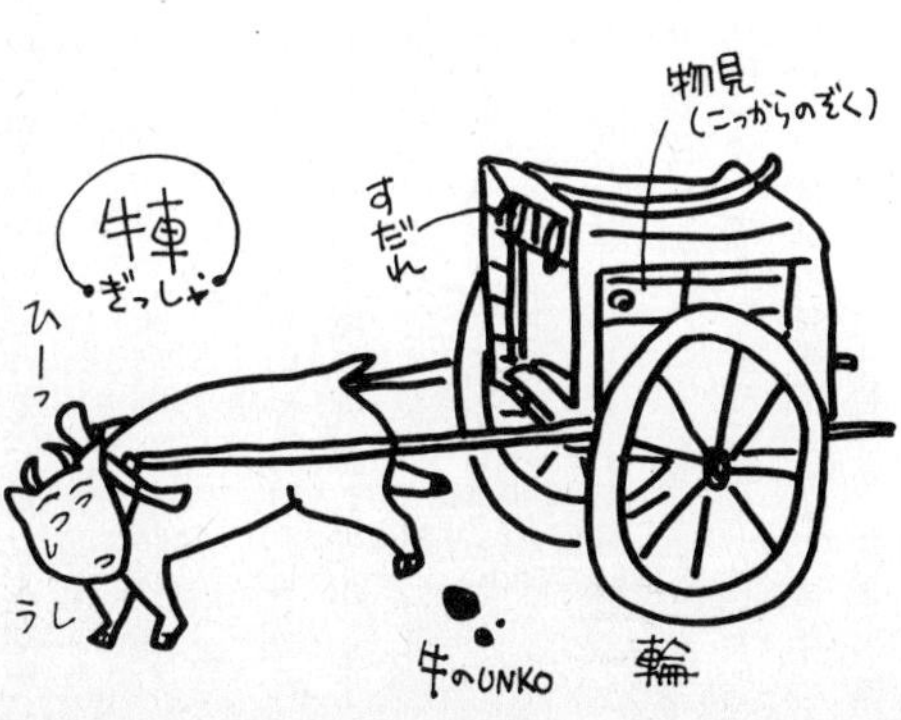

左衛門《さえもん》の陣のところに殿上人《てんじょうびと》なんかが一杯立ってて、舎人《とねり》の弓なんかを取って、馬なんかを驚かして笑うのォ。

やっと覗きこんで見たらさ、立蔀《たてじとみ》の塀なんかの見えるとこで、殿司《とのもりづかさ》や女官《にょかん》なんかが行ったり来たりしてるのなんて、ホント、素敵なのよォ！

「どういう出来の人が宮中をリラックス出来ちゃうのかなァ……」なんか思いやられちゃうんだけどさ、宮中で見えるのは、すっごく狭い範囲だからさ、舎人の顔の下地も丸出しでホントに黒くって、お白粉《しろい》の行き渡ってないとこは雪がムラムラに消え残ってる感じがしてさ、すっごく見苦しくって、馬が興奮して騒ぐのなんかも、すっごくこわそうに見えるからさ、ビビッちゃって、よくも見えないのッ！

〔**註**：ここら辺、昔のことで分かりにくいと思うんで、あたくし清少納言がおんみずから**註**です。一月七日っていうのは今でもそうだけど、七草粥《がゆ》の日でしょ。勿論こういうことの本家っていうのはあたし達の平安時代でさ、七草なんて別にあたし達の時代に売ってるなんていうもんじゃないからさ、みんなで摘みに行く訳よ。それが〝**若菜《わかな》摘《つ》み**〟なのね。特別の行事でもなきゃ宮中の外に行けるって訳でもないからさ、そういうことで大騒ぎする訳。でね、一月七日っていうのには宮中で〝**叙位《じょい》**〟の儀式があるのね。これは貴族の位が上がる昇進のお祝い。そんで、その後で〝**白馬《あおうま》の節会《せちえ》**〟っていうセレモニーがあってさ、宮中のお庭に白《しろ》い馬が行列を作って行進するのよ。それを見るんでみんなが大騒ぎするのね。勿論〝みんな〟ったって宮中の儀式だからさ、普通の人間なんか見れないの。宮中にお勤めしてる貴族とその家族や関係者だけね。あたしは勿論、

ちゃーんとえらいお方にお仕えしてる関係者だからさ、そういうのを見れちゃうの。但し、見れちゃうっていっても昔の女は可哀想なんで、あたし達の時代っていうのはさ、女の人が外出する時はみんな牛車《くるま》なのよ——勿論貧乏人の女の話なんかしてないわよ、貴族の女よ。牛車《くるま》で外出してさ、そして、外出した先でも牛車の中なのよ。見物に行ったら車ン中。そこで坐って見てて、降りられないのね。つまんないったらないわよ。しようがないんだけど、だからさ、あたし達の〝見る〟はほとんど〝覗く〟でさ、その〝覗く〟もほとんどが、牛車の簾《すだれ》を通して〝覗く〟なのね。貴族やってるんだって大変なんだ。分かりましたァ？

あ、それから〝**左衛門《さえもん》の陣《じん》**〟ね。これは警備員《ガードマン》の詰所だと思って下さい。〝衛門〟っていうのは〝門を衛《まも》る〟ね。だからガード・マンよ。門に左右の両側があるからさ、それで〝左衛門〟と〝右衛門〟なの。そんで〝**陣《じん》**〟っていうのがそこの詰所ね。詰所であり、そこに詰めてる人間の

こともやっぱり〝陣〟ていうのね。宮中の話だし、あたし達の時代はあなた達の時代とは千年も離れてる訳だからさ、まァ多分知らないことって一杯あると思うのね。だからしょうがない、時々はあたしが出て来て説明しますっていう、そういう訳。

もう一つね。〝舎人《とねり》〟っていうのは宮中の雑役係だと思って。そんで〝殿 司《とのもりづかさ》〟っていうのは宮中の下女・下男よ。〝殿 司《とのもりづかさ》〟って言ったら大体の場合は女のメイドだけどね。とりあえずは以上です〕

八日ね。

人がお礼をするんで走らしてる牛車《くるま》の音が「特別！」って聞こえて、素敵。

〔**註**：七日が昇進の日でしょ？　だから次の八日はそのお礼でみんなが走り回るのよ。「どうもおかげさまで、お世話になりました」ってさ。だから〝特別〟なのよ〕

十五日よ。

〔**註**：この日は〝小正月《こしょうがつ》〟ね。だから小豆《あずき》のお粥を食べるの。なこと言ったってどうせよく分かんないと思うんだけど、あたし達のカレンダーって**旧暦**なのよね。知ってると思うけど、旧暦っていうのは月の満ち欠けで一ケ月を決めんのよね。だからさ、月末は闇夜で月がなくて、十五日っていったら必ず満月な訳よ。分かりやすいでしょ？　だからまァ、せっかくの満月をもったいないと思ったのかどうか知らないけどさ、ともかく一月は、十五日も〝お正月〟なのよ。一日が

大正月《おおしょうがつ》なら、十五日は小正月なのね。大がパブリックなら小はプライベートだっていう、そんな感じね。〝女《おんな》正月〟とか言ってたとこもあるんだって。まァ、そういう風にプライベートだったってことでしょ。今なんかだと十五日は成人の日な訳でさ、ああ〝子供の正月〟なんだなって、あたしなんかは思うけどもさ。でね、どうしてその一月の十五日に小豆のお粥を食べんのかっていうことになるとあたしもよく分かんないんだけどさ、ともかく一月の七日は七草粥で十五日が小豆のお粥っていう風には決まってたのね。三月三日だと今の人は菱餅なんかを食べるけどさ、あたし達の時代はね、その日は草餅を食べたの。三月の三日が草餅で、五月の五日がちまきでって、何月の何日には何を食べるって、そういうのが決まってたのね。特別なものを食べる日のことを〝**節日**《せちにち》〟って言ったんだけどさ、その節日に食べるお供《そな》えのことを〝**節供**《せく》〟〝**節供**《せっく》〟って言ったのね。それが後になって、そういう節供《せっく》を食べる日のことを〝お**節供**《せっく》〟っていうことになったんだけどね。**お節句**って知ってるでしょ？　三月三日に五月五日に、七月七日も九月九日もお節句だったのよ。このお節供を食べる〝節日〟っていうのがさ、そもそも〝季節の替わり目〟っていう意味があったのよ。そろそろ季節が変わるからみんなで栄養のあるもの食べて体力つけましょうねっていう、そういう日だったのよ。だから特別なお粥や草餅やちまきを食べてたのよ。どうせ不思議な顔すんでしょ？「お粥のどこに栄養があるんだ？」って。どうせそうでしょうよ。いいもんなんか食べてませんよ、あたし達の時代はァ!!

　三月三日、五月五日、七月七日、九月九日、それに一月七日を**五節句**ってさ、あたし達の時代から後になると言うようになるんだけどさ、あれでしょ？　あなた達なんて贅沢なおセチ料理に飽きたからさっぱりした七草粥を食べるなんていうヘンな迷信信じてんでしょ？　冗談じゃありませんよォ。なァにが〝さっぱりした七草粥〟に〝贅沢なおセチ料理〟よ。おセチ料理の〝セチ〟は〝節日《せちにち》〟の〝節《せち》〟なんですよ。節日だから贅沢なもん食べてんのよ、分かった？　自分達だけが贅沢してて、あたし達の〝おセチ料理〟をバカにしちゃいけないのよ。節供《せっく》っていうのがそもそも〝**おセチ料理**〟のことなんだからさ！　七草粥だって立派なおセチ料理だったの！

まァ、一月なんて大体全部が〝お正月〟みたいなもんだからさ、十五日も〝お節供《せっく》〟を出すのよ——とってもゼータクな小豆のお粥をさ。それでね、あなた達なんかただ意味もなく贅沢するだけの現代人だから分からないと思うんだけど、〝節日〟っていう特別な日は特別だからさ、特別なことをするのよ。何をするかっていうとさ、お節供の小豆のお粥を炊いた薪《まき》の木でさ、女の人がお尻の叩きっこするのよ！　なんでそんなことするのかっていうとさ、そうされると男の子が生まれるっていういいつたえがあったからなの。誰がそんなこと言い伝えたのかは知らないけどさ、そういうことになってたから、そういうことをやったの。という訳で、一月の十五日はそういうことをしてた日だっていう話が、今まさに始まらんとしちゃってるのよ。註、終わり」

節供《せっく》のお膳をお出しした後で、お粥《かゆ》炊いた薪をちょっと隠して、御一家のお姫《ひ》ィ様や女房《キャリア》なんかが狙ってるのをさ、「ぶたれるもんか！」って構えてて、いつも後ろを用心してる様子っていうのもすっごく素敵なんだけど、どうにかした拍子でなっちゃうのね——命中しちゃうのはメッチャクチャおもしろいし、大笑いしてるのは、すっごく陽気ね。「くっそォ！」って思っちゃうのももっともだしさ。

新しく通って来る婿の君なんかが宮中へ御出勤する頃をさ、ワクワクしてて――そこのお邸《やしき》の中じゃ「私なんかはね！」って顔してる女房《ボス》が覗いて、はりきって奥の方に突っ立ってるのをさ、御前に控えてる女房《キャリア》が分かってて笑うのを、「うるさい！」って手で止めるんだけど、お姫ィ様がまたさ、なんにも分かんない顔してポアーンと座ってらっしゃるの。「そこにあるもの片付けましょうね」――なんか言って、近付いて、走ってぶって逃げちゃうからさ、全員が笑うの。婿君もさ、「なかなかやるな」ってニカーッてしてんのに、全然驚かなくて顔がちょっと赤くなっているっていうのが、ホーント、素敵なのよォ♡

あとさァ、女同士ぶちっこしてて、男をもうさ、引っぱたいてるみたいなのね。どういうつもりなのかしらねェ。泣きながら当たり散らしてさ、人を呪うは、ロクでもないことを言うっていうのもあるとなっちゃ、もうホント、素敵なんだわよ（♫）。宮中辺りなんかのやんごとないとこでも、今日はみんな無礼講でカタイことなし！

（**註**：ちょっとだけ〝**結婚**〟の話ね。あたし達の時代の結婚っていうのは、いわゆる〝**招婿婚**《しょうせいこん》〟て言ってさ、男が女の家に通って来るのね。三日間通ってくれれば正式のお婿さんになっちゃって、そっから結婚ていうのが始まる訳よ。二人で一緒に住むこともあれば別々の時もあるしね。一緒に住むんだっても、男が新居を建てるっていうより、男が女の家に転がりこんで来ちゃうっていう方が多いんだけどさ――だから女の方の家っていうのは大変なんだけどさ、分かるでしょ？　あたし達の時代っていうのはさ、とっても〝**お嬢さまの時代**〟なのよ。だから男は浮気で好き勝

手してフワフワしてるっていうかね。自分の家から女の家に適当に通って来てさ、次の朝その女の家から「いってらっしゃいませ」って言われて、勤務先の宮中に行くのが当時の結婚生活ね。誰よ、よだれ流してんの？　考えてみりゃ、正式な結婚生活がほとんど好き勝手な浮気ライフとおんなじなんだもんね。あたし達も大変な時代に生きてたとは思うけどね。だもんだから〝お嬢さま〟やってるお姫ィ様なんて人はさ、大概どっかポワーンとはしてんのよ。あたしの書いた〝お姫ィ様〟なんか、お尻ぶたれたってなんのことか分かんなくてポワーン、だもんね。という訳でさ、あたし達もはりきり甲斐があるっていう訳よ。なんか〝お嬢さまの時代〟は同時に〝**キャリアウーマンの時代**〟かな、とかも思うんだけどさ、お嬢さま文化だからね、そういうお嬢さまの為に働く女達——即ち〝**女房**《にょうぼう》〟よね——それが張り切って生きてたのが、あたし達の時代なのよ。勿論、あたしだって〝女房《キャリア》〟です。あたし達が、この時代の文化を支えてたのよ。感心しなさい」

除目《じもく》の頃なんか、宮中辺はすっごく素敵よ。雪が降ってメチャクチャ凍ってるとこに、請願書持って歩く四位や五位の人——若々しくって元気のある人はすっごく頼もしそう。年取って頭が白い人なんかが、人に取り次ぎを頼んで、女房《キャリア》の局《つぼね》なんかに寄ってさ、自分自身のいいとこなんかを一心不乱になって説明してんのをさ、若い女房《コ》達は真似して笑うんだけどさ、どうして分かるかっていうのよ！

「よろしく陛下にお取り次ぎを」「お妃様にもどうぞ」なんか言ってもさ、その通りになればいいわよ。まんまなれなかったっていうのはさァ、ホント、すっごく可哀想なのよねェ……。
〔**註**：〝**除目**《じもく》〟っていうのは人事異動ね。年に二回あるのよ、春と秋ね。〝春〟のは一月の真ン中辺でさ、これは地方に行くポストが問題になるのね。〝四位〟とか〝五位〟っていうのは——〝**位**《くらい》〟の話は後でしますけど——貴族としては中間管理職の位なのよ。そんでさ、位としてはあんまし高くないけど〝**国守**《くにのかみ》〟って地方の長官になるのよね。大体これでみんな財産作るんだけどさ、ポストなんてあるとなしとじゃ大違いじゃない？　だから必死なのよ。雪の降る中を〝**申文**《もうしぶみ》〟っていう請願書持って歩き回るの——勿論〝歩く〟ったって牛車《くるま》に乗ってだけどさ。そんでさ、お願いついでにあたし達ンとこにも来るのね。〝**局**《つぼね》〟っていうのはあたし達の個室ね。〝**宮仕え**《みやづか》〟してるあたし達女房っていうのはさ、結局のところ住み込みで働いてるのとおんなじだからさ、個室もって住んでんのよ。それが〝局〟。そこにまで押しかけ来るんだからさ、「ああ大変なんだな」って思うの〕

三月。

三日は、ウラウラとのどかに照ってなくっちゃ！

〔**註**：だってお節句だもん！〕

桃の花がね、今咲き始めるの。

柳なんかが素敵っていうのは、もうもう、モチロン！　それもまだ、繭《まゆ》みたいに花の穂が丸まってるのが素敵ね。広がってるのは、憎ったらしいぐらいに見えるもん。

いい感じに咲いてる桜を長ァく折って、大ーきな花瓶に生けたのこそが、素敵なのよォ。桜の直衣《のうし》に出《い》だし袿《うちぎ》のシャツ・アウトして、お客様だっても、お兄ィ様の若君だっても、そこの近くに坐ってお話なんかしちゃってるのは、すっごく素敵！

〈**註**：ファッションの話しますね。分かんないでしょ？　ナウいんだから。フフフ。〃**直衣**《のうし》〃っていうのが貴族の普段着ね。衣冠束帯がタキシードのフォーマル・ウエアだとするとさ、直衣《のうし》っていうのは〃お父さんの背広〃ね。みんな当たり前に着てるの。そんでさ、なにしろ平安時代ったら**十二単**《じゅうにひとえ》**だ**からさ、着物っていうのはみんな〃重ね着〃なのよ。何枚もね。そんでさ、着方がそうだから、着る物の〃**色**〃だっていうのもさ、色のついた布地を何枚も重ねるのね。たとえばさ、表地を白にしてその裏に黄色のきれを持って来るとするでしょ。そしたらさ、全体で重ねた感じがクリーム色になるでしょ？　そういうさ、布地の透き通った感

じで〝色〟っていうものを表現してたのね。凝ったことしてるでしょう。金のかかることしてるでしょォ。なにしろ〝貴族〟だもん、そういう高級な着方して生きてたのよォ。でさ、そういう色のコーディネイションのことをさ〝**襲《かさね》色目《いろめ》**〟って言ってたの。だからさ〝**桜の直衣**〟って言ったらばさ、その〝桜〟は襲色目の名前なのね。別に桜のプリントがしてある訳じゃないの。表が白で、裏が紫か、じゃなかったら赤――こういうのを〝**桜の色目《いろめ》**〟って言ってさ、素敵な公達《きんだち》がそういう上着《ジャケット》を着てるってことよ。どんなに素敵か分かるでしょ？　全体がほんのりと桜色に見えるような生地で出来てるんだもん！　ということで次よね。〝**出《い》だし袿《うちぎ》**〟っていうのにはびっくりすると思う。

〝**袿《うちぎ》**〟っていうのは〝ウチ・ギ〟で〝内着《うちぎ》〟なの。直衣の内側に着るもんだから袿《うちぎ》で、これはシャツよね。分かるでしょ？　そして、シャツの裾は普通ズボンの中に入ってますわよね？　袿もおんなじなのよね。突然〝シャツ〟だの〝ジャケット〟だの出て来てメン喰らうかもしれないけどさ、だってあたし達の時代は男も女も袴《はかま》穿いてたんだもの、パンツ・ルックが普通だったんだから全然〝現代〟よ。特にメンズは。普段は袴《パンツ》の中に袿《シャツ》の裾を突っこんでんだけどさ、それがカジュアルっぽい着こなしの時にはそれを出しちゃうのね。シャツ・アウトよ、千年前の。それが出《い》だし袿。千年前からあたし達の周りじゃさ、素っ敵な男の子達が春になると、ピンクのブルゾンやジャケット着て、そっから絹の袿をシャツ・アウトで歩いてたのよ――宮中を！　メンズ・ノンノなんか真っ青よね。遅れてるゥって言うんだわ♡」

四月ね。

賀茂のお祭りの頃がすっごく素敵。上達部《かんだちめ》も殿上人も、上着の色が濃いか淡いかだけの違いでさ、下の白襲《しらがさね》なんかはおんなじトーンで、涼しそうで素敵！

〈**註**：またメンドウなことを少し言います。四月なのに〝涼しそうで素敵！〟はヘンじゃないかって思うでしょ？　だから、あたし達の暦は**旧暦**なんだって！　旧暦って、あなた達の使うカレンダーとは大体一ケ月ずれてんのね。だから、あたしの言う〝四月〟は五月よ。あたし達の〝四月〟はもう夏なのね。前に一月の〝除目《じもく》〟をさ〝春の除目〟って言ったけど、一月から三月までが春なのよね。だから、あたし達の〝一月〟っていうのは梅が咲いて雪が降るしさ、あたし達の〝三月三日〟は桜が満開なのよ。羨ましいでしょ？　梅の花が咲いてるとこでお雛祭りやったり〝四月〟に桜が咲くなんて、あたしの感覚じゃちょっと考えられないわねェ――なんか、鳥肌が立ちそうでさ。尋常じゃないわよ。あなた達の感覚がおかしいのよ。分かった？　そこんとこよろしくね。

　という訳で〝四月〟は初夏だからさ、賀茂神社のお祭りの頃はみんな初夏のファッションなのね。初夏だからさ、この頃はみんなブルー系統の衣裳に統一されてんのよ。下の袿《うちぎ》は白地の重ね着でさ、上着のブルーのトーンだけが違うってこと。見たことないから分かんないだろうけど、ともかく素敵なのよ。そんでね、今度は突然に出て来た〝**位**《くらい》〟のお話ね。

　貴族の〝位〟っていうのは、上から一・二・三……て来るのね。一番えらいのが〝一位〟。下は大体〝五位〟までの位の人が〝**貴族**〟ね。その下はね、ちょっと……（♫）殿上人《てんじようびと》でもない

〝貴族〟なんてねェ……。

まァさ、宮中にね〝**清涼殿**《せいりようでん》〟ていうのがあるのよ。帝が普段にいらっしゃるところでさ、言ってみれば〝御殿の中の御殿〟よね。広いところでさ、ここに〝**殿上**《てんじよう》**の間**《ま》〟っていうのがあるの。ここに上がるのを許されることを〝**昇殿**《しようでん》〟て言ってさ、それが許された人達のことを〝**殿上**《てんじよう》**人**《びと》〟って言うのね。〝殿上の間の人達〟だから殿上人よ。これになれるのが、位が五位から上の人、そしてあと六位でも〝**蔵人**《くろうど》〟っていう官職についてる人ならいいの。だから殿上人っていうのはエリートでさ、言ってみれば本物の貴族の証明ね。そしてその次に来るのが〝**上達部**《かんだちめ》〟——。

〝上達部《かんだちめ》〟って、見れば分かるでしょ？　〝上の人達〟なのよ。殿上人は五位以上だけど、その中で更に三位以上の位の人達を上達部って言うのね。メンドクサイかもしれないけど、こんなもんどうせすぐ慣れますから、あたしは全然気にしません。なにしろ上達部は偉いんだから！　三位以上の位の人達がどういう**官職**《ポスト》についてるかっていうとね、これがすごいの。**関白**《かんぱく》ね。**大臣**ね。**大納言**《だいなごん》**・中納言**《ちゆうなごん》、それから、多分これは〝上院議員〟とかっていうようなポストになるんじゃないかと思うんだけどね、**参議**《さんぎ》——あ、あなた達の〝参議院〟てこっから来てるんでしょ？　そうよね。以上の方達をひっくるめて〝上達部〟とお呼びするのよ。日本の貴族のことをさ、お公家《くげ》さんとか**公卿**《くぎよう》って言うでしょ？　その〝公卿〟が実に上達部のことなんだなァ。貴族の中の貴族というか、エグゼクティブで上層部だから上達部なのよ。分かるでしょ？　覚えといてね」

木々の木の葉が——まだそんなにもすっごく繁ってるんじゃなくて、若々しく青みがかってるとこに、霞も霧も邪魔しない空の様子がなんとなくムズムズッと素敵な頃にね、少し曇っちやった夕方や夜なんか、かすかに鳴いてるホトトギスが遠くで、「空耳かなァ……」って思うぐらいか細いのを聞きつけちゃった時なんか、ねェ、どんな気持がすると思う?

賀茂のお祭りが近くなって、青朽葉《あおくちば》や二藍《ふたあい》の反物をギュッと巻いて、紙なんかにカッコだけ包んで、行ったり来たり、持って歩くのって、ホントに素敵なのよねェ。末濃《すそご》のぼかし染めやムラ染めなんかも、普段よりは素敵に見えるもん。

〔**註**：〝**青朽葉**《あおくちば》〟も〝**二藍**《ふたあい》〟も、どっちも初夏の頃に着る着物の色ね。青朽葉《あおくちば》っていうのは青みというか、黒みがかった**朽葉**《くちば》——要するに枯葉色ね。今で言うと青みがかったオリーブグリーンてとこなんじゃないのかな。でね、二藍《ふたあい》っていうのが紫色。紫ってさ、赤と青を混ぜるでしょ?　そんでさ、あたし達の時代の青ったらまず〝藍《あい》〟でしょ。赤ったら〝紅《くれない》〟でしょう。紅《くれない》っていうのがさ〝呉《くれ》の藍《あい》＝くれない〟だっていうシャレなのよ。紅《くれのアイ》と藍《アイ》で〝アイ〟が二つあるでしよ?　だから二つのアイで二藍《ふたあい》。まわりっくどいなんて言わないでよ。優雅っていうのね。なにしろ平安時代だからさ、優雅なのよ〕

小さな女の子が頭だけをさ、洗ってチャンとして、恰好の方は全然——縫い目は切れてるし、ボロボロになりかかってる子もいるんだけど、そんな子が屐子《けいし》や沓《くつ》なんかに「鼻緒すげてェ!」「裏直してェ!」なんか、持って騒いで、「早くお祭りになんないかなァ……」って、準備に歩き回ってるのもすっごく素敵だなァ。

ヘンなカッコで飛び歩いてる子達がさ、チャンと衣裳つけてチャンと飾っちゃうと、全然〝定者《じょうさ》〟なんていう坊さんみたいに、練り歩くのねェ。どんなに気ィ揉むかっていうの!　身分身分に応じて、母親とか叔母とか姉さんなんかがくっついて世話やいて連れて歩いてくのも素敵よ。

〔**註**：〝**定者**《じょうさ》〟っていうのはお寺の小僧さんね。お寺の行事でパレードなんかやる時、先頭に立って歩く小坊主のことを定者《じょうさ》って言ったの。〝**屐子**《けいし》〟っていうのは下駄ね。ちょっと前の現代人の人なら知ってると思うんだけど、雨なんか降った時にさ、爪先が濡れないように下駄にカバーつけたでしょ？　あれよ。サンダル感覚で履く下駄が屐子《けいし》だと思ってもらえば間違いないと思うんだ。〝**沓**《くつ》〟は分かるわよね？　靴《くつ》よ。ただし今の靴屋さんで売ってるのは西欧人の靴でしょ？　あたし達のはアジアだもん。中国っていうかね、そういうエスニック感覚の靴が沓《くつ》よ。あたし達って、下駄の文化じゃなかったのよ。沓《くつ》の文化でパブリックやってた日本人なのよ。知ってた？〕

蔵人《くろうど》志望にのめり込んでる人でさ、まァ、そう急にもなれそうもないのが、その日は青い衣裳着てるっていうのがねェ、ホント、「そのまんま脱がさないでおいといたげたいなァ」って、思えんのね。綾織じゃないのはダサイけどさ。

沓

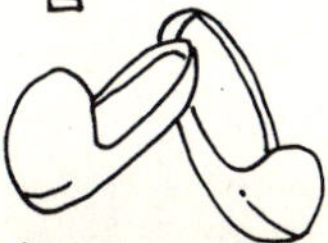

定番のシンプルな
ラインは 履きやすく
手入れも気にならない
オールシーズンO・Kで
応用範囲も広い

屐子

自由自在なコーデネイトが
魅力。極めつけ おとなの
カジュアルを 素足に感じる

〔註：〃蔵人《くろうど》〃っていうのは、ちょっと説明しにくい役職なのね。なぜかっていうと、蔵人《くろうど》ってていうのは帝の周りにいるナンデモ屋だから――あ、これで説明になってるか？（あたしってえらい！）ホントの昔の蔵人っていうのはシークレット・エージェント・マンというか、なんかあんまし陽の当たんないポストだったのね。蔵人って〃蔵の人〃でしょ。要するに倉庫番、とかね。蔵って言っても機密文書だってしまっといたりするからさ、陛下のおそば近くにお仕えしててさ、それがいつの間にか陛下の御用ならなんでもっていう〃側近〃になっちゃったのね。陛下のそばにいれば自然輝いちゃうようなもんだからさ、出世したけりゃ蔵人になるのが第一とか、蔵人になるのが出世することだみたいになっちゃったのね。前にさ、殿上人っていうのは五位以上の人間に決まってるって言ったけどさ、でも蔵人は陛下のおそば仕えだからね、当然殿上の間にも行くでしょ？　という訳で、六位だっても蔵人なら立派に殿上人だったのね。そんでさ、蔵人のユニフォームの色が青だったのよ。あたし達の時代っていうのがさ、身分によって着ていい衣裳の色が違うっていうさ――そういうの〃禁色《きんじき》〃って言うんだけどさ――そういう時代だったからね、〃青〃って言ったら蔵人の色。蔵人になりたい人間にとっちゃ憧れの色だったんじゃないかなって、少なくともあたしは思ってたからね、だからさ、普段は下っ端で「蔵人になれたらいいなァ……」なんて思ってる役人がさ、賀茂のお祭りの時に青いユニフォームなんか着れたら幸福なんじゃないか、とか。なんかそういう微妙な思いがあるんじゃないかな、とか思ってさ「ああ、いつでも着せといてあげたいな」とかさ、そんな風に思ったの。もっともさ、本物の蔵人の衣裳だったら〃綾織《あやおり》〃って言って、布地に地紋《じもん》が浮き出るような高級品だからね、お祭りのエキストラ

がそんないいもん着れないとかっていうのはあるんだけどさ、ま、そういうお話よ」

第三段

おんなじ言うことでも、聞いた感じで変わるもの！
坊主のセリフ。
男のセリフ。
女のセリフ。
中産階級のセリフは、絶対にくどくなってる！

第四段

可愛がりたいなァって子をさ、お坊さんにしちゃうっていう発想っていうのは、ホント、胸が痛くなっちゃうわよねェ。まるで木の端切れなんかのように思ってるのって、ホント、すっごく可哀想だわ。

精進料理のすっごくまずいのを食べてさ、寝るんだってても、若い人は好奇心だってあると思うの。女なんかのいるところだっても、どうしてケガラワシがってるみたいで覗かないでいられると思う？

それだってもさ、ロクでもなく言うでしょ。

それでね、密教の修験者《しゆげんじや》なんかはすっごく大変みたい。疲れて眠ればさ、「眠ってばっかりだ！」なんかイヤミ言われて。すっごい窮屈でさ、どんな気がするかなって——。

（ま、これは昔のことなんだって。今はすっごく気楽みたいよ）。

〔**註**：あたし達の時代って、仏教の時代だったのね。〃**末法**《まつぽう》〃っていう考え方があってさ、お釈迦様が死んで千年たつと末法《まつぽう》っていうロクでもない時代になって、それが一万年も続くっていうのね。言ってみれば平安朝の〃世紀末〃なんだけどさ、もうすぐそれが始まるぞっていうのがあたし達の時代だったのね。「もう**世も末**だ」とか〃**末世**《まつせ》〃とか言うでしょ？　それ〃末法〃のことよ。あたし達の頃なんて「生きてる内に末法になっちゃうのかなァ……」っていう感じだったんだけど、あなた達はたっぷりと世も末ね（クワバラ、クワバラ）。でさ、宗教の時代は全然科学の時代じゃなかったからさ、人間が病気になったりすると、これはもう〃**物**《もの》**の怪**《け》〃のしわざね。病気だから呼ぶのはお医者さんじゃなくてお坊さん。〃**加持祈禱**《かじきとう》〃っていうお祈りをするのね。病気に限らず、なんでもかんでも加持祈禱《かじきとう》。そんでさ、普通のお坊さんのことを〃**法師**《ほうし》〃っていうのね。そんで密教関係の**修験者**《しゆげんじや》のことを〃**験者**《げんじや》〃っていうの。修験者の方がなんか、効き目が濃いっていう感じがすんのね。さすがに密教だから。なんかおどろおどろしくって。その分いかがわしいってとこもあるみたいだけどさ。だから、病気だと大概修験者を呼びに行くけど、当たりは

ずれも結構あったのね。ところで話変わるけど、エイズって末法の物の怪でしょ？ ウイルスっていうのが物の怪だっていうじゃない。違うの？〕

第五段

大進生昌《だいじんなりまさ》の家に宮がおでましになられるっていうんで、東の門を四つ足門に変えて、そっから御輿《こし》はお入りになられるの。

〔**註**：やっぱりここんとこはチャンと説明しとかなきゃいけないかなって思うんで、説明をします。

　私っていうのは実は――おそれおおいけど――**一条天皇**のお后であらせられる**中宮**《ちゅうぐう》**定子**《ていし》様にお仕えしてたんですね。私が女《キャリア》房《ウーマン》だっていうのはそういうことなんですけど――あ、だから、ここに出て来る〝宮〟っていうのはその**中宮**《ちゅうぐう》様のことです。私

上にのってんのが
京都名物
八ッ橋です．
四つ足門
茶

にしてみれば〃宮〃って言ったら、もう彼女だけなんですね。それぐらいエライし素敵だし輝いてるし、はっきり言って私は――ホントにおそれおおいことだとは思うんですけど、でもこの際だからやっぱり言っちゃいます――あたしは〃宮〃が世界で一番好き、なんですね。ホントにおそれおおいことだとは思うんですけど。

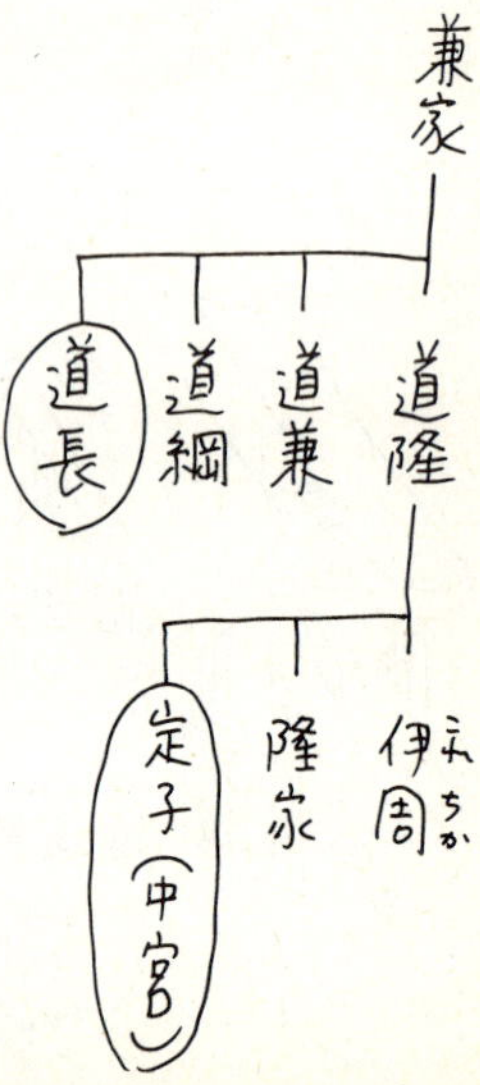

　そんで、あたし達の時代って、ワリとケンラン豪華オールスターっていうか、とんでもなく派手な時代だったんですね。あたしとしては好きじゃないけど、**藤原道長**っていう人がいて、その人が**紫式部**の部屋のドア、トントンて叩くっていうようなことが、あたしとは別にそんなヤラシイこと関係ないけどさ、ビビッドに同時代としてあったんですね。そんでェ、実は私の大切な大切な〃宮〃である中宮の定子《ていし》様っていうのは、藤原道長の姪御《めいご》さんに当たられるんですね。道長っていう人は前の摂政関白・**藤原兼家**《かねいえ》の四男で、私の〃宮〃である中宮定子様のお父様の**藤原道**《みち》**隆**《たか》っていう人はそこの家の長男だったから。だから道長さんは、言ってみれば傍流で、ウチの〃宮〃の方がズーッと摂政関白藤原家としては本流だったんです。

そんでェ、よくないことっていうのはこの先で、〝宮〟のお祖父様の兼家さんが死んで、そんでその後〝宮〟のお父様が摂政関白になったのはいいんだけど、ある時悪い病気が流行って、それでみんな死んじゃったんです。ホントだったら道長さんは藤原家の四男だから、あんまり出世のメなんかはなかったんだけど、この時に上のお兄さん達がみんな死んじゃったもんだから、なんか話がおかしくなって来ちゃったの。

〝宮〟にはお兄さんが二人いらして、上のお兄様は**伊周**《これちか》さんて言ったんですけど、この伊周さんと道長さんは仲が悪かったんですね。道長さんの方が叔父で、伊周さんの方が甥《おい》なんですけど、二人の年っていうのが八つぐらいしか離れてなかったんですね。だから、ちょうど兄弟喧嘩みたいで、「跡継ぎは俺だッ！」っていう感じで張り合ってたんです。まァ、よく考えたらこの頃の日本の政治っていうのはみんな、**藤原家の兄弟喧嘩**みたいなもんだったなァってことにもなるんですけど、ともかく、道長さんと伊周さんの出世競争っていうのは大変だったんですね。

そんでェ、まァ、男の人の世界では色々あったんだと思うんですけど、でもそれとは別に、伊周様のお妹君であらせられる中宮の〝宮〟っていうのは、もうホントに、帝とはお仲がよろしくって、このお二人の間柄っていうのは、最高にハッピーだったんですね。

当時っていうか、あたし達の時代っていうのは、政治が藤原家の兄弟喧嘩みたいにして出来てたんだって言いましたけど、じゃァどうしてそういうことが可能だったのかって言うと、それは天皇陛下のお妃様がみんな藤原家から出てたからなんですね。陛下のお妃がみんな藤原家出身てことは、ぶっちゃけた話が、帝っていうのはみんな藤原家の人っていうことと同じでしょ？　だからさ、私の〝宮〟とお主上《かみ》の仲がおよろしかったっていうことは、伊周様にとってもすっごく大きかったのね。結局権力っていうのはさ、帝のお妃に自分の娘とか妹とかさ、そういうのを送りこんで、お世嗣の皇子を生ませるって、そういうことだから……。

あーあ、自分でそんなこと言ってたら、なんだかはかなくなって来ちゃった。だってそうだもんね。結局いくら幸福だっていったって、ホントのところ女っていうのは男の道具なんだもんね。あーあ、やんなってきちゃった。あんまりミもフタもないこと言うもんじゃないな。自分でやんなってきちゃうもん……。まァ、いいけど。

そんで、帝と私の〝宮〟の仲がおよろしくって、実はその一点でいかにカノ道長としても、手も足も出なかったのね。それは何故かっていうと、道長にも娘はいたんだけど、まだまだ小さくって。だもんだから、いくらなんでもそんな小さい女の子を帝のところにお出しするなんてことが出来なかったからなのね。

あ、女の人がそういう目的で——要するに〝そういう目的〟よ——宮中に入ることを〝入内《じゅだい》〟っていうのね、覚えといて。

もしも道長に年頃の女の子がいて、その子が入内《じゅだい》して、いやな話だけど、それで帝の御寵愛なんかを獲得して男の子なんかを生んじゃったら、道長としてはもう、揺るぎようがないのよね。

(まァ、実際そうなっちゃったんだけどさ)

道長の有名な歌でさ、「この世をば我が世とぞ思ふ望月《もちづき》の　欠けたることもなしと思へば」っていうのがあるでしょ？　あるんだけどさ、あたしそれなんか絶対に私の〝宮〟が犠牲になってるんだって思うの。それであの人、「この世」を自分のもんにしちゃったのよ。

いい？　道長ってのにはさ、娘っていうのがあったのよ。名前は彰子《しょうし》っていうんだけどさ。その子がまだ小さかったのね。だから道長としては、出世コースっていうのはよく分かってたんだけど、どうにもなんなかったの。それだもんだからさ、世間の人がどう思うかは分かんないけど、あたしとしてはさ、その娘が大きくなるまでの時間かせぎでさ、〝宮〟のお兄様なんかをいじめてたと思うの。

だってひどいのよ。ちょっとした失敗つかまえて、伊周様を逮捕して流罪《るざい》にしちゃうんだからね。

流罪《るざい》って島流しだけど、離れ小島だけじゃなくって、都から遠く離れた田舎に流されちゃうっていうのもあるのね。離れ小島も田舎も、あたし達の感覚にすればおんなじよね。なんにもないんだもん。そんなのこわくってゾッとしちゃう。そんでね、ひどいのよ。伊周様を逮捕する時っていうのは、実は〝宮〟は御懐妊中だったのね。あたし達の時代だとさ、御出産ていうことになると、御実家にお戻りになるのね。そこで御出産てことになるんだけどさ、その御出産で〝宮〟は御実家にお帰りになってたのね。勿論御実家だから、そこにお兄様の伊周様だっているわよね。そこに来るのよ。お兄様を逮捕するって。

〝宮〟はもうこわくって心細いからさ、お可哀想に、ズーッとお兄様の手を握ってらしたのよ。そういう風に中でしてるとこをさ、なんとあなた、強制執行よ。お屋敷ブチ壊しちゃうんだからア！

ひどいと思わない？　道長ってそういうことするのよ。もう、当時じゃ有名だったの、その強制執行は。大騒ぎでさ、ヤジ馬なんか一杯。〝宮〟の御実家は二条の大通りにあったから〝**二条のお屋敷**〟って言われてたんだけど、その二条の大通りなんか、黒山の人だかりだったのよ。〝宮〟はどんなにかお心細かったかって思うの。政治って、そういう風にするのよね。

まずさ、そうやって〝宮〟のお兄様を追い落としてさ、次は〝宮〟の番よね。なにしろ道長って人はさ、娘の為にお后の位がほしくてしょうがないんだからさ。

宮中にははっきり言って、正式のお后様の他にも〝女性〟っていうのは一杯いたのね。〝女性〟っていうのは勿論〝帝が御寵愛になる女性〟っていう意味だけどさ。そういう方々は一杯いらっしゃったけど、でも正式のお后様っていうのは一人に決まってんのよね。こんなこと、世界の――じゃないかもしれないけど、ともかく日本の常識よね。それをさ、道長っていう人は引っくり返そうとすんのよ。

帝の正式なお后様は一人しかいなくて、そのお后様のことを〝**中宮**《ちゆうぐう》〟っていうのね。勿論、一条天皇の中宮って言ったら、私の〝宮〟お一人しかいません。もう、はっきりとお一人しかいませんッ！　それなのにさ、道長ってヤツはさ――もう〝ヤツ〟だわ――学者っていうのを使ってさ、〝中宮〟と〝**皇后**〟は違う、なんてことを言わせんのよ！　何言ってんのよォ、日本じゃ皇后のことを〝中宮〟って言うんじゃないよ！　そんなメチャクチャな話ってあると思う？　あたし達の時代で〝**学者**〟とか〝**学問**〟とかって言ったらそれは勿論〝漢文〟に関することで――話はちょっとそれちゃうかもしれないけど、あたしって漢文とかっていう、そういう教養ってあったんですね。あたしは清原元輔《きよはらのもとすけ》っていう歌人の娘で、家は貧乏だったけどインテリだったから、本てあったし、それで**漢文**の本なんか読んでたんです。別に自慢で言うんじゃないけど、やっぱりあたし達の時代っていうのは漢字がソク学問になっちゃうぐらいだから、女が漢字読んだり、漢文なんか読めちゃったりするといい顔ってされないとこってあったんですね。そこら辺とっつかまえて紫式部はあたしのことを「漢字書き散らして知ったかぶりしてる」って言うんだろうけどさ。あたし達の時代、漢字は男の書くもんで、女は平ガナ書いてりゃいいっていうのはあったのね。でも、そういう限界ン中であたし達が頑張ったからこそさ、世界に冠たる〝日本の王朝文学〟ってのは出来たんだと思うんだけどな。そこら辺見習ってほしいとかって思うけどさ。それはいいけど、でも男ってひどいわね。だって、中宮と皇后は違うなんてこと言い出して道長のお先棒かついだのは男の学者よッ！　曲学阿世《きよくがくあせい》ってそういうこと言うのよッ！　そんなこと言い出して、あたしの大切な大切な〝宮〟を中宮の位置から追い出したのよ！　なんてひどいことするっていうのよねェ！

でさ、道長に曲学阿世しちゃった学者達が「中宮と皇后は違う」なんて言いだしたもんだからさ、〝宮〟はホントにお可哀想だったの。だって、道長の娘が入内したっていうのは彼女が十二の時よ。いくら昔は結婚するのが早かったって言ったって、これは早過ぎよ。帝が〝宮〟をさ、ン、愛して、なかったたっていうんなら話は別だけどさ、そんなこと全然なかったのよ。それをさ！

この——もう忘れちゃったかもしれないけど、〝宮〟が**大進生昌**《だいじんなりまさ》ンとこにお出かけになられたってていうのは、実は、道長の娘がもうすぐに入内するっていう、そんな頃だったんですね。そんで、〃宮〃がこの生昌《なりまさ》ンとこにお出ましになられたっていうのは、実はこの時御懐妊だったからなんですね。前にも言いましたけど、御出産するんならお里帰りっていうのをするんですけど、でも、ホントにくやしいんですけど、この頃って〃宮〃がお帰りになる御実家っていうのが、もう、なかったんですね。

お兄様の伊周様が捕まって、流罪になって失脚しちゃってから、不幸とかっていうのは続くもんで、有名だった〃二条のお屋敷〃っていうのが火事でなくなっちゃったんですね。建て直すったって、もうそんなご立派なお屋敷を建てる力もないしとかって、それで仕方がないから、お可哀想に、〃宮〃は御出産の為のお屋敷っていうのを探さなくちゃならなくなったんです（みんな道長が悪いんだわッ！）。そんで、〃宮〃は大進の生昌の屋敷にお出かけになられたんですけど、これだってホントにお可哀想なの。もう、聞いてッ！

実は〃大進《だいじん》〃っていうのは〃大臣《だいじん》〃じゃないんですね。大臣たらエライけど、でも大進《だいじん》ていうのはそういうんじゃないんです。生昌《なりまさ》のやってる大進ていうのはエライって言ったって、精々今の言葉で言う〃部長〃ぐらいのエラサなんです。あたし達の生きてる時代って昔だから分かりにくいかもしれないけど、実は中宮様っていうのはウカツに呼び捨てにしちゃいけないぐらい、帝のお后様だからエライんですよね。中宮っていうのは宮中の、朝廷の中の正式の地位だから、当然それ用の役所っていうのもあるんですよね。〃中宮職《ちゆうぐうしき》〃っていうんですけど、それが朝廷での中宮様のこと一切を取り仕切る役所なんですね。そんで、中宮職っていうのは役所だから、長官とか次官とかそういう人達がいて、〝大進〟っていうのはその三番目のポジションなんですね。

　中宮職のヘッドが〝大夫《だいぶ》〟、No.2が〝亮《すけ》〟って言って、〝大進〟は三番目なんですね。大切な〝宮〟が御出産になるのにどうしてそんなとこの家に行かなくちゃいけないんだっていう話だってあるんですね。ちゃんと大夫《だいぶ》とかっていうポジションだってあるんだからさっていうね。

　でもダメなの、ヒドイっていうのはこのところの話なのね。実は、中宮職っていう役所に大夫っていうポジションはあったけど〝大夫〟にあたる人っていうのがいなかったんですね。ホントはいたんだけど、〝宮〟の中宮を邪魔モノ扱いする道長に、「あいつは中宮の味方で俺の敵だ」って思われるのがこわくてやめちゃったんですね。誰もなりてなんかないし、道長はいやがらせして中宮大夫っていうのを置かないし……、っていうんでしょうがなかったんです……。〝宮〟は中宮様だっていうのにどこにも行くところがなくって、それでしょうがないから生昌なんてヤツのところに行かれたんです。お可哀想だと思いません？（あたしもう泣いちゃうわッ！）

　だってさ、生昌っていうのはロクでもないヤツなんだもん！

　あのさ、前にさ、〝宮〟のお兄様が流罪になったっていう話はしたでしょ？　流罪になったんだけど、でも、その時に伊周様はそっと都に帰ってみえられたことってあったんですね。それはなぜかっていうと、お母様がお病気になられたとか、そういうことがあったからなんですけど、でも、やっぱり伊周様は都にいちゃいけない人間でしょ？　私なんか伊周様はちっとも悪いことなんかしてないって思うんだけど、でもやっぱり公式には流罪ってことになってらした方だから。それだからね、都に潜入してらっしゃるんだって大変だったんだけど、それを密告したヤツだっていたのね。それが誰あろう、生昌だっていうのよ！　ああッ、この世は闇ねッ!!　前にさ、**末法思想**とかっていう話したでしょ？　あたし達の頃はまだ**末法の世**じゃなかったんだけど、でもその末法がいつ頃から始まるかは私達も大体は分かってたのね。お釈迦様がいつ死んだのかは分かってたんだから。まァ、道長がいつ死ぬかなんてことはその頃は誰にも分かんなかったんだけどさ、もう今の歴史じゃ、道長が死んで25年たったら末法の世でしたってことは分かってる訳でしょ？　末法って、道長が死んで25年したら始まったのね。あたし達の頃じゃさ、「ああ、もうすぐ末法の世だなァ」っていう感じだけだったけどさ、今の歴史の目から見ると「藤原道長が死んで、それから25年して末法の世になりました」っていう風に思う訳でしょ？　だから、「あれが王朝文化の絶頂期だったのか」なんて思うのかもしれないけど、でもあたしに言わせりゃ違うのね。道長の時代が王朝文化の絶頂期かもしれないけど――なにしろ、「この世をば我が世」と思っちゃうんだからさ――でも道長が生きてる時に、もう末法っていうのは始まってたのよ。そうじゃなかったら、あたしの大切な大切な大切な〝宮〟が中宮の位を追われて〝皇后〟なんていうヘンな位に押しこめられちゃう理由なんて分かんないのよ。なんでワサワザ生昌なんていう貧乏ったらしいやつンとこ行ってお子様を御出産遊ばさなくちゃいけないのかって！　中宮様がお生みになるんだったら、そのお子さんは皇子様か皇女様ですよォ。それをさ――。おまけにもっとひどいことだってあるの。ホントだったら仮にも帝のお妃様であらせられる中宮様が御出産ていったら大変なことな訳でしょ。お里帰りっていったら、ホントにもう、殿上人とかなんかは、みんなで行列なんか作ってお見送りなんかしなくちゃいけないのよ。でもそれをさ、道長は邪魔すんのよ。

〝宮〟が生昌ンとこにお出かけになられるっていう時に、その日に道長は、「自分は別荘に出かける」っていうのよ。道長の別荘っていうのが宇治にあるのね、なんか、後になって息子がそこに平等院とかっていうのを建てたらしいんだけどさ、何が〝平等〟よねェ。道長が別荘に出かけるって聞いたら、みんなゾロゾロゾロゾロ、その後くっついて都からいなくなっちゃうんだから。それ分かってて、そのことが目的で、道長っていうのはそういうことをするんだから。なァにが平等よ、不平等の極みじゃないよ。ねェ？

もういいんだけど。どうせ貴族なんてそんなもんだってあたしは思うんだから。でも、〝宮〟はホントお可哀想。だって、宮をお迎えするんで、生昌の家は門を改造したのよね。いくらなんでも中宮様をお迎えするのに〝普通の門〟でいい筈がないって。あたしの書いた〝**四つ足門**〟ていうのがそれなんですけど、昔はチャンと格式っていうのがあったからそうしなくっちゃいけなかったのね。

話は変わるけど、東京の本郷に東大ってあるでしょ？　あれ昔は加賀の前田っていう大名の屋敷だったんですってね。それが、徳川将軍の娘を嫁にもらうっていうんで、それ用の門ていうのを作ったのよね。それが今でも赤門とかって言ってゴタイソーに残ってるっていうじゃない？　あなた、徳川だの大名だの将軍だのって言ったって所詮サムライでしょ？　サムライって、〝そこにさぶらふ〟って言って、あたし達の時代じゃただの番犬よ。そこで待機してるってだけの、なんでもないペンペン草よ。そんなさぶらっちゃうサムライの娘が嫁に行くっていうだけでゴタイソーな門て残っちゃうのよ。ま・し・て・よね。ウチとこの宮なんて帝のお后よ。そういう方が皇子様や皇女様をお生みにお出ましになるのよ。門の一つぐらい、どんなお金使ったって立派に建てなさいっていうのよッ！

あなた、生昌の改造した門なんて、板ぶきよ！　ホントの門だったらチャンと檜《ひのき》の皮で立派にふくのよ。板ぶきの門なんて、瓦屋根じゃなくてトタン屋根とおんなじよ――あなた達に分かるように言えばそうよ。ホントにあなた達ってどうしてそうゼエタクなの？　あたし達の時代に誰も瓦ぶきの家になんか住まなかったわよ。ホントにゼータクねッ！　ああッ、宮がお可哀想だわッ！

あたしはさ、宮がお可哀想だから、もう、そういういやなことは絶対に書かないの。書くんだったらいいことだけ書きたいの。そうじゃなかったら宮がホントにお可哀想だもん。あたしの口調が脳天気だからって「なんにも心配なんかなかったんだろう」なんてつまんないこと考えないでね。あたしは黙ってるけどホントは、もう、ホントにホントに大変だったんですからね。いい？　皆の者、そこら辺ココロして読むように。（だてに女房やってた訳じゃないんだから♡分かった？）

あ、それからね、例の紫のナントカって人――シーツだか敷布だかさ、あの人、道長の子分ね。道長の娘の彰子にくっついてた女房が紫式部なんだから、なんでも書いてチヤホヤされてりゃいいのよ。そんだけよ。あたしとか〝宮〟なんかとは全然関係なんかないんだから。そんだけよ。紫式部と清少納言がおんなじ時に生きてる時代ってこわいんだから！

すいません、〝註〟が長くなりすぎちゃったみたいだから、なんかここんとこもう一遍初めからやり直します。分かってね。ゴメン」

大進生昌《だいじんなりまさ》の家に宮がおでましになられるっていうんで、東の門を四つ足門に変えて、そっから御輿《こし》はお入りになられるの。

北の門から女房《キャリア》の牛車《くるま》なんかも「まだ陣《ガードマン》がいないから入っちゃおよ」って思って、ヘアーがグシャグシャな人も大していじらないで、戸口に寄せて降りるんだからって思って油断してたところがさ、檳榔毛《びろうげ》の車なんかは門が小さいからつっかえて入れないからさ、いつもの筵《ムシロ》を敷いて降りるんだけどさ、すっごくイライラして頭に来るんだけど、どうしたらいいのよッ（！）

〔註：〝北の門〟て言ったら〝通用口〟〝勝手口〟っていうことです。〝筵道《えんどう》〟っていうのは筵《むしろ》のカーペットね——外出先で牛車《くるま》から降りて歩かなきゃいけない時はこういうもの敷くの。それからこの次に出て来る〝地下《じげ》〟っていうのが何かっていうと、これは下っ端の貴族です。清涼殿の殿上間に上がることを許されてる貴族が殿上人で、それを許されてない人間もいるんですね。そういう貴族のことを地下《じげ》って言うの。なんか、表現汚いでしょ？　だからその分「ああ、殿上人って素敵なんだな」って思える訳〕

殿上人や地下《じげ》なんかも陣《じん》に集まって見てるのも、すっごいシャクねッ！

宮の御前に伺って、あったことを申し上げたらさ、

「ここでだっても人が見ないってことがあるの？　どうしてそんなにのんびりしてたのよ？」

って、お笑いになるの。

「でも、それは見馴れたいつもですもん。キチンとした恰好してましたらさァ、それでこそ驚く人もいるでしょうけどォ……。それにしたって、これぐらいの家で牛車《くるま》が入らない門なんてあるのかしら？　来たら嗤《わら》ってやるわ」

なんて言ってるそこにさァ、

「これ、お召し上がり下さい」って、硯の蓋なんかを差し入れるの。

〔**註**：〝**硯**《すずり》**の蓋**《ふた》〟っていうのはね、要するにお盆よ。別に「サインして下さい」って言って硯《すずり》持って来た訳じゃないの——あ、この硯の蓋持って来たのは勿論屋敷の主人である生昌《なりまさ》ね。分かりにくかった？　ごめんなさいね。あたし達の時代だとさ、硯の蓋っていうのをお盆のかわりにしてさ、そこにお客さん用のお菓子を載せて来たの。だから、硯とか硯の蓋を唐突に持って来たりしたらさ、それは「どうぞ」って言ってお菓子持って来たってことなのね。あたし達って高級だからさ、なんでも遠回しに言うからこういうことになるのね。なんか、あたし達の時代より後になったら、日本料理のオードブルのことを〝硯蓋《すずりぶた》〟って言うようになったんですってね。丼でもお皿でもなんでも〝硯蓋〟っていうのはヘンだけども、あたし達はホントの硯の蓋をお盆として使ってたんです〕

「あァら、ずいぶん悪いとこにこそおみえだわよねェ。どうしてあの門をアアもまァ狭く造ってお住まいになってるのよ？」

って言えば笑って、

「家の程、身の程に合わせてるんでございますよ」

　って、かわすの。

「でもねェ、門ばっかりを高く造る人だってあったっていうわよォ」

　って言えば、

「ありゃま、恐ろしい」

　って驚いて、

「それは于定国《うていこく》のことでございますでしょね。古い進士《しんじ》なんかじゃございませんでしたら、知っておったりすることじゃございませんですよ。ま、たまたまそっちの方面の道に進みましたもんですからね、それぐらいは分かって知っとるんでおりますけどもね」

　って言うの。

「その〝道〟ったって大したことないんじゃないのォ。ムシロ敷いたけどさ、みんな転んで大騒ぎしちゃったわよォ」

　って言えばさ、

「ああ、雨が降りましたでございますからそうなんでございましょうねェ……。ああ、ああ、まだなんかおっしゃられることもあるんでしょうねェ……、エエ。退散いたしましょうかね」

　って、行っちゃった。

「どうしたの？　生昌《なりまさ》がとんでもなくこわがってたじゃないの」

　って、宮がお尋ねになるの。

「いいえェ、牛車《くるま》が入りませんでございましたわよってことを言ってたんでございますよお」って申し上げて、御前を下がっちゃった。

〔註：〃**進士**《しんじ》〃っていうのはさ、元々はあの中国の有名な超ハード版上級国家公務員試験であるところの〃科挙《かきょ》〃の合格者のことを言うのね。それがそのまんま日本に入って来て進士《しんじ》。大体あたし達の時代っていうのは、いわゆる〃国風文化〃っていう時代だけどさ、これはあたし達より前の奈良時代に、日本がとっても中国してたことの反動なのよね。中国の隋唐っていうのは大帝国だったしさ、日本は遅れてたからね。日本はなんでも中国の真似してたの。日本にも最初というか昔は、科挙みたいな試験ていうのはあったらしいんだけどさ、あんまり難しいんで誰も受けなくなっちゃってさ、こっちの方はなくなっちゃったの。試験はなくて、合格者の呼び名である〃進士《しんじ》〃っていうのだけが残ったのね。進士のことを別名〃**文章生**《もんじょうのしょう》〃って言ったんだけど、これは漢詩・漢文を専門にするインテリ官僚だと思ってね。文章生が出世すると**文章博士**《もんじょうはかせ》になるのよ。生昌が生意気にも〃そっちの方面の道〃って言ったのは、そういう官僚コース――**文章道**《もんじょうどう》にいたってことね。文章生になるのにも試験てあったけど、それは科挙っていうよりも、今の大学入試みたいなもんね。生昌なんかさ、田舎もんだから、自分が〃大卒〃だって言って得意になってるっていうような程度のもんなのよ――あなた達に分かるように言うとね。別にご大層な試験で苦労する訳でもないんだから〃文章生〃ですましときゃいいのにさ、中国風だとカッコいいからって、それで生昌は〃進士〃なんて言葉を持ち出して来たのよ。それでね、あたし達の話で一体何が問題になってるのかよく分かんないと思うんだけどさ、これは昔の中国の古い話なのよ

（だから漢文読めないと分かんないの）。

昔中国に**于定国**《うていこく》っていうのがあってさ、そこの王様のお父さんていう人がさ、自分の家の門が壊れちゃって修理しなきゃいけない時にさ「門を大きくしろ！」って言ったの。小さな門だと小さな馬車（というか戦車というか）しか入れないからさ、出世した時に困るでしょう？ そのお父さんはさ、自分の息子の中に絶対出世するやつがいるって、にらんでたのね。だから門だけは立派にしろって言った訳。だから、あたしの言った〝門ばっかりを高く造る人〟っていうのは、その于定国の王様のお父さんのことなの。せっかくの中宮様のお越しだっていうのに門だって狭いまんまにしてるからさ、それでイヤミで言ったのよ。そしたら、「自分だって知ってる！」とかつまんない自慢してさ――あーあ、ホント、生昌ってヤなやつ！」

おんなじ局《つぼね》に住む若い女房《コ》達なんかと一緒に、色んなこともメンドクサイし眠いから、みんな寝ちゃった。

寝殿造りの東の対《たい》の屋の西の廂《ひさし》の北の方の部屋でさ、北の障子には掛け金もなかったんだけどさァ……、それも確かめないでね――あっちは家主だからさ（！）――内情を知ってて、開けちゃったのよねェ（!!）

〔**註**：家の話は後でしますけど、とりあえずは〝**障子**《しょうじ》〟ね。あたし達の時代に障子って言ったら、それは**襖**《ふすま》のことだと思ってね。木の骨組に薄い白の紙の貼ってある、あなた達の知ってる〝障子〟っていうのはあれ、〝**明障子**《あかり》〟って言ってさ、あたし達の時代にはまだないのね。あたし達

の時代には、まだ家の中を仕切るのに手一杯でさ、明るさのことまで手がまわんなかったのよ。だからあたし達の時代の〝障子〟は間仕切りの襖なの。それからこの後に出て来る〝几帳《きちょう》〟ね。これは平安時代の間仕切りカーテン。勿論持ち運びが出来ます。〝燈台《とうだい》〟っていうのはフロアスタンドよ」

へェ〜〜〜〜〜〜〜〜〜〜〜〜〜〜んにしわがれて上ずった声でさ、「入ってってもよろしいかな？　入ってってもよろしいかな」って、何回か言う声でさ、目ェ覚まして見たらば、几帳《きちょう》の後ろに立てた燈台《とうだい》の光は正直でしたね。障子《ドア》を五寸ぐらい開けて言うんだったのよォ！

メッチャクチャ、おかしいッ！

「絶対こういうロマンチックなことは間違ってもしない男なのに、宮が自分ン家《ち》においでになったっていうんで平気で好き勝手をするんだろうなァ……」って思うんだけど、すんごくおかしいの。

そばにいる子を揺すって起こして、

「ねェ、御覧なさいよォ。あ〜〜んな、見たこともない人がいるみたいよォ」

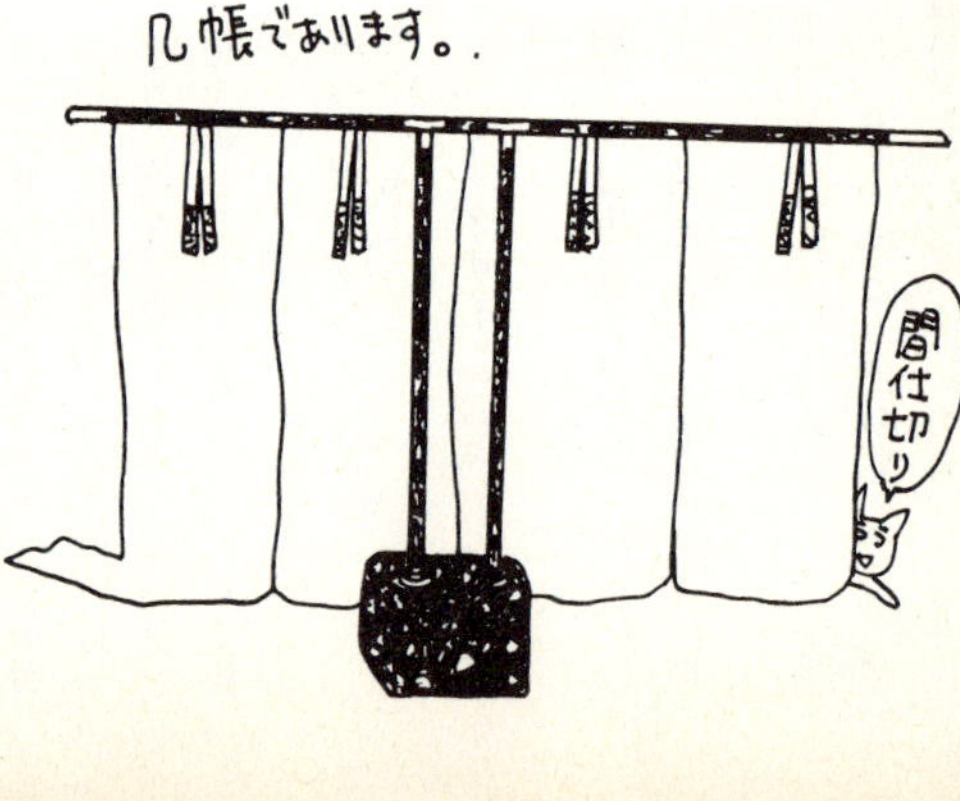

って言えば、頭持ち上げてそっち見て、メッチャクチャ笑うの。

「あれ、誰よ？　ロコツねェ」

って言えばさ、

「違いますよォ。屋敷の主として御相談しなくちゃいけないことがあるんでございますよォ」

って言うから、

「門のことだったら申し上げましたけどさァ、〝障子《ドア》お開けになってェ♡〟なんて申し上げましたかしらァ？」

って言えばさ、

「あ、まァね、そのことも申し上げましょう。え、そっちに入ってもよろしいかな？　そっちに、入っても、よろしいかな？」

って言うから、

「すっごい、ブッザマァ」

「あーあ、全然無理よォ」

って笑うのが分かるからね、

「あ、若い方がおいでだったんだァ……、あァ、あ」

って、閉めて行っちゃった後で笑うこと、タァーイヘン（！）

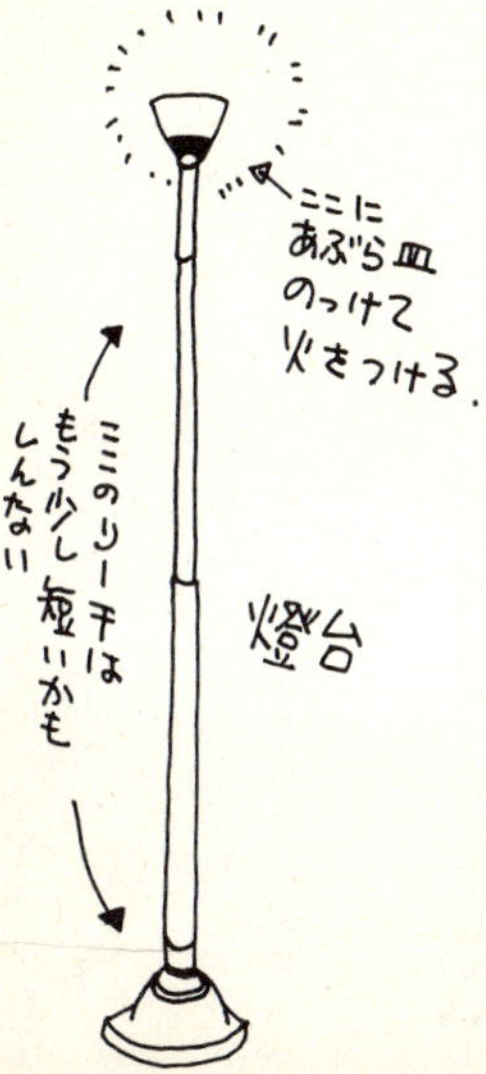
ここに
あぶら皿
のっけて
火をつける。
燈台
ここのリーチは
もう少し短いかも
しんない

「開けるっていうんならさ、ただ入って来りゃいいのよォ。〝いいですか？〟って訊かれて〝いいわよ〟って誰が言うのよォ！」って。あーあ、ホントにおかしかった！

次の朝、御前に出て申し上げたら、

「そんな人間だって話も聞いてはいなかったけどねェ……。昨夜《ゆうべ》のことに感心して行っちゃったんじゃないの。あーあ♡　あれを散々にやっつけちゃったんだろうけど、それも可哀想よねェ」

って、お笑いになるの。

姫宮様の子供用の衣裳を新調させよ、ってことをおおせつけられた時に、「その衵《あこめ》のウワッパリはなんの色にいたさせましたらよろしいでしょうねェ」って申し上げるのをさ、また笑っちゃうのももっともよねェ。

「姫宮様の御前のものは、普通の大きさでは可愛くはないでございましょ。チッセェ折敷《おしき》にチッセェ高坏《たかつき》なんかが、絶対にいいでございましょうねェ」

って申し上げるのに、

「だったらさァ、ウワッパリ着ちゃった子供だっても、お給仕はしやすいわよねェ」

って言うと、

「これ、そこら辺の人間みたいに、生昌をそんなにして笑わないのよ。すっごく真面目なんだから」

って、宮が同情なさるのもス・テ・キ。

（**註**：宮にはお嬢様がいらっしゃるのね。中宮のお嬢様だから勿論〝皇女〟でいらっしゃるんだけどさ、〝姫宮《ひめみや》〟っていうのは、このもうすぐ三つにおなりになるお嬢様のことね。その衣裳を新調するお役目を生昌に言いつけられたの。だって生昌は**中宮大進**《ちゅうぐうだいじん》でしょ？　そういうことをするのがこの人のポストなんだものね。

したらこのバカが何言うかっていったら〝ウワッパリ〟よ。〝ウワッパリ〟っていうのはあなた達の言葉で、あたし達流に本式で言うと〝**上**《うは》**おそひ**〟なんだけどさ、それであたし達は「なに考えてんのこの人？」って笑っちゃった訳なのね。えっと、どう説明したらいいかな。要するに子供服の話なんだけどさ、普通は〝**衵**《あこめ》〟っていうのを着てんのね、小さい女の子はさ。それが普段着な訳よ。女の子の直衣《のうし》だと思って。〝**直衣**《のうし》〟の〝**直**《なほ》〟っていうのは〝普段〟ていう意味だからさ、直衣は〝普段着〟

なのよ。でね、そういう普段に袙《あこめ》を着てる女の子がさ、正式というか礼装の時になると、その上に〝**汗衫**《かざみ》〟っていうのを着るのね。その汗衫《かざみ》のことをさ、生昌は〝ウワッパリ《うはおそひ》〟って言ったのよ！　バカだと思わない？　かりにも生昌は平安時代の人間よォ。あなた達とは違うのよォ。あなた達が汗衫のことを知らないムチモオマイのアホダラキョオだったってもさ（気を悪くしたら失礼♡）、あァた、生昌は平安時代の、おまけになんちゅーこったい的にインテリやってる文章生《もんじようのしよう》の進士よォ！　バッカじゃなかろかったって、もう、当然でしょォ？　ンとにもうッ！　田舎モンはいやだわね。だってさァ、ナマリがきついんだもん。〝チッセェ〟って何よ？〝**ちゅうせい**《チッセェ》〟って言ってたんだけどさ、これがナマリなのよ。なんだろ？　〝ちゅうせい《チッセェ》〟ってなんだろ？　って、一生懸命考えてたのよ。〝小さい〟ってこと――それのナマリ。あーあー、なんだって中宮職《ちゆうぐうしき》にはこんなのしかいないのかっていうのよねェ。文句ばっかり言っててちっとも註になんないなァって思うから**註**ね：〝**折敷**《おしき》〟っていうのは硯の蓋じゃない、ホントのお盆ね。杉や檜《ひのき》の薄い板で四角いお盆を作るのがそれ。で〝**高坏**《たかつき》〟っていうのが足付きのお皿――要するに果物やなんかを盛るコンポートよ」

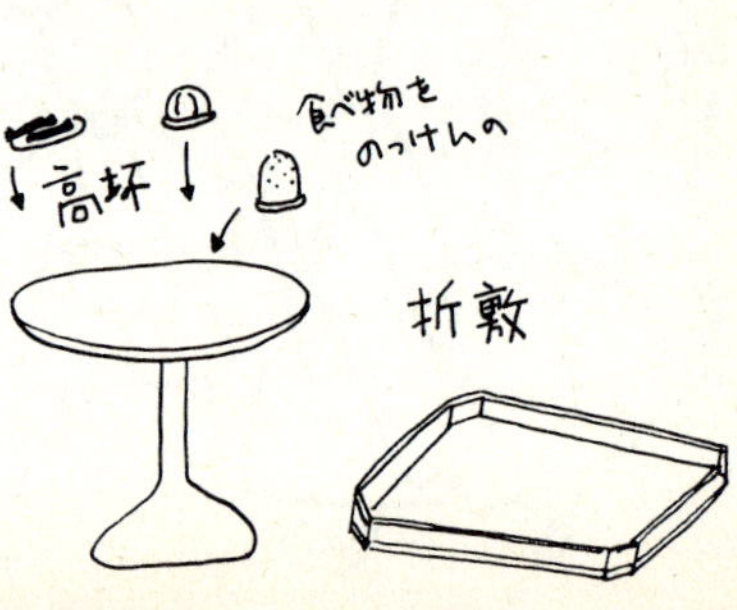

ポーッと暇な時に、「大進が〝ぜひお話ししたい〟んだって」って言う声をお聞きになって、「またどんなことを言って嗤われようっていうのかしら？」って宮がおっしゃられるのも、やっぱり素敵。

「行って聞いといでよ」っておっしゃられるから、わざわざ出てったらさ、「こないだの夜の〝門〟のことを中納言に話しましたらですね、ヒジョオーに感心なされまして、〝ぜひ適当な折をみて、ゆっくりとお会いして、お話もうかがいたい〟と、こうまァ、申されたんですよ」って、後は別に何がある訳でもないの。

「〝こないだの夜〟のことなら言っちゃおうかなァ……♡」ってワクワクはしたんだけどさ、「いずれゆっくりと、お局の方にうかがいましょう」って、行っちゃったからさ、宮の御前に戻って来たら、「ところでなんだったの？」って、おっしゃられるから、言ってた話を〝こうなんです〟って申し上げたらさ、「わざわざ取り次ぎを使って呼び出すようなことじゃないわよねェ。自然とさァ、端近《はしぢか》とか局なんかにいるみたいな時にさ、言えっていうのよォ」って、笑う子もいるから、「自分の中で〝えらい〟と思ってる人が賞めてるからね、〝嬉しいと思うだろうな〟って、それで教えてくれてるのよ、きっと」っておっしゃられる御様子も、すっごい、御立派だった……。

（**註**：生昌が言ってた〝中納言《ちゅうなごん》〟っていう人が誰かっていうと、実はこの人は**生昌の兄貴**なのね。田舎から出て来て出世して中納言にまでなったからさ、生昌は兄貴を尊敬してんのよ。でもあたしになんかなんの関係もないじゃないよ、ねェ？　宮なんかは御立派だからさ、なんにもおっし

ゃらないけどさ、生昌の兄貴っていうのは、実はとんでもないやつなのよォ！　前にあたしはさ、どうして帝のお妃でいらっしゃる中宮様が御出産の準備で中宮大進なんていうハンパなやつンとこに行かなきゃなんなかったかっていう話はしたと思うんだけどさ、結局その元凶はぜんぶ中宮大夫《だいぶ》っていう中宮職の長官がいなかったからでしょう？　道長に遠慮して逃げちゃったんだから。ところでその誰あろう、〝中納言〟でらっしゃる生昌の兄さんがさ、そのいなくなっちゃった中宮職長官だったのよ！　兄貴が長官で弟がNo.3ていう、そういう家なんだ、ここは！　そりゃ尊敬でもなんでもするでしょうよって、いうのよ――ああ、いまいましいッ！　生昌の兄さんなんて、我が身大事で仮病使った男なのよ。中宮職の長官なんてやってたら道長ににらまれるに決まってる訳だからさ、それで病気ってことにして中宮大夫のポストを降りちゃったの。後は弟の中宮大進が手抜きで宮のお世話をしてたって訳。

なによッ！　あんた達なんか大ッ嫌いッ!!」

●枕のコラム――そのI

あたし達の住んでた〝**寝殿造り**《しんでんづくり》〟についてちょっと説明します。前に書いたけど、生昌の家であたし達がいたとこは〝**東の対**《たい》**の屋の西の廂**《ひさし》**の北の方の部屋**〟だったのね。これだけでどこにいたのかを当てろっていうのは、ほとんど〝宝島の地図〟だけどさ、その説明をします。

有名な寝殿造りっていうのはさ、大体三つの大きな建物がつながって出来てるの。それが基本なのね。そんで、この一番真ン中にある大きな建物のことを〝寝殿《しんでん》〟て言って、これが全部の中心になる訳。

この寝殿が敷地の真ン中にあって、これは南を向いています。どうして南かっていうと、中国じゃ〝天子は南面《なんめん》する〟っていうからなのね。平安京も平城京も、みんな帝のいらっしゃる内裏《だいり》は北にあって、南の方に向いてる訳。都の作り全体がそうなってるから、建物の方もやっぱりみんな、自然と南を向いちゃう訳

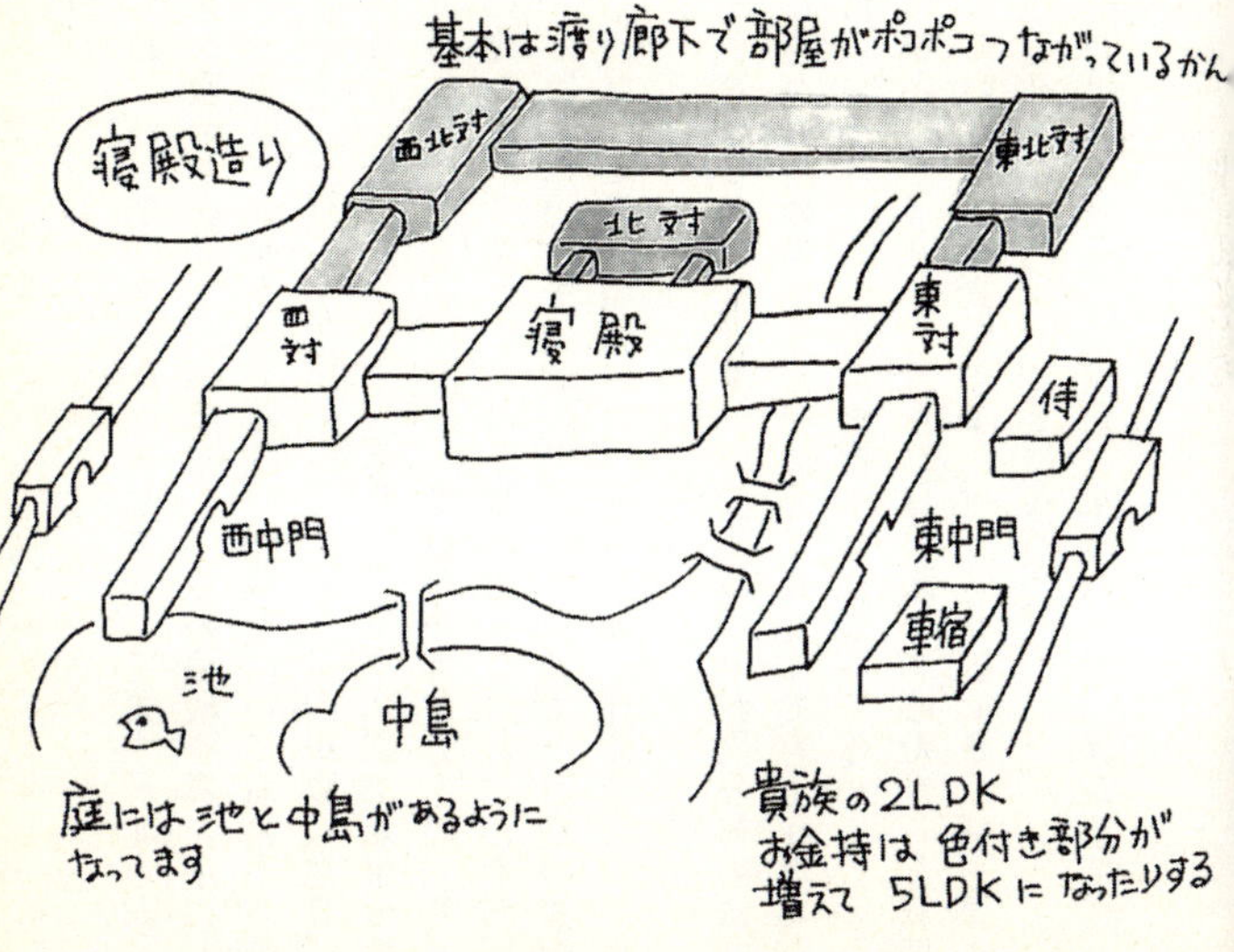

ね。だから、寝殿の前（南）は庭なの。

じゃア今度は寝殿から庭に下りますね。いい？　今あなたは庭に立ってます。北を向くと真っ正面には、今あなたの下りて来た寝殿があります。そして、この寝殿を真ン中にして、左右に二つの建物――〝**対**《たい》**の屋**《や》〟っていうのが立ってる訳。寝殿を向いて右にあるのが〝**東の対**《たい》〟、左にあるのが〝**西の対**〟――この三つがワンセットになるのが寝殿造り。勿論この三つの建物はバラバラに立ってる訳じゃなくて、〝**渡殿**《わたどの》〟っていう廊下兼用の細長い建物でつながって、更にその両方の〝対〟から庭に向かって渡殿が延びてるの。ちょうど庭をコの字というか〝冂〟の字に建物が取り囲んでるのが寝殿造りなのね。だから、あたし達の時代の家の〝一軒〟ていうのはメチャメチャ広いの。庭ったって、お庭の池がボート場ぐらいあるんだもんね。狭くったって野球場ぐらいはある敷地に住んでんだと思ってよね。

さて、それではそういう〝家〟にどうやって入ってくかってことね。第五段の初めにでも、それから第二段の前の方であたし達が白馬の節会を宮中に見に行くんでもそうなんだけど、みんな〝**東の門**〟から入るのね。庭を〝冂〟の字に建物が取りまいてるって言ったけどもさ、取りまかれちゃったら入れないでしょ？　寝殿造りは寝殿が中心だから、寝殿の真っ正面から建物の中に入ってくっていうのが正式なのよね。という訳でさ、庭をグルッと囲った建物の胴体に穴を開けてさ、そこが〝**門**〟てことになるの。

寝殿があって、そこから左右に渡殿が出てて、そこで直角に東と西の対の屋が出てて、そしてその先から更に渡殿が出てて、庭の中に食いこんでる〝釣殿《つりどの》〟っていうのにつながってるのね。その東の対と東の釣殿をつなぐ渡殿の途中に門が開いてて、こっから寝殿へ向かう牛車《くるま》が出入りするの。庭があって、それを冂の字形に三つの建物が取りまいてて、そして、更にその外側をグルーッと塀が取りまいてるのね。東の対から釣殿へ向かう渡殿に開いてるのが中にある門だから〝中門《ちゅうもん》〟、その外側の塀に開いてるのが〝東門〟で、東から中門を通って入るのが正式っていう訳。

で、門を入るわよね。生昌の家に宮がおでましになるんだったらさ、当然生昌の家で一番えらいお方は宮だからさ、宮は寝殿にお住まい遊ばすのね。で、宮がそこだからさ、お付きの女房《キャリア》であるあたし達はその隣の〝東の対〟に住む訳ね。〝東の対の屋の西の廂《ひさし》のウンヌン〟の一番最初はこういうこと。次はその内部ね。

寝殿造りっていうのは帝がお住まいになってらっしゃる御殿をモデルにして作ってあるからさ、〝家〟だって言ったって、これは基本的には御殿なんです。だから敷地だって野球場だけど、中だってガラーンとしてんです。そりゃそうよね、御殿が四畳半ばっかりだったらヘンだもんね。一つの〝部屋〟がガラーンとしててだだっ広いの。という訳で、冷え冷えとしてて寒いから、あたし達は十二単の厚着してたんだって話もあるんだけどさ、そうかもしれないわよね。でさ、寝殿造りの内側の話をするとさ、まず第一に〝母屋《もや》〟っていう大きな部屋が真ン中にある訳。話をすごく簡単にしちゃうとさ、寝殿だって対の屋だってさ、この大きな母屋《もや》とそのまわりに広い廊下があるだけっていう、そういう造りなのね。だって御殿てそれでいいんだもん。別に2DKのお茶の間暮しする訳じゃないんだからさ。

ま、なこと言ったたって実際はそれじゃ不便だからってさ、中を仕切って小さな部屋をいくつか作る訳よね。そんでさ、その〝小さな部屋〟の代表格が〝**廂**《ひさし》――**廂**《ひさし》**の間**《ま》〟っていう訳ね。

廂《ひさし》っていうのは屋根のヒサシよね。寝殿造りの建物の屋根がグーッと出ててさ、建物の真ン中にある母屋《もや》と、その屋根の端っこであるヒサシとの間が結構あったから、ここに小さい部屋を一杯作っちゃったの。それが廂――廂の間。ちょうど真ン中にある母屋をぐるっと取り囲むみたいにしてあったの。という訳で、あたしが生昌の家でいたところは〝東の対の屋の西の廂《ひさし》――〟なの。

東の対の屋っていうのはさ、宮がいらっしゃる寝殿とは東西の関係にあるのよね。東の対の屋から見たら、寝殿ていうのは西にある訳だから。でね、廂の間っていうのは東の対の屋にだって一杯ある訳よ。〝東の対の屋の東の廂〟だって〝北の廂〟だってある訳よね――ただし南は庭だからさ〝南の廂〟っていうのはないんだけどさ。あたし達は宮の一番近くにいるお付きだからさ、宮の一番近くに控えてなきゃいけないのね。だから当然、東の対の屋でも一番近いところにいなきゃいけない――という訳で〝西の廂〟なの。分かった？　そしてさ、西の廂っていったってさ、やっぱりそれは一つじゃない訳よね。これだって南の庭の方から奥の方の北に向かって一杯ある訳だからさ。という訳で〝西の廂の北、の方〟——つまり奥の部屋なのね。ああ疲れた。これが〝**寝殿造りの東の対の屋の西の廂《ひさし》の間の北の方の部屋**〟の説明。こんな風にしないで1号室とか2号室とかさ、ペンペン草の間とかなんとかやっとけばよかったのにね。なんか、そういう知恵だけはまだなかったのよね。

寝殿ていうのはさ、真ン中にあって、南の正面向いてドーンと横長にあるんだけどさ、でもその両側にある対の屋っていうのは縦長なのよね。南にある庭の方から北の方に延びてるの。生昌の家に行くんでさ、宮は東の御門から入られたけどさ、あたし達女房《キャリア》が入ったのは〝**北の門**〟なのね。北の門が通用門ていうのは、もうなんとなく分かるでしょ？ 北っていうのは奥でさ、裏なのよ。結婚した女の人を〝奥さん〟とか〝奥方〟〝北の方〟って言ったりするでしょ？ 北っていうのはそういうプライベートなとこだったのよね。そんで、意外かもしれないけど、寝殿造りっていうのはまだ〝北の対〟がないのよ。どういうことか分かるでしょ？ まだプライベート・ライフが確立されてないってことなのよ。だから廂の間がゴチャゴチャ一杯あったってさ、それに一々名前がついてたりする訳じゃないの。唯一例外は宮中だけどね。〝**北**〟には女御更衣あまたさぶらっちゃってるから。前にさ〝**局**《つぼね》〟っていうのが個室だって言ったでしょ。ウソじゃないんだけど「どこそこが個室の部分」ていう風に決まってる訳でもないのね。「ここをあたし一人で使ってもいいんだって」っていうことになればそこは個室だし、「みんなで使いなさい」になったら個室じゃなくなっちゃうっていうことよね。〝局《つぼね》〟っていう特別な部屋があったっていうよりも、「ここを〝局にする〟から〝局〟ね!」っていう感じね。〝局する〟っていう言い方するると怒る人もいるかもしれないけど、感じとしてはこっちの方が正解なのよ、あたし達の時代ではね。

で、もう一つついでに言っとこう。あたし達の大雑把な〝境界感覚〟なんかについて。

あのさ、話は飛躍して悪いんだけど、結局あたし達は〝イスラムの女〟だったのね。なにかっていうと、直接男達の目に触れないようにして生活してるっていう点でね。

宮がさ、生昌の家にお着きになってからさ、生昌が〝**硯の蓋**〟なんかを持って来て〝差し入れる〟でしょう? あれ別に〝差し入れ〟っていう意味じゃないのよ。別に生昌と宮が友達である訳もないしさ——あー、おそれおおい! とんでもないこと言っちゃった。宮はさ、高貴な方だからズーッと**御簾**《みす》の中にいらっしゃるのね。そっからお出になんかならないのよ、よっぽどのことでもない限り。だからさ、当然それにお仕えするあたし達女房だっても、やっぱり勤務時間中は、宮と一緒に御簾の中にいるのよ。宮は御簾の奥でさ、お客さんの相手するあたし達は御簾のそばでね。だからさ、あたしと生昌とで門が低いだ狭いだ、于定国がどうしただって話をしてた時にさ、宮が「どうしたの? 生昌がとんでもなくこわがってたじゃないの」っておっしゃったでしょ? そういうことなの。

その後で生昌がやって来てさ、あたしのことを取り次ぎ使って呼び出そうとしてさ、それで〝中納言〟が会いたがってるとかなんとかって言ったでしょ? あの時だってさ、取り次ぎの女房《コ》が「大進が〝ぜひお話ししたい〟んだって」って、御簾の中にいるあたしに言うのをさ、御簾の奥にいらっしゃる宮が聞かれたのよ。それで宮が「行って聞いといでよ」っておっしゃるからさ、あたしは〝わざわざ出てった〟の。人に会うのに御簾の外出てくのなんて、ホントに〝わざわざ〟付きの所業なんだもん。だから「くだらない！」って思うの。そういうのは〝端近《はしぢか》とか局なんかにいる時に言えばいいの〟よって言うのは、そういう訳ね。

〝**端近**《はしぢか》〟っていうのもまたヘンなもんなんだけどさ、別にそういう名前のついた場所があるって訳じゃないのね。〝外の廊下に近い部屋の隅っこ〟のことを〝端近〟って言う訳。どうしてこんなもってまわったことを言うのかっていうとさ、部屋の真ン中っていうのは大体いつだって、いるんだったらえらい人がいるとこでしょ？　部屋のことを考えるんだったらさ、それは戸口からでも柱からでも壁からでもない、そういう方がいらっしゃるべき〝部屋の真ン中〟から——それを基準にして考えるのが〝考える〟っていうことだっていうのがあたし達にはあるのよ。だから、部屋に宮がいらっしゃればそこが〝中心〟。そつから離れれば〝端近〟っていうね、そういう訳なのよ。

〝えらい人〟っていうものを中心にしてすべてが出来上がってる訳よね。〝えらい人〟がいて、その前に御簾が垂らしてあったら、そこはもう特別な空間。簡単にめくれるからってめくれる訳でもないのね。生昌があたし達ンとこに夜這って来た時だってもさ、部屋の戸開けたって、その先には**几帳**《きちょう》っていうカーテンがあるからさ、もうここは開けらんないのね。ドアよりカーテンのが開けるのは簡単、ていう風にあなた達だったら考えるかもしれないけど、あたし達では逆なの。ドアは黙って開けられても、几帳は黙ってなんか開けらんないの。そんなことしたら、絶対にあたし達がただじゃおかないもんね。

という訳で結論。寝殿造りのプライバシーは、壁が作るんじゃなくて、しきたりが作るの。あたし達はそうやって生きていた、とそういう訳なの。

第六段

〔**註**：最初にちょっと説明しときますね。前に**殿上人**の話ってしたでしょ？　帝がいらっしゃる清涼殿の殿上の間に上がるのを許されたら殿上人だって。つうことはさ、清涼殿の殿上の間に上がる為にはみんな〝殿上人〟になってなきゃいけないってことよね――そういう身分でなきゃだめだってね。でさ、別に帝が普段に生活してらっしゃる清涼殿にはさ、別に男しかいないって訳でもないのよね。女性だっているしさ、動物だっている訳。

帝がさ、猫を飼ってらっしゃる訳よ。そうするとやっぱりこの猫だって〝殿上人待遇〟ってことになるのね。殿上人になる為にはまず五位から上の位っていうのを持ってなくちゃいけないの。これが最低条件で、そしてその上で殿上の間に上がってもいい・悪いってことになるのね。だから、五位でも殿上人じゃない人はいるの。そんでさ、前に言ったけど、**蔵人**っていうのは清涼殿の雑役夫でもあったりするから（蔵人の諸君、ゴメーン）「五位じゃちょっと……」っていうんで六位の人が多かったりはする訳。六位だから普通だったら殿上人にはなれないんだけど、蔵人は帝にお仕えする名誉ある雑役夫だから（すいません……）六位でも殿上人。だからさ、殿上人であるってことはどっちかっていうと名誉の問題なのね。殿上人でも更に上の方——どっちかっていうと四位から五位までを殿上人、三位から上を上達部って言ってる方が普通かな（ま、そういうことよ）——を**上達部**っていうんだけどさ、極端な話すりゃ、二位や三位の上達部でも帝の御機嫌をそこねて「お前の顔なんか見たくない！」ってことになればさ、昇殿出来なくなっちゃうから〝殿上人じゃない〟ってことにもなるのよね。前に〝殿上人になれないダサイ貴族のことを**地下**《じげ》と言う〟って言ったと思うんだけど〝地下の大納言〟とかさ〝地下の大臣〟なんていうヘンな人がいたって、別に不思議でもないってそういうことなのね。という訳で、すっごくえらい地下がいれば、猫の殿上人だっていたっていい訳。

猫を殿上人にする為にはさ、だからまず五位の位をあげるのね。五位の位をもらうことを〝**冠**《かうぶり》す〟って言うのよ。冠《かうぶり》は冠《かんむり》よね。昔聖徳太子の時代にさ〝**冠位**《かんい》**十二階**〟ってのが初めて定められてさ、この時〝位〟っていうものが出来たんだけどさ、こん時に、その位の人は位に相当するような冠をかぶったのよ。だから別に五位になったからって冠を朝廷からもらえる訳じゃないけど〝冠《かうぶり》す〟って言ったのね。あたし達より後になるとさ、武士なんかが元服《げんぷく》することを〝**初冠**《うひかうぶり》〟なんて言うんだけどさ、そもそもの元は、宮中にいられる人間の第一歩には〝冠〟があったっていう、そういうことね。

で、宮中の猫も〝冠《かうぶり》〟してて
ね、殿上人だったんだけどさ、
でもこの猫は女の子ちゃんだっ
た訳。〝殿上人〟っていうのは男
のことだからさ、雄の猫なら殿
上人でも、雌の猫に〝殿上人〟
は間違いなのね。女にだって勿
論〝殿上人待遇〟はあったのよ。
五位から上の女の人は〝命婦《みようぶ》〟
っていうの。命婦が女の殿上人。
で、殿上人は一つだけど、命婦
には〝外《げ》命婦《みようぶ》〟と〝内《ない》命婦《みようぶ》〟の
二種類があるの。内命婦ってい
うのは宮中で働いてるキャリア
ウーマンのことね。普通〝命婦〟——〝馬の命婦〟とか〝ナントカの命婦〟って呼ばれたら、こ
れはみんな内命婦ね。外命婦っていうのは〝専業主婦〟だから。四位とか五位のね、殿上人の奥
さんが外命婦なの。殿上人の奥さんならやっぱりそれにふさわしい位を持ってなきゃいけないっ

めちゃめちゃかあいー♡
命婦さまっ
ねてるとこ
おきたとこ
うにゃ

翁丸はゆるくない
なごんもないちゃう

ていうんでさ、それで〝外《げ》〟だけど〝命婦〟なの。という訳で、宮中には〝命婦サマ〟っていう雌の猫ちゃんがいたと、そういうお話が始まります〕

宮中にいる御猫さんは殿上人でね、〝命婦《みょうぶ》サマ〟っていってメチャクチャ素敵だったんで帝も大切にさせてらっしゃったのがね、端近に出て寝そべってるもんだからさ、乳母《めのと》の馬《うま》の命婦《みょうぶ》が「あら、お行儀の悪い。中にお入んなさい」って呼ぶんだけどさ、日が当たってるとこで眠ってるからね、おどかそうってさ、「翁丸《おきなまる》、どこなの！　命婦サマを嚙んじゃいなッ！」って言うと、「ホント?!」とか思ってさ、スゴイのが飛びかかって来ちゃったもんだからビックリ仰天して、御簾《みす》ン中に入っちゃった。

朝御飯の席に帝がいらっしゃるからさ、御覧になって、メッチャクッチャに驚かれたのォ。猫を懐《ふところ》にお入れになられてね、男達をお呼びになったらば、蔵人《くろうど》の忠隆《ただたか》やナリナカが参上したもんだから、「この翁丸をブチ懲《こら》しめて犬島へやってしまえ！　今すぐにだッ!!」ってさ、仰《おお》せになられるもんだから、集まって狩り立てる騒ぎよ。

〔**註**：〝**犬島**《いぬじま》〟っていうのは野犬の収容所ね。川ン中にあったの〕

馬の命婦にも怒られてね、「乳母を替えちまおうぜ。ったく、心配だよォ」って仰せになられるからさ、御前にも出ないのね。

犬は狩り出されて、滝口《たきぐち》なんかを使って追い出されちゃったの。

〔**註**：〝**滝口**《たきぐち》〟っていうのが後の〝**武士**〟ね。蔵人の役所である蔵人所に所属してるガードマンのこと。清涼殿の東側にはさ〝**御溝水**《みかわみず》〟っていうお堀というか、川が流れてたの、御殿の奥の方

――つまり北側に向かってね。それがさ、清涼殿のはずれでちょっと滝になって落ちてたのよ。だからそこを〝滝口〟って言ってさ、そこに〝**陣**《じん》〟があったの――ガードマンの詰所よね。だから〝**滝口の陣**〟即ち〝武士〟なの〕

「あーあ……、メチャクチャ堂々と歩き回ってたのにねェ……」

「三月三日のお節供でさ、頭弁《とうのべん》が柳の冠かぶせて桃の花を頭に挿させてさ、桜の枝を腰に差したりなんかして歩かせられた時はさ、こんな目に遭おうとは思わなかったもんねェ」

なんか、可哀想がるの。

〔**註**：〝**頭弁**《とうのべん》〟ていうのは〝**蔵人頭**《くろうどのとう》〟で〝**右大弁**《うだいべん》〟を兼ねているってことね。蔵人頭っていうのは蔵人所のチーフ・リーダー。長官ていうのもこの上にはいるんだけどさ、ほとんど名誉職でなんにもしないから、実質的には蔵人頭が全部を取り仕切ってんの。そんでさ、蔵人頭っていうのは大体若手の、いいとこの坊ちゃんがなるようなもんだったの。いいとこの坊ちゃんだから右大弁とか**中将**とか、そういういいポストについてらっしゃるのが普通だったの。だからさ〝右大弁〟がどういう仕事するかっていうよりも〝頭弁〟とか〝**頭中将**《とうのちゅうじょう》〟っていう風に〝頭《とう》〟がくっついてたら、これはもう〝カッコいい若手のエリート〟ってことだと思ってて。それが一番正解だもん。〝弁《べん》〟っていうのがどういうのかってのは、この本の最後で橋本さんが解説するって言ってるからそっち見て、あたしにはちょっとよく分かんないもの〕

「宮のお食事ン時は、必ずこっち向いて待ってたのに、ホント寂しいわねェ……」なんか言って三四日たっちゃったお昼頃ね――犬がメッチャクチャ鳴く声がするからさ、「どこの犬がこんなにいつまでも鳴いてんだろう?」って聞いてるとさ、仰山な数の犬が様子を見に走ってくのね。

御厠人《みかわやうど》なんてのが走って来て、「もう、タァーイヘン! 犬をね、蔵人様がお二人で叩いてるの。死んじゃうわねェ……。犬を島流しになさったのが、帰って来やがったっていうんで、それで懲《こら》しめてらっしゃるのよ」って言うの。

〔**註**:〝**御厠人**《みかわやうど》〟っていうのは、トイレ掃除のオバサン。滝口のところに流れてく水のことも〝御《み》溝水《かわみず》〟って、清涼殿関係はなんでも〝御〟の敬語がついてんだけどさ、別にこれはオバサンがえらいんでも堀の水がえらいんでもないのよ。どっちかっていえば〝トイレ〟がえらいの。その中心に帝がいるから全部が敬語の中にあるっていうのがここなのね〕

重っ苦しいなァ……。

翁丸なの。

忠隆、実房《さねふさ》なんかがブってるっていうから止めに行かせたらさ、その内やっとのことで鳴きやんで、「死んだから、陣の外に棄てちゃいましたよ」って言うからさ、「可哀想だなァ……」なんて思ってた夕方よ。メチャクチャに腫れ上がってみっともなくなってる犬の苦しそうなのがさ、ヨタヨタ歩いてるから、「翁丸なの? 今時分こんな犬が歩いてやしないわよねェ……」って言うんだけど、「翁丸!」って言っても聞きゃしないのね。

「そうよ」とかも言うし、「違うわよ」とかもみんなで申し上げてたらさ、「右近《うこん》なら見分けがつくわ。お呼び」って、宮がお召しになるからさ、参上したのね、彼女。

「これは翁丸なの？」って、宮はお見せになるのね。

「似てはおりますけど、これはちょっと〝暗い〟って感じですけどねェ……。それに、〝翁丸かい？〟ってさえ言えば喜んで寄って来るもんですけど、呼んでも寄って来ませんでしょう？違うと思いますよォ。〝翁丸はブチ殺して棄てちゃいました〟っていう話ですしィ……。二人がかりでブったんなら生きてないんじゃないんですかァ……」なんか申し上げるから、宮は御心配遊ばすのね。

暗くなって、餌は上げたけど食べないからさ、〝違うんだ〟って結論に達してそれっきりになっちゃった次の朝よ。

御梳髪《ブラッシング》&御手水《ウォッシング》なんかをすまされてさ、合わせ鏡をあたしにお持たせになって宮が御覧になってたらさ、ちょうど、犬が柱ンとこにいたの。あたし見てさ、「あーあ、昨日翁丸をメチャクチャにブっちゃったんだなァ……。死んじゃったなんて、ホントに可哀想だなァ……。何に今度は生まれ変わっちゃうのかなァ……。どんなにつらい思いをしたんだろうなァ……」なんか、ブツブツ言ってたらさ、その坐ってた犬がブルブル体震わせてさ、涙をメッタヤタラに落とすからさ、すっごく驚いたの。

「じゃアやっぱり、翁丸だったんだァ……。昨夜《ゆうべ》はこっそり隠れてたのよねェ……」って、可哀想なだけじゃなくて、素敵だってこと、限りなしだった。

宮の御鏡を置いてさ、「じゃ、翁丸なのね？」って言うと、頭下げてメチャクチャ鳴くの。

宮もメチャクチャ安心してお笑いになるの。右近内侍《うこんのないし》を呼んで、「こうなのよォ」ってお話しになったら、みんな笑って大騒ぎでしょ。帝もお聞きになられてね、こちらにお渡り遊ばしちゃったの。

「まいったねェ。犬なんかでもそういう心ってあるもんだったんだねェ」って、お笑い遊ばすのね。

帝付きの女房《キャリア》なんかも聞いてさ、こっちに集まって呼ぶんでも、今は立って動くのね。

「ともかくこの顔なんかの腫れてるとこの手当をさせたいわね」って言うと、「ついにこいつに自白させちゃったのねェ」なんか笑ってるからさ、蔵人の忠隆が聞いて、台盤所《だいばんどころ》の方から、

「そういうことだったんですかァ。そいつを拝見いたしましょうかねェ」って言ったからさ、

「あァら、冗談！　絶対にそんなのいないわよ」って、伝えさせたら、「そうでも、見つける時だってあるんですよォ。そうそうお隠しきれないいんじゃないのォ」って言うのよ。

そうやってさ、お叱りがとけてね、元の身分になったの。そんでもさ、可哀想って思われて、体震わせて鳴き出した時っていうのはさ、世間にちょっとないぐらい素敵でさ、感動的だったわよ。人間なんかだったらさ、他人に声かけられて泣くってことはあるけどさ、ね？

〔**註**：〝**台盤所**《だいばんどころ》〟っていうのは〝お膳《ぜん》置場〟ってことね。食器載せるお膳のことを〝**台盤**《だいばん》〟て言ったんだから。お膳置場でさ、そこが帝付きの女房《キャリア》の控室になってたからさ、蔵人だってもそこにいれば楽しかったでしょうよ、とか思うの。そんでさ、ここに出て来る〝**右近の内侍**《うこんのないし》〟ね、彼女

は帝付きの女官ね。あたし達の時代っていうのはみんなセクションていうのははっきりしててさ、あたしは、帝のお后であられる中宮様付きの女房なのね。そんで、中宮様はお后様だけどさ、制度上というか法制上というかさ、よく分かんないけど、そういうメンドクサイ国家的な位置づけみたいんで言ったりするとさ、まァ、**お后様**も帝にお仕えする〝国家公務員〟の一人だったりはする訳よ。あなた達の時代とあたし達の時代でこういうことの考え方って全然違うとは思うけども、国民に奉仕するのが今の国家公務員ならさ、あたし達の時代は、帝に直接お仕えするのが〝国家が認定した公務員〟なのね。だから、お后様っていう位置は特別中の特別だけどさ、帝に直接お仕えするという点では〝帝付きの女房〟ではあるわよね（なんか、おそれおおいこと言ってるけど）。ただ、宮が直接帝のお身のまわりのお世話するなんてことはないけど――そういうのが右近の内侍の仕事だから。右近の内侍の〝**内侍**〟っていうのは彼女のポストから来る呼び名ね。帝の身のまわりのお世話をする女性のセクションで〝**内侍司**《ないしのつかさ》〟っていうのがあった訳。ここの長官が〝**尚侍**《ないしのかみ》〟、次官が〝**典侍**《ないしのすけ》〟、No.3が〝**掌侍**《ないしのじょう》〟で、この下にまァ〝**召使い**〟っていう女の子が一杯いる訳。右近の内侍っていうのはこのNo.3の位置にいるキャリアウーマンなのね。No.2までが管理職、No.3が正社員、No.4が下働きだと思っとけばいいわ――別にこれは内侍司に限らないでどこでも（中宮職《ちゅうぐうしき》っていう役所のNo.3が大進《だいじん》・生昌《なりまさ》だからさ、あんなやつ〝管理職〟でもなんともないとか思う訳）。右近の内侍みたいにさ、掌侍《ないしのじょう》に当たる人はさ、内侍司の正社員だからって、普通に〝ナントカの**内侍**〟って呼ばれる訳。要するに彼女――右近の内侍は、直接帝にお仕えする〝正式の国家公務員〟。ところであたしは、直接帝にお仕えする中宮様にお仕えする女房《キャリア》だからさ、どっちかっていえば〝特別地方公務員〟てとこ。江戸時代の感じでいえばさ、中宮様が大名で、右近の内侍が直参旗本、そんであたしが、中宮様にお仕えする大名の家老っていう、そんなとこ。まァ、そういう区別はあるんだけど、そういう区別を一々うるさく言わないで、帝を中心にしてみんなで仲良くやっていたのがあたし達の時代なのよ〕

〔**註**：こっそりと**註**の付け足しです。翁丸がね、こっそりと帰って来てさ、それでみんなが「生きててよかったねェ……」って涙を流すのはさ、大きな声じゃ言えないけど、あたしとしては流罪になった**伊周**《これちか》様のことが頭にあるからなのね。第五段の初めの註を見てもらえば分かると思うけどさ、ね？　内緒よ。だからあたしは〝感動的だった〟って言う訳！（これ以上は言えない）〕

第七段

正月一日と三月三日だったら、すっごいうららかなのね。五月五日だったら一日中曇ってるの。七月七日だったら一日中曇ってて夕方は晴れてんの。空に月がすっごく明るくって、星も一杯見えてんのね。九月九日だったら、明け方ぐらいから雨が少し降って、菊の露もたっぷり。かぶせてる綿なんかもすっごく濡れてて、移り香も引き立っててさ。早朝《つとめて》にはやんじゃったけどそれでも曇ってて、ひょっとすると降って来るかなァって様子なのも、素敵ね(♡)。

〔**註**：前に〝**五節句**〟のこと言ったけど、ここはそれね。九月九日っていうのは〝**重陽**《ちょうよう》〟って言って〝**菊のお節句**〟なんだけど、菊の花って寿命が長いじゃない？ だからそれにあやかっちゃうのがこの日なのね。菊のお酒だって飲むしね。菊の花に綿をかぶせとく訳。朝になって露が降りるでしょ。だから綿もしっとり湿って、菊の移り香のついたその綿で体を拭くのよ。そうすると体が丈夫になって長生きが出来るっていう、そういうおまじない〕

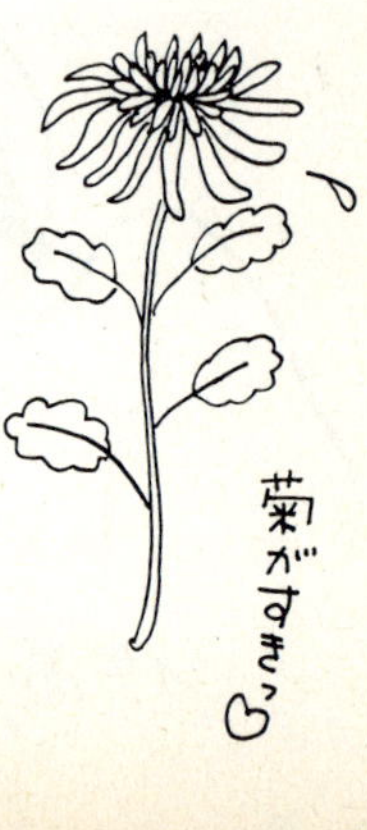

第八段

昇進のお礼を申し上げるのって、ホントに素敵よねェ。後ろを長くさせて、御前の方に向かって立ってるのよ。お辞儀して舞を舞って、にぎやかじゃなァーい！

〔**註**：前に言ったけどさ、貴族が人事異動で昇進するでしょ。そうするとさ、宮中でお礼を言うのよ。そういうことをね、帝の前でやる儀式っていうのがあるの。その時にさ、下襲《したがさね》の裾《すそ》を後ろに長く引いてるのよ。**下襲の裾《しり》**って知らない？

　男の人の正装の話ね。

　前に〝**直衣**《のうし》〟って普段着の話したけど、今度は正装の話するわね。男の人は大体四つ着るの。一番下はね〝**単衣**《ひとえ》〟って、これは下着ね。その上に着るのが〝**下襲**《したがさね》〟で、これはシャツね。**袿**《うちぎ》と下襲とどう違うのかっていうと、下襲っていうのは正装の時に着るもんなのね。最大の特徴は裾が長ーく伸びてるの。まァ、出《い》だし袿《うちぎ》のシャツ・アウトはこれのカジュアル版かな。下襲の裾《しり》っていうのは男の人のプライドというかおしゃれの根本みたいなもんなのよね。何故かっていうとさ、身分によってこの裾の長さが違うからなのね。一番長いのが陛下ので四メートル以上はあったわね。色だって一杯あったしさ、今の時代のネクタイみたいなもんかなァ、あの凝り方っていうのは。もっともネクタイみたいにチンケなもんじゃないけどね、下襲の裾は。そんで、単衣・

下襲と着て、その上に〝半臂《はんぴ》〟っていう袖のない〝ベスト〟を着て、そんで一番上に〝袍《うえのきぬ》〟――袍《ほう》とも言うけど――を着て、これで出来上がり。臂《ひ》っていうのは腕のことよね。それが半分だからベストは半臂、一番上だから袍《うえのきぬ》。中に着るから袿《うちぎ》とかさ、あたし達の言葉って結構分かりやすいでしょ？　下襲は勿論〝下に重ねる〟だけどさ。分かりにくいんだとしたらさ、袍と単衣は一枚ずつだけど、その間に色んなものを何枚も重ねてさ、それを全部まとめて〝袿《うちぎ》〟って言っちゃったり〝なんとか襲《がさね》〟って言っちゃうとかね、そういうことがあるからでしょ。そんだけよ。これに袴をつけてさ、それで男の《メンズ》人は出来上がり、っていう訳〕

第九段

一条大宮院の仮内裏の東をね、北の陣ていうのね。梨の木が見上げるぐらい高いのを、「幾《どれ》尋《ぐらい》あるのかしら？」なんて言うのね。

権中将《ごんのちゅうじょう》が「根元から切って、定澄僧都《じょうちょうそうず》の枝扇《えだおうぎ》にしたいね」っておっしゃったのがさ、興福寺の別当になってそのお礼を申し上げる日にね、近衛司《このえづかさ》の役でこの君がいらっしゃったんだけど、高い屐子《けいし》をもうさァ、履いてるもんだから、気持悪いぐらいに背が高いの。いなくなっちゃった後でね、「どうしてあの〝枝扇〟をお持たせにならなかったんですゥ？」って言うとさ、「忘れねェ女！」って、お笑いになんの。

「定澄僧都に袿《うちぎ》なし、すくせ君には衵《あこめ》なし」

って、言ったっていう人ってさァ、ホント、素敵よねェ。

〔註：前に〝衵《あこめ》〟っていうのは小さな女の子が着るもんて言ったけどさ、ここではちょっと違うのね。一番下に着る下着の単衣《ひとえ》と、その上に着るもの——男の人だったら正装の下襲（例の裾の長いやつね）と単衣の間に着るものね、それを衵《あこめ》って言うの。〝間《あいだ》に・籠《こ》める（突っこむのよ）〟のよ、だから〝ア・コメ〟。ホントよ。女の子なんかだとまだ一人前になってないでしょ。だからしっかり重ね着してないで簡単なカッコしてるっていう、そういう意味で、女の子の着るのを衵って言う訳。でね、衵っていうのは袿より丈は短いのよ（衵は袿と単衣の間よ）。だもんだからさ、背の高い定澄僧都が着ると、どんな袿だって衵に見えちゃうしさ、背の低い〝すくせ君〟が着るとどんな衵だって袿になっちゃうっていうことなの〕

第十段

山は——。

小倉《おぐら》山、鹿背《かせ》山、三笠山。木の暗《くれ》山、入立《いりたち》の山、忘れずの山。末の松山！　方去《かたさ》り山ってさ、ホント、「どういう意味なんだろう？」って、素敵よね。五幡《いつはた》山、帰《かえる》山、後瀬《のちせ》の山。

朝倉《あさくら》山は、「知らん顔する」ってとこが素敵!

大比礼《おおひれ》山も素敵ね。臨時のお祭りの時の踊り手なんかがさ、思い出されるようになってるのよ。

三輪の山は素敵よォ。

手向《たむけ》山ね、待兼《まちかね》山ね、玉坂《たまさか》山ね。耳成《みみなし》山よ!

第十一段

市は——。
辰《たつ》の市、里《さと》の市、海柘榴《つば》市(大和に沢山ある中でさ、長谷寺に参詣する人が必ずそこに泊まるっていうのは、観音様の御縁があるからだって思うからさ、感じも別ね)、をふさの市、飾《しか》磨《ま》の市、飛鳥《あすか》の市。

〔**註**:ここら辺がホントは、あたしの一番のエスプリの見せどころなんだけどさ、でもこんなもん一々説明してたってバカみたいじゃない。知ってる人間に「分かるゥ?!」って、言って言われてて、それで面白いんだからさ。どうして小倉山か、どうして小倉山の次で鹿背山か、とかさ、知らない人には関係ないもん。だからやめます。結局さ、あたし達っていうのはほとんどロマンチシズムの世界の中に住んでたのとおんなじなのよ。だってさ、よっぽどのことでもない限り、

あたし達が京都の外に出るなんてことはないんだもん。男がそうなんだから、女なんて〝まして〟よね。末の松山ってのが陸奥にあるって聞いたってさ、別に実際見れる訳でもなし、どこにあるかだって誰も知らないようなもんでしょ？　知らないけどそこに勝手に浪が越してくっていうイメージくっつけてさ、山の上を浪が越えてくシュールな景色見てるんだからね。だって、実際に海なんか見た人間、宮中に何人いるっていうのよね？　そうでしょ。ついでながら、私のお父様は有名な歌人で、清原元輔《きよはらのもとすけ》って言った訳なんですが、その方の作った有名な歌ぐらいご存じでしょ？「契りきな　かたみに袖をしぼりつつ　末の松山　浪こさじとは」。シュールといえばシュールだけどさ、いいじゃないよね。自分達の知らない世界にはロマンチックな景色が満ちているって思ってたんだからさ。現実がロマンチックだからそこをエスプリで渡ってくのよ。どうしてそれじゃいけないのかあたしには分かんないわね。あたし達よりズーッと後になるとさ、なんでもリアリズムになっちゃってさ、あたし達の世界観を〝**歌枕**の非現実〟みたいな言い方する訳でしょ？　まァ、野暮な近代人てのもいたもんよね、とか思うけどさ。夢なんか見たことないのよね。どっかの異戎《ガイジン》が〝自然は芸術を模倣する〟って言ったとかって言うけどさ、あらやだ〝自然〟なんてないわ！　って、あたしなんか思う。あるのは素敵な風景とダサイ風景の二種類だけよ。全部そうなんだから今更模倣のしようなんてないと思うのね。〝辰の市〟って〝辰の日〟に立つのよ。里の市ってのは里に立つのよ。海柘榴市《つばいち》なんてもう地名になっちゃってるのよ。みんな素敵じゃない？　そんだけよ。終わり」

第十二段

峰《みね》は――。
譲葉《ゆずるは》の峰！
阿弥陀《あみだ》の峰！
弥高《いやたか》の峰！

第十三段

原《はら》は――。
瓶《みか》の原！
朝《あした》の原！
園《その》原！

第十四段

淵は——。

「かしこ《あたまいい!》淵《のふち》」はね、どういう底の見透かし方してそんな名前つけたんだろう? ってさ、素敵(!)

「ないり《はいるな!》その淵(誰にどういう人が言ったのよ?)」

「青色の淵」ったら素敵よねェ。蔵人なんかの衣裳にしちゃえそうだもん(♡)

「隠《かく》れの淵」

「いな《いない》淵」(!)

第十五段

海は——。

湖《みずうみ》!

與謝《よさ》の海!

川口の海！

第十六段

陵《みささぎ》は——。
小栗栖《おぐるす》の陵！
柏木の陵！
雨《あめ》の陵！

第十七段

渡《わたり》は——。
しかすがの渡！
こりずまの渡！
みずはしの渡！

第十八段

太刀は玉造り！——館《たち》は玉楼《たまつくり》！

第十九段

お屋敷は——。

宮中！

二条の御所。

一条の御所も立派。

染殿《そめどの》の宮、清和院《せかい》、菅原《すがわら》の院。

冷泉院《れんせい》、閑院《かん》、朱雀院《すざく》。

小野宮《おののみや》、紅梅《こうばい》、県《あがた》の井戸。

竹三条、小八条、小一条。

第二十段

清涼殿《せいりょうでん》の東北《うしとら》の角の、北の境になってる障子は〝荒海の絵〟ね。生きてるヤツらでこわそうなの――〝手長《てなが》・足長《あしなが》〟なんかをさ、描いてあるの。

上《うえ》の御局《みつぼね》の戸を押し上げたらいつも目に入るんだけど「憎ったらしい！」なんか思って、笑うの。

〔**註**：〝**清涼殿**《せいりょうでん》〟ていうのは帝が普段にいらっしゃるところで、ここでお眠りになったり御食事なさったりするのね。要するにここは、**宮中**（**内裏**《だいり》）に於ける帝のプライベート・パレスな訳。前にも言ったけど、ここに殿上人になれるかどうかの〝殿上の間〟もあります。南側にある庭に立つでしょ、そうすると一番目の前にあるのが殿上の間。その奥に帝のプライベート・スペースがあるのね。〝**清涼殿の東北《うしとら》の角**〟っていうのは、東北だから、奥よね。庭

から見ると右の奥。前に〝滝口《たきぐち》の侍〟の説明のとこで、清涼殿の東側には〝**御溝水**《みかわみず》〟っていう川――小さなお堀があるって言ったでしょ？　そこなのね。横を御溝水が流れてるのに沿って奥に行くと、そこが〝東北《うしとら》の角〟。ここが清涼殿の突き当たりだから、奥との境に板戸があってさ、そこに絵が描いてあんのね、不気味なのが。

で〝**上**《うえ》**の御局**《みつぼね》〟っていうのがなんなのかっていうとさ、おそれおおいこと抜きにして言っちゃうと、宮の〝仕事場〟よ。〝職場〟というか。清涼殿ていうのは帝が普段にお住まいになってらっしゃるとこだけどさ、これは帝のお住まいなのね。帝だけがお住まいになってて、いくら御夫婦だって、宮と帝がここで一緒にお住まいになってらっしゃるって訳じゃないのね。だって当たり前でしょ？　夫婦だからって一緒にベターッと住んでるっていう方が不自然よ――あたしはそう思うし、それがあたし達の常識であったんだけどね。帝は普段清涼殿にお住まいになってて、お妃様でいらっしゃる宮は、清涼殿の奥にある〝**登花殿**《とうかでん》〟てとこにお住まいでらっしゃるのね。どうして清涼殿の東北の角に境の障子があるかっていうとさ、そのまだ先に奥があるからでしょ？　あるのよね。普通の寝殿造りだと〝北の対《たい》〟ってのがなくて、〝奥〟があるのは宮中だけだって言ったでしょ、前に？　それがここね。東北の隅のドアを開けると廊下になっててさ、こっから先が、まァ俗に言う〝大奥〟よね。女御更衣《にょうごかうい》があまたさぶらっちゃってるの。奥に続く廊下に沿って部屋があってさ、ここを〝**小半蔀**《こはじとみ》〟って言うのね。

〝**蔀**《しとみ》〟っていうのはさ、あたし達の時代の雨戸兼窓よね。格子に板が貼りつけてあるの。上と下に分かれててさ、上半分を開け閉めして光を入れるのよね。〝**半蔀**《はじとみ》〟っていうのはそれの小さいやつ――上半分だけの蔀《しとみ》だと思ってれば間違いないわ。そんでさ〝**小半蔀**《こはじとみ》〟っていうのはもう分かるでしょ？　半蔀《はじとみ》のもっと小さいやつよ。その小半蔀がさ、清涼殿から北《おく》へ続く渡殿《わたどの》について るの。前に廊下兼用の建物を〝**渡殿**《わたどの》〟っていうって言ったの覚えてるかな？　清涼殿から奥に続く廊下も勿論そうなってってさ、小半蔀の窓がついた廊下の脇にはさ、ズラーッと御簾が下がってて、そこにきれいな女の子達が一杯いる訳よ。そこを通って奥に行くと〝**弘徽殿**《こきでん》〟っていう建物につながってて、更にその奥に〝**登花殿**《とうかでん》〟っていう建物があるの。ここが宮中での宮のお住まい。

でさ――まァね、あなた達だと宮中のことなんかなんにも知らないで、〝奥〟とか〝**後宮**《こうきゅう》〟とか言うとすぐ徳川将軍とこの大奥なんてのに頭が行っちゃうと思うけど、宮中と武士は違うのよ。徳川の大奥だと将軍は平気で奥に泊まりに行っちゃうけど、冗談じゃありません、帝はそんなことをなさいません。帝が御寵愛になる女性は、みんな奥の自分の部屋から、帝のいらっしゃる清涼殿まで出勤して来るんです。そんなこと常識でしょ？　だって帝の方がズーッとおえらいんだから、えらくない方がおえらい方にやって来るのなんか当然じゃない？　という訳でさ、奥にいらっしゃる女性方が帝のお召しによって清涼殿にやって来る時の〝控え室〟――というか、やっぱり御寵愛のお相手をするのが後宮の女性達の仕事なんだから〝仕事場〟よね――それを〝**上**《うえ》**の御局**《みつぼね》〟って言う訳。

清涼殿ていうのは表の庭の方から見ると四段構造になってってさ、まず**殿上の間**があって、それから普段に帝がいらっしゃる〝**昼**《ひる》**の御座所**《おまし》〟があって――前に言った〝**台盤所**《だいばんどころ》〟は、この昼の御座所の横にあります――その奥に帝がお寝《やす》みになる〝**夜**《よる》**の御殿**《おとど》〟があって、そしてその奥――

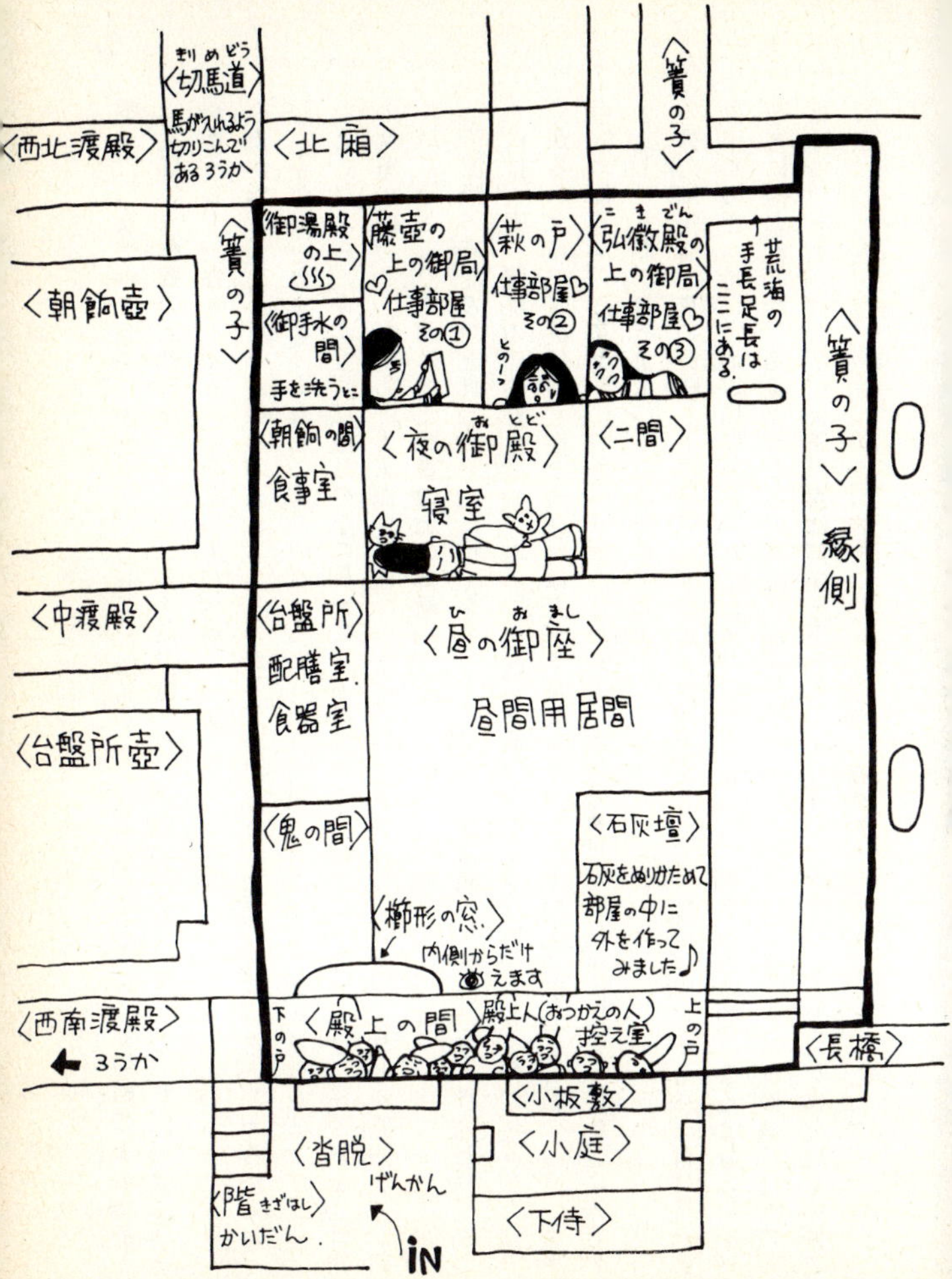
〈切馬道《きりめどう》〉
馬が入れるよう切りこんであるろうか
〈西北渡殿〉
〈北廂〉
〈簀の子〉
〈御湯殿の上〉
〈藤壺の上の御局〉
仕事部屋 その①
〈萩の戸〉
仕事部屋 その②
〈弘徽殿《こきでん》の上の御局〉
仕事部屋 その③
荒海の手長足長はここにある。
〈朝餉壺〉
〈簀の子〉
〈御手水の間〉
手を洗うとこ
〈朝餉の間〉
食事室
〈夜の御殿《おとど》〉
寝室
〈二間〉
〈簀の子〉
縁側
〈中渡殿〉
〈台盤所〉
配膳室
食器室
〈昼《ひ》の御座《おまし》〉
昼間用居間
〈台盤所壺〉
〈鬼の間〉
〈石灰壇〉
石灰をぬりかためて部屋の中に外を作ってみました♪
〈櫛形の窓〉
内側からだけ　えます
〈西南渡殿〉
← ろうか
下の戸
〈殿上の間〉
殿上人(おつかえの人)控え室
上の戸
〈長橋〉
〈小板敷〉
〈沓脱〉
げんかん
〈小庭〉
〈階 きざはし〉
かいだん
〈下侍〉
IN

番奥に〃女性の勤務先〃がある訳。これは御溝水《みかわみず》のある廊下側から順に〃**弘徽殿《こきでん》の上《うえ》の御局《みつぼね》**〃、**萩《はぎ》の戸《と》**〃〃**藤壺《ふじつぼ》の上《うえ》の御局《みつぼね》**〃って三つあったのね。あたし達がいつもいたのは、手長・足長の絵が見える、一番廊下側の〃弘徽殿の上の御局〃です。〃

まァね、どうしてそんなのが三つもあるのかと言ったらさ、女性は一杯いらっしゃるからね、しょうがないわよね。あたしの宮のいらっしゃった登花殿は、清涼殿の北の渡殿をまっすぐ行ったとこだから、すんなり弘徽殿の上の御局に入るっていうのは分かるでしょ？　三つある女性用の個室の内でさ、だから一番東側の弘徽殿の上の御局が一番えらいのよ。それと対照的なのが萩の戸をはさんで西側にある**藤壺の上の御局**ね。

清涼殿の東北《うしとら》の角を真っ直ぐ北に行くんじゃなくてさ、左に曲がって西の方に行くとね、こっちには〃**壺《つぼ》**〃関係の建物がある訳。藤壺、梅壺ってね。〃殿〃と〃壺〃とじゃ格が違うでしょ？分かるわよね。壺関係の女性が清涼殿に上がる時に使うのが藤壺の上の御局よ。私の〃宮〃をさ、中宮の位置からムリヤリに引きずり下ろしたあの、道長の娘ね。これが後になって藤壺に入るのよ（！）ああ、おぞましい！（この話やめ――）

昼の御座所《おましどころ》と夜の御殿《おとど》と上の御局は、みんな戸開けるだけでつながってるからさ、帝は特別に御用事のない時は上の御局にみえられてお遊びになってたわ。お食事の時間になると昼の御座所の方に帰られてね。勿論こんな風に御殿の部屋の中を歩かれるのは、帝とその直接のお付きの人だけね。あと、宮とか。普通の人は御簾を下ろしてある外の廊下よね――どんなにお親しい仲でもさ。

という訳で、あたし達がとっても幸福だった頃、宮のお兄様でいらっしゃる伊周《これちか》様がまだ大納言《だいなごん》でね、清涼殿にお遊びにみえてたのよ。これは、その時のお話なの――」

高欄《こうらん》のところに青磁《せいじ》の花瓶の大きいのを置いて、桜のメチャクチャ素敵な枝の五尺ぐらいなのをすごーく一杯挿しといたらさ、高欄の外にまで咲きこぼれちゃってる昼の頃ね。大納言《だいなごん》様が、桜の直衣《のうし》のちょっと着慣らしたのに、濃い紫の固文《かたもん》を織り出した指貫《さしぬき》袴、白い単衣《ひとえ》を重ねて、その上には濃い紅の綾織《あやおり》のすっごく鮮やかなのをシャツ・アウトしてさ、おみえになったんだけど、帝はこちらにおいでになってるもんだからさ、戸口の前にある細い板敷にお坐りになって、お話なんかをなさるのね。

御簾《みす》の中じゃ、女房達《キャリア》は桜の唐衣《からぎぬ》なんかを

ゆーったりとくつろげて垂らしてね、藤や山吹なんか、感《いろ》じいい《いろ》のがいーっぱい――小半蔀《こはじとみ》の御簾からもズラーッと出てる頃よ。昼の御座所《おまし》の方じゃ、お膳を運ぶ足音が高いの。警蹕《けいひつ》なんかが「おーしー」って言う声が聞こえるのも、ウラウラってのどかな陽射しなんかもメッチャクチャ素敵なんだけど、最後のお膳を持ってった蔵人がやって来て、「お食事です」って申し上げればさ、内側の戸口から帝はお入りになるのね。お供でさ、外側の廂《ひさし》の間から大納言様はお送りに行かれて、元あった花のところに帰って来てお坐りになってたのね。

宮の御前の御几帳を動かして、長押《なげし》の方にお出ましになるなんて、理屈抜きでただキラキラしてんのをさァ、お仕えする方も感無量って気がするとこにさァ、「月ィも日ィもォ　変わって行くけどいつまでもォ　変わらないねェ　三《み》ィ室《むろ》ォの山のォ」っていう歌を、すごーくゆっくりと、歌い出されちゃうのねェ。

「すっごい素敵!」って思えるからさァ、ホント、千年もこのまんまだったらなァ……っていう御様子なのよ。

お給仕する女房《キャリア》が男達を呼んでる内にさ、帝はおいでになられたのね。

〔註:どうしてお給仕する女房《キャリア》が男達を呼ぶかって言えばさ、お膳――**台盤**《だいばん》ね――を運ぶのは男=蔵人の仕事だからね。蔵人はお膳運んでく時に「おーしー」って声を出して進むのよ。ぶつかったら危ないいじゃやない? それが〝**警蹕**《けいひつ》〟――その声聞くと「ああ、素敵だなァ……」って思うの〕

「陛下の硯の墨、すって」って宮はおっしゃるんだけど、こっちは上の空でさ、ただもういらっしゃるところばっかり目が行っちゃうからさ、ほとんど墨挟《すみばさ》みもはずしちゃいそう。白い色紙をキチンと畳んでさ、「これに今すぐ思い出せる歌を一つずつ書いて」っておっしゃられるの。外にいらっしゃる方にね、「こういうの、どうすれば……?」ってお話ししたら、「早く書いてお出ししなさいよ。男が口出しするようなことでもないでしょが」って、お返しになったの。

宮が硯を取って下さって、「早く早く、なんにも深く考えないで、〝難波津《なにわつ》〟でもなんでもさ、ちょっと思いついた歌よ」ってお責めになるんだけどさ、どうしてそんなに気後れしちゃったのかなァ。全然、顔まで赤くなっちゃってさァ、混乱しちゃったのよねェ……。

春の歌、花のテーマなんかさ、そう言いながらも上臈の女房《キャリア》が二つ三つぐらい書いてさ、「ここに」って――。

渡されたのに、「年がたてば老いぼれになっちゃう　そんでもさ　花さえ見てりゃァつらいこともないいさ」っていう歌を、〝君さえ見てりゃァ〟って書きかえたの。

見比べられてね、宮は、「ただこの感覚《センス》っていうのが知りたかったの」っておっしゃるついでに、「円融院の御世《みよ》にね、〝料紙に歌一つ書け〟って、殿上人に仰せがあったからさ、メッチャクチャ書きにくくって、辞退申し上げる人達があったんだけどさ、〝全然、もう、字の上手下手さや、歌が季節に合ってなくてもいい!〟っておっしゃられたからね、困っちゃってさ、みんなが書いた中でたった一人、今の関白殿が三位中将って申し上げた頃で、〝満ち潮だよォいつもの浦のいつもいつもさ　君をさ　深ーく　愛してんだよォ　ぼ・く・は〃っていう歌の下の句を〃頼ってんだよォ　ぼ・く・は〃ってお書きになったのをさーァ、メッチャクッチャお賞めになったんだって」――なんかおっしゃられるもんでさ、やたらに汗かいちゃう気がすんのね。「若い人間だったらまァ、そうはとっても書けそうもない言葉のニュアンスってとこかなァ……」なんかさ、思うの。普段はすっごく上手に書く人も、やばさでみんな気後れしてさ、書き汚しなんかした人もいるのよね。

古今集の本を御前にお置かれになってね、和歌なんかの上の句をおっしゃってさ、「これの下の句。どう？」って御出題になると、みんな――夜も昼も頭にあって覚えてるのもあるんだけどさ――気分よくスーッと口から出て来れないってのは、どういう訳？　宰相の君なんか十ぐらい。それじゃ〃覚えてる〃の内に入んないでしょ？　まして、よねェ。五つか六つぐらいだったら、ただ「覚えてません」って申し上げちゃうべきなんだけどさ、「そうはねェ……、愛想なしにさァ、おっしゃりごとをシラケる方には持ってけないでしょう」って、ガックリ来たり悔しがったりするのも、ス・テ・キ。

「知ってる」って言う人がないのはそのまんま。全部読み続けて竹の栞《しおり》を挟んでおしまいになるのをさ、「これって、知ってる歌だわァ！」「どうしてこうヘマしちゃってるのかしら」って言って、愚痴よ。特にさァ、古今集沢山ノートなんかしてる人は、全部だって覚えてなきゃいけない訳じゃないよ、ね？

「村上天皇の御世《みよ》に〝宣耀殿《せんようでん》の女御〟って呼ばれてたのは小一条《こいちじょう》の左大臣のお嬢様だったたってことは、誰でも知らない人はないでしょう？　まだ姫君って呼ばれてた頃にね、お父様の大臣がお教え申されたことっていうのが〝第一にお習字をなさい。次には、お琴を人よりはズッと上手に弾いてやろうって、お思いなさい。その上で、古今集の歌二十巻をみんな暗誦出来るのを、あなたの御教養になされることですな〟ってさ——申し上げたっていうのを帝がお聞きになってたてね、御物忌《ものい》みだった日にね、古今集を持って御渡り遊ばしてさ、御几帳を引いてシャットアウトなされたもんだから、女御が〝いつもと違ってヘンね？〟って思われたんだけどさ、帝は本をお広げ遊ばしてね、〝なんの月のなんの時に誰それが詠んだ歌は、なァんだ？〟って御質問遊ばすのをさ、〝そうだったのかァ……〟ってピーンと来られたのも素敵なんだけどさ、〝ウソの覚え方してたりとか忘れてるとこもあったらとんでもないことになっちゃうな〟って、ワリに合わないぐらい心配なさったみたいなの。そっちの方面に暗くない女房《キャリア》が二三人ぐらい呼び出されて〝碁石で点数を数えるんだ〟とかさ、無理矢理をおさせになった時なんかさ、どんなにご立派で素敵だったかしらねェ。御前に控えてたみたいな人さえこそよ、うらやましいわよねェ。強引に御質問になればさ、利口ぶってそのまんま下の句までっていう訳じゃないんだけど、全然、少しも間違うことってなかったんだってよ。〝どうかして絶対、少しは間違いを見つけてからじゃないとやめない！〟って、くやしいぐらいにおぼしめされたんだけど、十巻まで行っちゃったのね。〃全然、無意味だなァ〃って、御本に栞挟んでおやすみになっちゃったのもまた、御立派なんじゃない？　すっごく時間が経ってからお起きになったんだけどさ、〃やっぱりこのことを勝ち負けなしでやめちゃうっていうのは、すっごくダセェな〃って、下の十巻を〃明日になれば他の本をさ、お見くらべになっちゃうんだ〃って〃今日、カタつけちゃお〃ってさ、灯をお入れになって、夜がふけるまでお読みになったんですって。でもさ、ついに負けたってことにはならなかったんですってよ。〃帝がお戻り遊ばしてこうこうです〃って、左大臣殿にお知らせを差し上げられたもんだからさ、メッチャクチャ御心配になって、御経なんかを一杯上げさせられて、そっちの方を向いてさァ、お祈り続けられたんだってよォ。ロマンチックでさァ、いいなァ……っていう話なのよねェ」――なんかさ、宮がお話し出されるのを帝もお聞き遊ばして感心なさるの。

「私は三巻四巻でさえ、きっと読み通せないなァ」って、おっしゃるのね。

「昔はつまらない人間でもみんな、ホント、素敵に生きてたのねェ……」「この頃はこんな話って、聞かないわねェ」――なんてね、宮にお仕えする女房達《キャリア》や、帝付きの女房《キャリア》でこちらにお出入りを許されたのなんかがやって来て、口々に言い出したりなんかした時は、ホントに、全然心配の種なんかなくって、輝いてるなァって思えたのよ。

〔**註**：あたしってひょっとしたら男性のことにしか興味ないみたい。今までファッションの話してたのってみんなメンズのことばっかりだもんね――でも、女が素敵な恰好してる男の人のファ

ッションに興味持つなんて、当然だもんね。考えてみればあなた達も可哀想よねェ、だって、あなた達の時代の男って、身分が上がれば上がるほどダサイ恰好するんでしょ？　という訳で、あたし達の着ていたものの話します――レディスのファッションね。

　女性の場合、正装だと上からこんだけを着るの――**唐衣**《からぎぬ》・**裳**《も》・**表着**《うわぎ》・**打衣**《うちぎぬ》・**袿**《うちぎ》・**袴**《はかま》・**単衣**《ひとえ》。**単衣**は肌着だから一番下よね。袴の上に単衣を着て、そこに**袿**から上をどんどん重ねてくの。（**衵**《あこめ》を着るんだったら袿のかわりで表着の下よ――間《あいだ》に突っ込むんだから）そんで、袿から上がなんだかメンドクサそうだけど、実はそうでもないの。何度でも言うみたいだけど、袿っていうのは何枚も重ねるのよね――だ

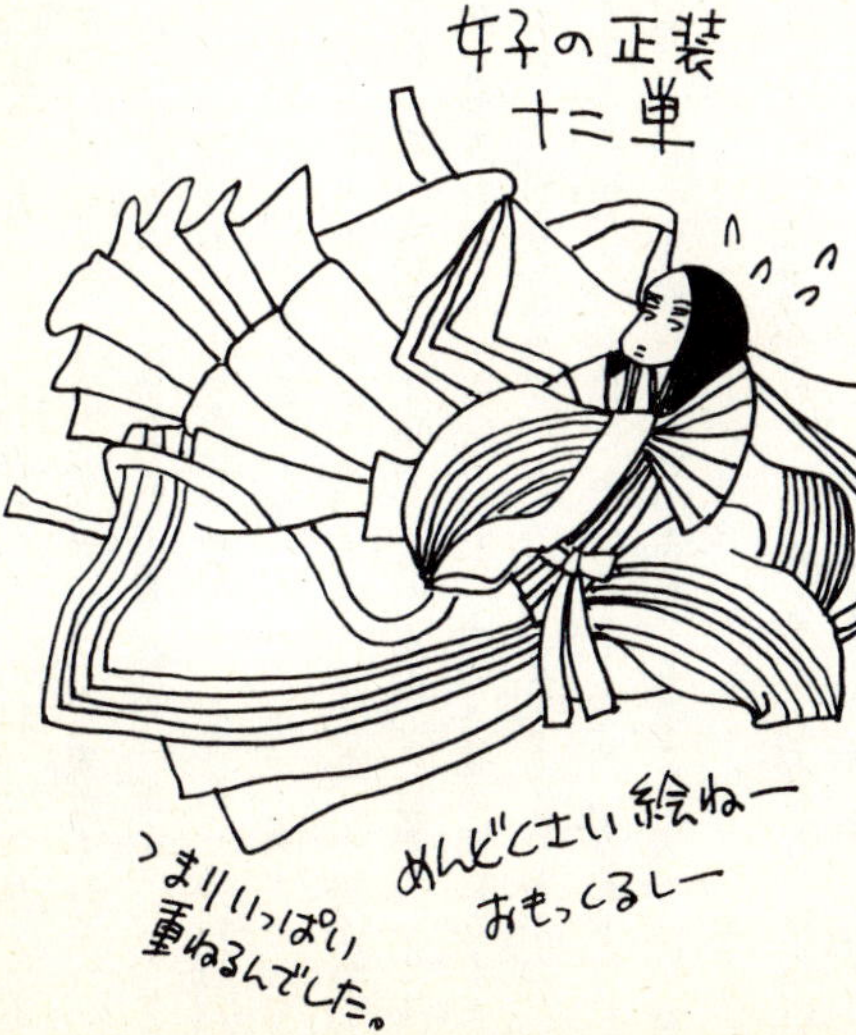
女子の正装
十二単
めんどくさい絵ねー
おもっくるしー
つまりいっぱい
重ねるんでした。

から〝重袿《かさねうちぎ》〟って言葉もあるんだけどさ、袿はそもそも重ねて着るもんなのね。だからホントだったら、袿の上に裳と唐衣だけでもよかったの。どういうことかっていうと、表着《うわぎ》も打衣《うちぎぬ》も、そもそもは何枚も重ねて着る袿の上の一枚だったから。何枚も重ねて着る袿の一番上のやつを〝表着《うわぎ》〟って呼ぶようになったの――そんだけ。一番上だから布地や色やさ、そういうのに特別気ィ使った結果さ、それが〝表着《うわぎ》〟っていう特別な呼び方になっちゃったってだけなの。そんでさ、そうなると下の袿と上の表着の間に差っていうのが出来ちゃうでしょ。なんか、一番上の包装紙が立派になるとその下ももう少し気ィ使いたいとかさ、丁寧がだんだん凝った結果〝バカ丁寧〟になるみたいなもんなんだけどさ（我ながらひどい言い方）。でね、表着と袿の間になんとかして差ァつけたくなっちゃったもんだからさ、表着と袿の間にもう一枚余分なもんを着たの。それが打衣《うちぎぬ》なの。打衣と袿とどう違うって言われたら、結局はおんなじもんよ。〝うわぎ〟に〝うちぎぬ〟に〝うちぎ〟でしょ？　呼び方だってそう違ってないのを見てもそこら辺て分かるでしょ。

まァね、そんなんだったら別に余分な名前なんか付けるなっていう考え方もあるかもしれないけど、それでもやっぱり理由っていうのはあったのよね。前に〝色〟の話でさ、襲色目《かさねいろめ》のこと言ったでしょ？　表地と裏地で別々の色使ってそれで透かした色のトーンを出すっていうのね。〝桜の色目〟だったら表が白で裏は赤か紫よね。でさ、このことを〝桜〟って言ったり〝桜の衣《きぬ》〟とか言ったりする訳。〝桜の唐衣《からぎぬ》〟っていうのもおんなじね。〝桜の色目〟で出来てる唐衣のこと。ところでもう一つ〝桜襲《さくらがさね》〟っていうのもあって、これが違うの。〝桜の色目〟っていうのは一枚の着物の表地と裏地だけど、〝桜襲〟っていうのは表着《うわぎ》から袿まで何枚も重ねて着る、その全体のコーディネイションのこと言うのね。上の何枚かを白にして、その下に緑を着るとかね。その中に〝桜の色目〟の袿なんかが入ってたら、これはもう完璧に〝桜襲〟よね。〝**桜の襲**〟とも言うし。でも困っちゃうのは〝桜の色目〟を〝**桜重ね**〟って言っちゃう時もあるしね……。まァ、あたし達なんかだと実際そういう着てるもんを見て言ってるからさ「あれは〝桜の襲〟で、あっちは〝桜の色目の衣〟だ」なんてのは分かるんだけど——分かるから平気でゴッチャにしてるんだけどね。もし混乱しちゃったらゴメンナサイなんだけど、要するに、あたし達は一枚一枚の着物にも凝ってたし、その全体を重ねた時のトータルなコーディネイションにも気ィ使ってたってこと。だから、そもそもおんなじ袿でしかないものが、一番上だと表着《うわぎ》になって、その下だと打《うち》衣《ぎぬ》になったとかっていう、そういうことなの。

という訳で、まァ要するに、袴の上に一杯袿を重ねるとあたし達の〝普段〟が出来るという訳なの。これが普段ね——まだ正装にはなってないのよ。正装にする為には、これに〝**唐衣**《からぎぬ》〟っていうハーフ・ジャケットみたいのを着て、腰には〝**裳**《も》〟っていうスカートみたいのをつけるの。あたし達の時代が中国文化の影響受けてたのをだんだん日本風にしてっちゃった国風文化時代だってことは前にも言ったけど、この裳と唐衣は完全にそれね。名前だって分かるでしょ？　唐《から》だもん。中国にしとけば本式になるって、まだどっかで思ってたのよね。

あの大昔の高松塚古墳の絵って知ってるでしょ？　あの時代の女の人達だとまだ〝スカート〟穿いてたのよね——中国風に。あたし達の時代だともうそれがなくなっちゃったっていう痕跡が

〝裳《も》〟なのね。あれはスカートの後ろ半分。エプロンを後ろ前にしめてるというか、今の子達がシャツやセーターを腰に巻いてるのとおんなじかな、そういうものをつけてたのね。だからあたし達の正装スタイルを後ろから見ると、スカート穿いてるみたいに見えんの――ウエストをきっちりしぼってね。ところがさ、不思議なことにその恰好を前から見るとね、袿スタイルの腰にベルトしてるみたいにしか見えないっていうのが何かって言うとさ、唐衣っていうのが不思議なもんで、後ろの丈が前より短いの。短いところを上から裳で隠しちゃうから後ろは〝スカート・スタイル〟になるんだけどさ、前の方は後ろより若干長くて、これを腰の辺ぐらいまで垂らしてんのね。だから前から見ると〝十二単〟――和洋折衷の勝利みたいのが、この裳と唐衣の正装ね。まァ、そんなハンパなことやんなくてもいいじゃないかっていう風に思う人だっているかもしんないわね。別にそんなこと考えてたのはあなた達だけじゃないのよ。前が長くて後ろが短いっていうヘンテコリンな〝唐衣《ちゅうごく》〟引っかぶってると、どっか窮屈だからさ、それで唐衣のかわりに〝**小袿**《こうちぎ》〟っていう略正装が出て来んのね。唐衣のかわりに着る袿《うちぎ》で、少し短いめ。だから小袿。

なんかよくよくあたし達って「すべてを袿のヴァリエーションで覆ってやる！」って思ってたってとこ濃厚ね。いいんだけど。メンドクサイことが好きなのよ、日本人てのは。というより、外国製をズボラにして、それをどんどんメンドクサくアレンジしてくと〝日本的〟なもんになんのよ。なんかそんな気がする。小袿ってのはさ、唐衣に次ぐ正装だからさ、綾織《あやおり》っていう、織目をきちんと織り出したいい布地を使ってたの。この上に裳をつけてたんだけどさ、だんだん時代が下るとそんなことしなくなっちゃって、ただこの小袿一枚を引っかけてれば女房の正装ってことになっちゃったのね。それぐらい小袿ってのは立派な布地使ってたってことかもしれないけど、そうかな？　まァいいわ。要するに、小袿一枚引っかけてれば正装っていうズボラがさ、**打掛**《うちかけ》っていうものを生むの。江戸城の大奥から今の花嫁衣裳までさ、和服の大正装は打掛ってことになっちゃったけど、あれは結局小袿の無精よ。あたしにしてみりゃどってことないようなもんね。あんなのあたし達にしてみればカジュアル中のカジュアルだもんね。第一袴もつけないでいるなんて、なんていうことよねェ！　いかがわしい。裸とおんなじだわッ！

あたし達は結局さ、帝のお目に触れるのよね。だもんだから、宮中ったら正装よね。それが当然なんだもんね。だからさ、あたし達が清涼殿の東北《うしとら》の角にある弘徽殿の上の御局にいる時さ、そっから奥に通じてる北の小半蔀の御簾の中には、別に何する訳でもないけど、女房達《キャリア》がズラーッといる訳よ。御簾の中にいるから、外からじゃ姿は見えないけどさ、でも「あたし達はここにいますわよ」っていうことを見せるんで、着てるものの裾を御簾の外に出すのよね。結局そうなったら、自分の全存在ったら、御簾の外に出てる着物の趣味でしょ？　袿の重ね方とかさ、表着のセンスとかね――後、そこから髪の毛が出るくらい長かったらハッとするじゃない。あまりにも生々しく〝肉体の一部〟がそこにあるってさ。**髪の毛**が長いことが美人の条件ていうのはそういうことでもあるんだけどさ、そういう風に、ホンの一部しか見えないような時にだって、ちゃんと〝唐衣〟は着てる訳。帝がいるとこなんだものね、それが当然な訳でしょ？　また唐衣っていうのが、正装のくせにメンドクサイんだよね。だってさ、キチンと着れば正装っていうんじゃないんだもん、この唐衣っていうやつが。唐衣っていうのはね、襟元をくつろげてさ、ゆったーりと着るもんなの。キチンとした恰好をゆったーりとさせるんだもんね、あたし達ってすっごく大変だったと思うでしょ？　もうさ、センスで勝負なのよ。だからさ、桜の花が満開になってる春爛漫の頃にはみんな〝桜の衣〟で勝負したいけど、それだけじゃなんだからって、〝**藤**〟や〝**山吹**〟の衣を着る訳。きれいよォ！　藤っていうのは表が薄紫で裏が青ね。山吹っていうのは表が朽葉色で裏が黄色。「ああ、藤とか山吹の本質ってそうだな」とか思うでしょ？　凝ってたんだから！　それがあたし達の正装《ユニフォーム》だったのよ！」

第二十一段

将来がなくって、完成しちゃったみたいでね、嘘の幸福なんか見て安住してるみたいな女はうっとうしくってバカバカしい気がするからさァ、やっぱりね、しかるべきとこの女の子なんかはさ、人前に出してさ、世の中の様子も見せて勉強させてあげたいと思うし、典侍《ないしのすけ》なんかになってさ、少しはいればいいんだわよ——とかってさァ、ホントに絶対、思うのッ！

宮仕えする女を軽薄でロクでもないことみたいに言って思ってる男なんかさァ、もうホント！　すっごく頭来んのッ!!

ホントよ。それもやっぱりホントなのよ。

かけまくもかしこき御方からはじめたてまつってさァ、上達部・殿上人・五位・四位は言うに及ばず、知らないでいる人なんてホントに少ないのよ。女房《キャリア》の召使いね。その里から来る人間ね。女中頭にトイレ掃除のおばさんに下層階級の人間まで、いつその相手するのを恥ずかしがって隠れたりしてたっていうの？　殿方なんかはさ、あんまりそんな必要ってないでしょうよ。それだってもさ、宮中にいる限りはやっぱりおんなじでしょう？

〝——《ナントカ》の上〟なんか言って、大切にしとかなきゃいけない女《ひと》に、可愛らしさみたいのを感じないっていうのはもっともだけどさ、でも、〝内裏《うち》の典侍《ないしのすけ》〟なんかいってさ、時々は内裏へ参上してさ、お祭りのお使いなんかに出て行くのも、晴れがましくないってことはないでしょう？　そうやっといて家に引っ込んでるっていうのは、ダンチに立派よ。受領《ずりょう》の家から五節《ごせち》の舞姫を出す時なんかも、すっごく田舎臭くって、言い方の分かんない挨拶の文句を人に訊いて回ったりなんてことはしないのよォ。可愛いって、そういうのよ！

〔**註**：前にも言ったけど、あたし達って〝イスラムの女〟だったのね。御簾ン中にいて男の人とは顔なんか合わせないってさ。でもさ、それはただの女よね。宮仕えしてる**女房**《キャリアウーマン》となったらそうもいかないわよ。なにしろ働いてるんだからさ、御簾から出てって人と会ったりしなきゃいけないことだってある訳よね。そううかつに顔なんか見せるもんじゃないけど、でも恥ずかしがってたらお仕事にはならない訳ね。だからってさ、そういうことするから働いてる女はやだっていう男だっている訳よね。「女は黙って家にいろ」とかさ。あなた達の時代とあたし達の時代とどれだけ違うのォ？　千年経ってどれぐらい変わったのよォ？　あたしなんかさ、宮のお付きだから帝とだって（おそれおおいけど）顔を合わせちゃうよ。上達部だって、殿上人だって、ズー

ッと下のトイレ掃除のオバさんだってさ、外でなんかあって大騒ぎしてる時なんか「なんかあったの?」って、顔合わせて話するでしょ? 下手すりゃ男の人なんかよりもズーッと一杯人と会ってると思うのね。会って、色んな関係っての作ってると思うの。下手にえらくなった男なんて、下の人間には見向きもしないでしょ? でもさ、だからってそんな人間が帝に直接お目にかかれるかって言ったらさ、ねェ? ま、こんなこと言ってるから「キャリアウーマンはやだ」って言われるんだろうけど、でも、そういう男の認識って甘いと思うわ。おとなしくて可愛いだけの女で可愛いのは、ホントに高貴なとこのお姫様だけよ。でもそういう方の方がホントはしっかりなさってたりしてね（意外と）。

〝**受領**《ずりよう》〟っていうのはさ、あなた達の感じでいえば会社の営業部長よね。中流サラリーマンの究極の出世みたいなね。そこの家の奥さんが田舎丸出しでオドオドしてるだけなんて、なァーんの意味もないじゃないよ。亭主の横暴バカが暴露されるだけだわ。そういうとこにこそ社会性のない女なんてのがいたりしてね。千年前にあたしみたいな女がいたってこと、覚えといてよねッ!

という訳で**註**です（ゴメン）。〝**受領**《ずりよう》〟っていうのはさ、地方の長官よ。〝**国司**《こくし》〟の別名ね。あなた達の時代の〝——県《ナニナニ》〟みたいに、あたし達の時代は〝——国《ナントカのくに》〟っていう風に分かれててさ、そこを治める長官が朝廷から任命されて出かけて行ったのよね。それが〝国司〟。でもさ、国司ってその国の長官だけど、それやる為には地方《いなか》に行かなくちゃいけないでしょう? 田舎行って年貢取るからお金持にはなるけど、でもやっぱり都を離れるのっていやじゃない? だからさ、国司に任命されても行かなくなっちゃうのね——特にエライ方は。自分は行かないで、自分の下のものを行かせちゃうとかね。地方の長官だってさ、やっぱり他のセクションとおんなじでね、No.1の守《かみ》からNo.4まで分かれてる訳よね。No.1は行かないでNo.2が税金取りに行くとかさ、そういう風にもなっちゃう訳。だからさ、そういう地方へ行く実務担当のNo.1のことも〝受領《ずりょう》〟とか言ったりはするようになるのね。結局さ、よっぽどのいいとこのお家柄の貴族でもなけりゃ、みんな地方へ行かなくちゃならない訳よ。中流の貴族っていうのは大体がとこ国司のポストを狙って大騒ぎするんだからさ。お正月の〝**除目《じもく》**〟っていう人事異動のことは前にも書いたけどさ、それで大騒ぎするポストがこれなのよ——国司。『土佐日記』の紀貫之《きのつらゆき》センセイだって、あの方土《と》佐守《さのかみ》で土佐に行ってた国司よ。紫式部のお父さんだってそうだし、私のお父様だってさ、有名な歌人だけど、やっぱり河内守《かわちのかみ》とかやってる訳よね。私の亭主だって、実は何を隠そう遠江《とおとうみ》の国司で受領だもんね。それやらなきゃ、いくら歌人で名前が高くたって貧乏するだけだもんね。またさ、そういう才能のある人ほど行政能力なんかない人が多かったりもしてさ……。ま、いいけども。だから受領っていうのが、ホントに普通のサラリーマン的・公務員的中流貴族のことなんだ、で間違いはないのよ。受領っていったら〝欲深か男〟〝教養のない中年男〟の代名詞になるのは、あたし達の時代よりはもうちょっと後のことよね。

それからもう一つ。〝**五節《ごせち》の舞姫《まいひめ》**〟ね。〝**五節《ごせち》の舞**〟を舞う舞姫よ（説明になってないか？）。五節の舞っていうのは、十一月の**大嘗会《だいじょうえ》**の中にある（何日も大嘗会って続くからね）**豊明節会《とよのあかりのせちえ》**っていう儀式で踊るの。普通は四人舞姫が出てね、その内の二人は上層の上達部《かんだちめ》の家から出るの。二人は上流の娘で、二人は殿上人や受領の家から出るのよ。（受領で殿上人になってない人もいれば、殿上人で受領の人もいるってことぐらいは分かるでしょ？　受領ってのは殿上人ラインの〝五位〟ってところにゴロゴロしてんのよ――なんか、受領の字が〝受験〟に見えて来たなァ……）上流の上達部と一緒に儀式に参加出来るんだもんね、それに選ばれたら名誉よ。（だからさ、そういう名誉を受けた時に恥ずかしくない受け応えの出来る女になっときなさいよって、あたしは言ってるのよ！）

〝五節《ごせち》〟が出て来たから、ついでに〝**五節《ごせち》**〟の説明もしとこう。豊明節会《とよのあかりのせちえ》のある大嘗会《だいじようえ》ってのはさ、要するに秋の収穫感謝祭よ。十一月にあるのはそういうことね――これがズーッと後になって、あなた達の時代では〝**勤労感謝の日**〟ってことになってるんでしょ？　そうなんだってね。でさ、じゃァどうして豊明節会が五節なんだっていうのね。五節《ごせち》に〝句《く》〟の字か〝供《く》〟の字つけてごらんなさいよ。五節句になるでしょ？　五節《ごせち》っていうのは、実は**五節会《ごせちえ》**なのよ。五節会と五節句（供）とどう違うのか？　今から言います。

五節句っていうのは一月七日、三月三日、五月五日、七月七日、九月九日なのね。五節会っていうのは、一月一日の**元日節会《がんじつのせちえ》**、一月七日の**白馬節会《あおうまのせちえ》**、一月十四日と十六日の**踏歌節会《とうかのせちえ》**、五月五日の**端午節会《たんごのせちえ》**、十一月の辰（十二支の一つね）の日を選んでやる**豊明節会《とよのあかりのせちえ》**の五つ。

一月七日と五月五日が重なってるでしょ？　まァ、昔の暦の話だからいい加減だって思ってもらってもいいんだけどさ、〝**節日《せちにち》**〟っていうのがあったのよ。お節句の話の時にもしたけど、季節の変わり目の日のことよ。ね？　それでさ、五節句っていうのがさ、一三五七九で奇数でしょ？　一年十二ケ月で十一月だって奇数月なのになんにもないのはくさいって思った人がいたら、それは御正解よ。別に季節の変わり目だからって、その日でキッチリ温度が変わる訳でもないんだしさ、ね？　という訳で、節日っていうのは一杯あった訳よ——年に五日だけじゃなくって。中国の方でさ、**陰陽五行**《おんようごぎょう》っていうムツカシイ、しかもメンドクサイ考え方があって、なんでも五の数字で数えるっていうのがあったからさ、それで五節句だったり五節会だったりする訳ね。九月九日の菊の節句を〝**重陽**《ちょうよう》〟って言うっていうことを覚えててくれた人がいると助かるんだけどさ、別に九月九日はお陽様の光が二倍になる訳じゃないのね。陰陽五行の〝陰陽《おんよう》〟っていうのは、なんでも〝**陰**〟と〝**陽**〟に分けて考えるんだけど、それで行くと〝奇数〟は陽なのよ。一三五七九で、九が一番大きな奇数でしょ？　だから〝陽が重なる〟で〝重陽〟——そんだけの話っていえばそんだけの話なの。五節句でやってったらさ、九月で奇数は終わっちゃうでしょ？　でも十一月はさ、昔っから収穫感謝の大嘗会やってるからさ、こっちだってはずす訳に行かないわよね。だから、あたし達の時代は五節会と五節句の二本立てだったの。そんで、五節句の方はさ、お粥食べたり草餅食べたり、菊の綿で体拭いたりとかさ、まァーったく、個人的な健康方面ばっかりなのよね。ところが五節会の方はさ、収穫祭の十一月があることからも分かるようにさ、国家的なの。みんなのことを考えてやる、朝廷の行事なのよ。だから〝**節会**〟で、大々的に神様に「国中がうまく行きますように」ってお願いすんのね。そんでさ、五つの節会の内三つが一月でしょ？　一月なんて前半はほとんど全部お正月をやってるみたいなもんだからまァしようがないわよね。で、五月は端午の節句と重なるでしょ？　五節の五節たるところを主張する部分なんて、ズーッと飛んで十一月の豊明節会しかないのよ。だからさ、そこで踊る舞姫のことを〝五節の舞姫〃ってことになっちゃったのよ——あたしはそう思うの。五節の舞姫が、結局日本中の幸福をお祈りする五節会を代表しちゃったのよね。だから名誉だってさ、あたしは思っていたりはする訳。ところでさ、五節会なんてもうみんな忘れちゃってるでしょ? 五節句ばっかりでさ。という訳で——言っちゃってもいいかな? ——日本人て、自分の安全ばっかり考えて、みんなの安心ての考えなかったのよ——それでもズーッと日本て安泰だったんだから、ヘンな国ね。まァ、自分のことしか考えなかったから、途中で〝国家主義者〃なんていうヘンなもんが出て来て日本を戦争に巻きこんだのね。今の年取った人なんて〝大嘗会〃って言葉聞くとアレルギー起こす人いるもんね。明治の成り上がりもんがあたし達の時代の行事を突然フレイム・アップしたからって、あたし達のことを悪く言わないでほしいわって、そう思います」

第二十二段

うんざりするもん!

昼吠える犬!
春の網代《あじろ》!
三四月の紅梅重ね!

牛に死なれた牛飼い！

赤ン坊の死んじゃった産室《うぶや》！

火がおきてない火鉢！　囲炉裏！

続けて女の子ばっかり生ませちゃったの！

〔註：〝**網代**《あじろ》〟っていうのは冬に魚を取るのに使うのね。竹とか木を編んでさ、網というか籠みたいにしてね、川の中に入れとくの。そういうの見ると「ああ、冬だな」って思う訳。〝**紅梅重ね**《こうばいかさね》〟っていうのは〝**紅梅の衣**《きぬ》〟ね。表が紅で裏が紫ね。こんなもん冬から二月までしか着ないもんよ。三月になって桜が咲いて、四月になって散っちゃってるのに〝紅梅〟だなんてさ、正気の沙汰とも思えないわよねェ。後そうだな〝**産室**《うぶや》〟っていうのはね、あたし達の時代お産の時には産室っていうのを別に建てたのよ。ただでさえお産て大変なのに、その上に建築工事でしょ？　それで死なれちゃったらね、もううーんざりだわよ〕

方違《かたたがえ》で行ったのに御馳走をしない家！　（それで節分だったら、すっごくうんざりよ！）

他人が田舎から送って来た手紙で、お土産がついてないの！　（都からの手紙だってもそうだって思うでしょ？　でもね、それは、知りたい話なんかが書き集めてあって、世間の出来事なんかも知れるんだから、すっごくいいのよ）

〔註：〝**方違え**《かたたが》〟っていうのはさ、あたし達の時代って迷信深いでしょ——自分で言うセリフだとも思えないけど、まァさ……——だもんだからさ〝方位《ほうい》〟っていうのがすごく問題になったのね。

「今日はそっちの方角が悪いからそっちに向かって行っちゃいけない」とかね。でもさ、いけなくたってそっちの方向に行かなくちゃいけないことってあるでしょ？　明日の朝御所に行かなきゃいけないっていう時にさ、御所の方位が悪かったらどうしようもないじゃない。だから、あらかじめ方違《かたたが》えをしてね、方位を直すの。北に行かなきゃいけない時は、まず東に行ってさ、そこに泊まって改めて目的地を目指すと、目的地は北西に変わってるでしょ？　そういうこと」

他人のとこに特別きれいに書いて送った手紙の返事でさ、「もう持って来るわよねェ……、妙に遅いけどなァ……」って待ってるとこに、渡した手紙――立文《たてぶみ》にしたんでも結び文にしたんでも――すっごく汚らしくしちゃってブクブクにして、上に引いてあった封の墨なんかは消えてて「いらっしゃいませんでしたァ」――じゃなかったら「物忌みだって、受け取ってくれません」って言って持って帰って来たの。すっごくがっかりしてうんざりよ。

〔**註**：〝**立文**《たてぶみ》〟っていうのは、手紙を畳んで縦長にしてね、上と下を折り返すやり方――これが正式なのね。略式だと畳んだのを途中で結んじゃうの――これが〝**結**《むす》**び文**《ぶみ》〟ね。でさ、あたしの時代の紙って、みんな和紙でしょ。**和紙**って、新品の時はピンて張りつめてるぐらいにきれいだけ

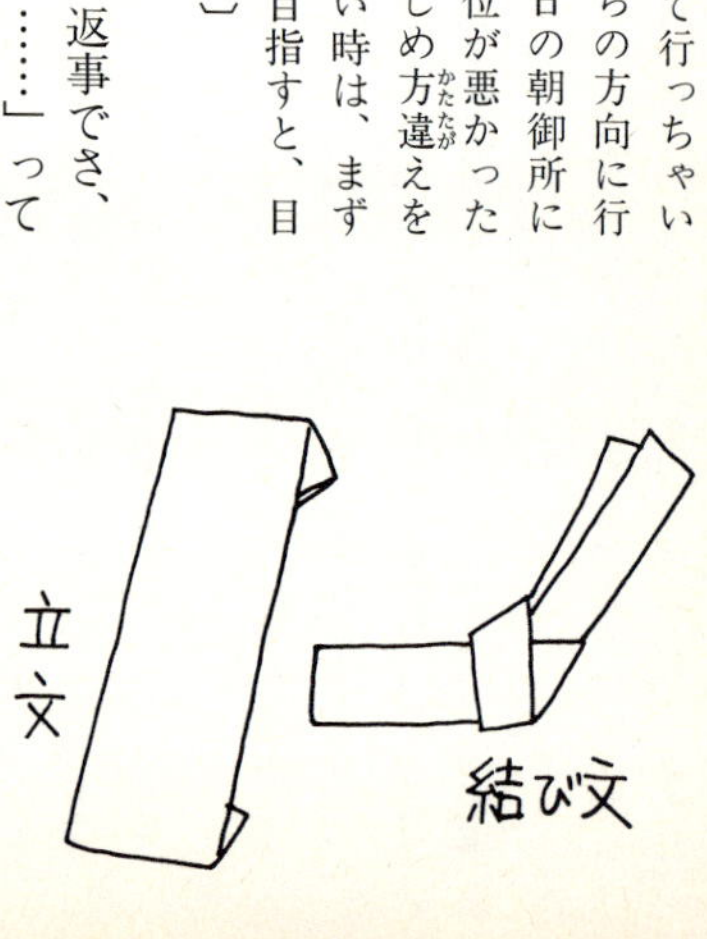

ど、下手にいじくりまわしてると、なんか毛羽立って来てブクブクになっちゃうでしょ？　それがいやだって言ってんのよ、あたしは。

あ、そうか〝物忌《ものい》み〟ね。前にも出て来たわよね、〝物忌み〟って。物忌みっていうのは、身を清めて慎んでることよ。大切なお祭りの前とかさ、悪い夢見ちゃったとかさ、あと、えらい神様が天をお通りになる時と自分のいるとことが重なっちゃったりしたらさ、その行列を横切って邪魔したりすることになっちゃうでしょ？　だからじっとしてるの、体をきれいにしてね。単に家ン中でベチャクチャ話してるだけってこともあるかもしれないけどさ、ともかく外から人が来たり手紙が来たりしても絶対に相手になんかしないわね。それが物忌み。あたし達の時代って、なんか年がら年中物忌みしてたみたい。ウツ状態になったら、もう平気で物忌みってところもあったしね。それはそれでいいんじゃないかってあたしは思うの〕

あとね、チャンと来る筈の人ンとこに牛車《くるま》をやって待ってると、来る音がするからさ、「そうら来たァ！」ってみんなが出て見るんだけど、車庫にそのまんま曳いてっちゃって、轅《ながえ》をポーンてうち下ろすからさ、「どうだったの？」って訊けばさ、「今日は他所においでですって。お越しにはなりません」なんかをボソッと言っちゃって、牛だけを引き出して行っちゃうの。

〔註：〝轅《ながえ》〟っていうのは文字通り〝長い柄《え》〟よ。牛車《くるま》の前に出ててさ、ここに牛をつなぐの〕

あとね、身内になった婿君が通って来なくなっちゃうのは、すっごくうんざり。相当な身分の人で宮仕えしてる女ンとこに行かれちゃって、「恥ずかしい……」って思ってるのも、すっごく納得が行かないわ。

赤ン坊の乳母がさ、「ホンのちょっと」って出かけちゃったからさ、まァなんとかあやしてて、「早く帰って来い」って言ってやったのに「今夜はちょっと帰れません」なんて返事して来るのは、うんざりばっかりじゃなくて、すっごくイライラしてメチャクチャよ。女を迎える男の場合だったらどうだっていうのよ！

待ってる男がいるとこで夜が少しふけてさ、こっそりと門をノックするもんだからちょっとドキッとして、人をやって「どなた？」って訊かせると、別の、くっだらない男が名前言って来てるのってのも、よくよくうんざりっていうのかバカみたいなもんよね。

修験者がモノノケを調伏《ちょうぶく》するっていうんでメチャクチャデカイ顔して、独鈷《どっこ》や数珠なんかを持たせて、ミンミン蟬の声しぼり出してお経読んでるんだけど少しもカタがつきそうにもなくって護法童子も寄って来ないからさ、集まって一緒にお祈りしてるんだけど、男も女も「ヘンだなァ……」って思うとさ、時間オーバーまで読み疲れて、「全然憑《つ》かんわ。立ちな」って、数珠取り返して、「あーあ、全然効果がないなァ」ってぶつくさ言って、おでこから上の方に頭撫でて大あくび――自分から先になって、サッサと寄っかかって寝ちゃうの！

〔註：病気になったら修験者を呼んでお祈りしてもらって〝物《もの》の怪《け》〟をはらうっていうのは前に言ったけど、そのことを〝調伏《ちょうぶく》〟って言うのね。独鈷《どっこ》っていうのは密教の道具で、悪魔をはらう武器なんだけどさ、それを前に置いてお祈りするのよね。そうするとさ、そこに〝護《ご》法童子《ほうどうじ》〟っていう、ありがたくって強くってすごい神様がやって来て下さるのよ。物の怪の方はさ、お祈りに押されて病人の体から逃げ出すのね。逃げ出してどこ行くのかって言うと、修験者が連れて来る〝よりまし〟っていう人間のとこ行くのね。まァ〝よりまし〟は〝物の怪ホイホイ〟みたいな役割の人間のことなんだけどね、その〝よりまし〟についた物の怪をさ、護法童子が来て退治してくれるの。うまく行けばそうだけどさ、下手すれば護法童子も来てくれなきゃ〝よりまし〟にも乗り移らないっていうの、そういうこと〕

「メチャクチャ眠いなァ……」って思ってる

独鈷だわい。
もともとインドの武器
だったらしー仏具です。
数珠

とこに、そう好きでもない人が無理に起こしてしつこく話しかけて来んのはホント、もう、メッチャクッチャうんざりねッ！

除目《じんじいどう》で官《ポスト》にありつけなかった人の家！

「今年は絶対!!」って聞いて、前に仕えてた人間達でよその家に行ってたのとか田舎じみたとこに住んでるやつらなんかがみんな集まって来て、出入りする牛車《くるま》の轅でビッシリになって、参詣に出かけるお供には「私も！　私も！」ってついてっちゃって、物は喰うわ酒は飲むわで大騒ぎしてるのに、ギリギリの夜明けになっても門を叩く音もしないの（！）

「へんだなァ……」なんか、耳をすまして聞いてると、先触れの声なんかが結構して、上達部《エグゼクティブ》なんかはみんな退出なさっちゃうのね。情報取りで夜の内から寒くて震えてた下ッ端男がすっごくカッタルそうに歩いて来るんだけど、見てる人間達は訊いてみようって気にもなれないの。よそから来てるやつなんかがね、「殿様はどのポストにおつかれになったんですか？」なんか訊くのに、答は「どこそこの前の国司なんですけどね！」――なんてね、決まって答えんの（！）。本気で期待してたやつは「すっごい残念だなァ」って思うんだけどね。

翌朝になってね、ぎっしりいた人間達が一人二人、そっと抜け出して消えちゃうの。古くからの人間でそう簡単にいなくなれなかったりするのがさ、来年の国司のポストを指を折って一々数えたりしてのたのた歩いてんのもねェ、可哀想でさ、うんざりの内よねェ。

「よくできました♡」って思う和歌をさ、他人のとこに送ったのに返歌を作んないの！　片想いの相手ならしょうがないけどさ、でもそれだってさ、雰囲気にピターッと来てるのなんかだってあんのよォ。返歌してくんないのは、ガクーッと来るわよォ。あとね、賑やかで現役バリバリの人ンとこに時代に取り残されちゃった人がさ、自分は退屈で暇ばっかりの生活だからさ、昔を思い出して面白くもない和歌を詠んで送って来んのォ！

儀式用《フォーマル》の扇ね。「特別なんだから……」と思って、〝センスあり！〟と思ってる人に渡しといたのに、その日になってとんでもない絵なんか描いて戻されるの!!

産養《うぶやしない》や旅立ちを教えるお使いに御祝儀を渡さないの（！）。ちょっとした薬玉や卯槌《うづち》なんかを持ってくお使いなんかにもやっぱり絶対渡すべきよ。期待しない時に貰ったのならさ、「すっごいよかった♡」って思うでしょ。「これはきっとそういうお使いだな」って思ってワクワクして行ったのなんかは、特別うんざりするもんだと思うけどなァ。

〔**註**：〝**産養**《うぶやしない》〟っていうのは出産のお祝いね。赤ちゃんが生まれてから三日目と五日目と七日目にお祝いを持ってくのよ。そうするとそれに対して宴会をするの。〝**薬玉**《くすだま》〟っていうのはさ、五月五日の端午の節句にね、薬やお香をさ、袋に入れて、それを造花とか菖蒲で飾ってね、それに五色の糸をつけるの――きれいなのよ。そんで〝**卯槌**《うづち》〟っていうのはね、正月の年が明けて最初の〝卯〟の日ね（子・丑・寅・卯……の卯ね）、その日に桃の木を削ってさ〝槌《つち》〟の形にするの。

木槌《きづち》・金槌《かなづち》・トンカチの先よ——あの形にして、やっぱり糸を通して飾りにするの。桃の木って魔除けの力があるでしょ？　薬玉の菖蒲もおんなじだけどね、それを贈ってさ、病気しませんように、今年もいいことがありますようにって、おまじないにするの」

お婿さん迎えて四五年たつのに出産さわぎのないとこも、すっごくうんざりね。

大人になった子供が一杯——下手すりゃ孫なんかも這い回ってるような人がね、親同士で昼間っから寝てるの（！）。そばにいる子供の気分としてもさァ、親が昼間っから寝てる時は、行き場がなくってウーンザリ、ってことなのよォ。

大晦日の夜ね。寝て、起きて浴びるお湯は、腹が立つぐらいの気分だわ！　〃大晦日の長

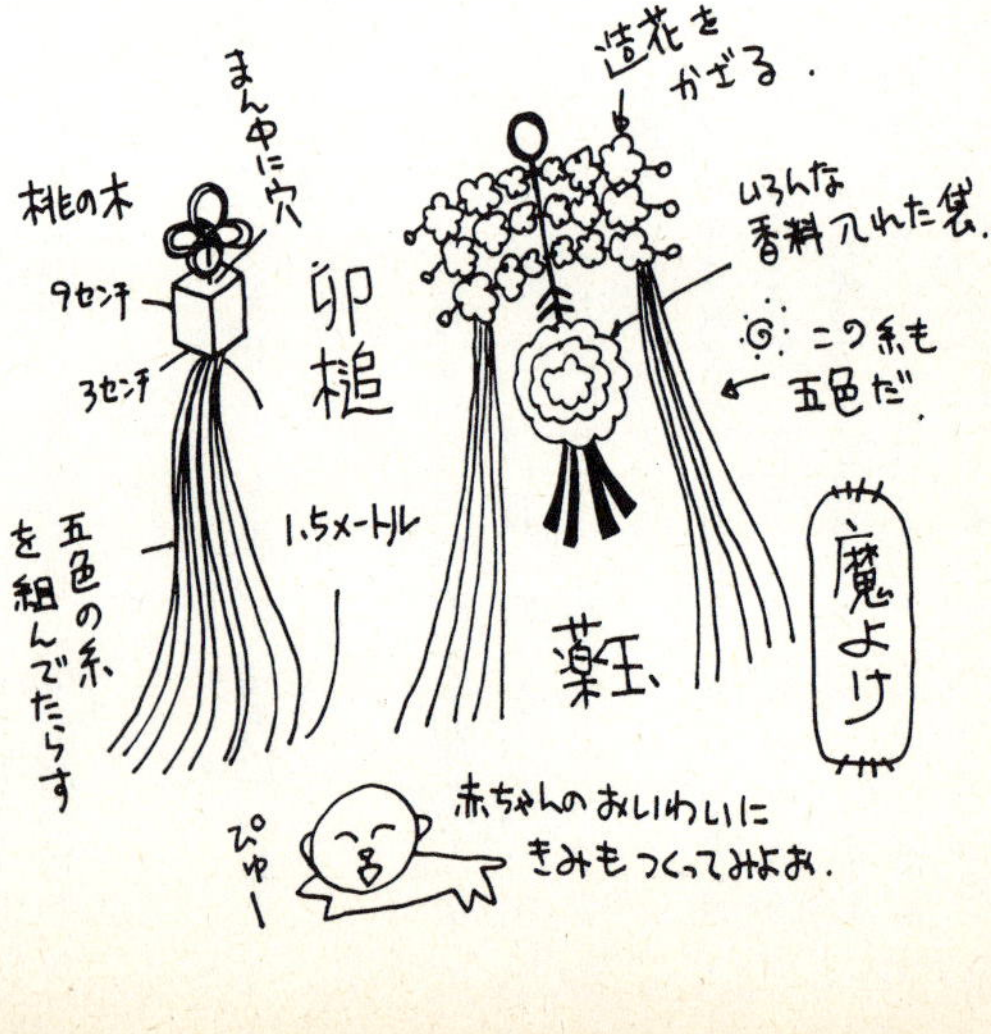
桃の木
まん中に穴
9センチ
3センチ
卯槌
五色の糸を組んでたらす
1.5メートル
造花をかざる。
いろんな香料入れた袋。
この糸も五色だ。
薬玉
魔よけ
ぴゅー
赤ちゃんのおいわいに
きみもつくってみよお。

雨〃よね。〃一日ばっかりのストイックいい子〃とか言うんでしょうよ（！）

〔**註：大晦日**の晩ていうのはさ、新しい年を迎える為に体を清める訳よね。せっかく清めたのにさ、新しい年じゃなくてねェ、別の……を迎えちゃったりするとさ、ねェ？　困るじゃないのよねェ。お湯ばっかりかぶっててさ。だったらそんなこと断ればいいのにね。断んないでいる私は——あー、悪い子だッ！〕

第二十三段

かったるくなるもの。

精進の日の善行。
先の長い準備。
お寺に長い間こもってること。

第二十四段

人にバカにされるもの。

塀のボロ。
あんまりにもお人好しだって人に知られちゃった人！

第二十五段

イライラするもの！

・急ぐことがある時に来て長話する客！
軽く見ていい相手なら「後よッ！」とかっても追っ払えちゃうけど、そんでも立派な相手だとすっごくイライラしてやんなっちゃう。

・硯に髪が入ってすられてんの。あと、墨ン中で石がキシキシってきしんで鳴ってんの。

・急に病気になっちゃった人があるんで修験者を呼ぶと、いつもいるとこにはいなくて、よそを尋ね歩いてる間がすっごく待ち遠しくって時間かかったのがやっとのことでキャッチ出来てさ、喜んで御祈禱をさせてると、最近モノノケに関係してて疲れてんのかしんないけど、坐るとそのまんま寝呆け声になんの。すっごくイライラする！

・なァんてことない人間がニタニタして、ベラベラベラベラ喋ってんの！

・丸火鉢の火や四角火鉢なんかに手のひらを返して返してさすったりなんかしてあたってるヤツ！

一体いつさァ、若いヤングがそんなことしてたァ？　年取っちゃったヤツこそがさァ、火鉢の端に足さえものっけちゃって、話しながらこすったりなんかはする訳でしょう？　そんなヤツはさ、人ンとこに来て、坐ろうとするとこをまず扇でもってあっちこっち吹き散らかしてゴミ掃除して、坐っても落ち着かなくてフラフラして、狩衣の前をたくしこんででも坐っちゃうのよ。（そういうことはロクでもないヤツのすることじゃないかって思うんだけど、少しは上等な身分のね、〝式部大夫《しきぶのたいふ》〟なんつったのがしてたのよ！）

〔註：〝狩衣《かりぎぬ》〟っていうのはスポーツ・ウエアね。昔、狩に行く時に着てたから狩衣っていうんだ

けど、普段の時に着る直衣《のうし》が〝背広〟だとするんならさ、狩衣はそれよりももっとくだけたブルゾン、ジャンパーの感じね。直衣と違うところはさ、袖が離れてるってこと。普通着物ってさ、胴体に袖をくっつけるでしょ？　別に着物じゃなくったって、みんな袖は胴体にくっつけるもんだけどさ、でも狩衣っていうのは半分しかつけてないのね。後ろはちゃんと縫い合わせてあるから、後ろから見ると普通に着物なんだけど、前は縫ってないの。だから狩衣を前から見るとさ、胴体と袖の間が開いてて、そこから下の生地が見えるのよね。だから袖と胴体とのすき間に手ェ入れちゃえばさ、狩衣の袖だけをパッと後ろに脱げちゃうことも出来る訳。袖と胴体の間が離れてるから活動的だしね。狩の時に着てったって、分かるでしょ？——もっともあたし達の時代に男の人が実際弓矢持って狩に行くなんてことはなかったけどさ。だからさ、狩衣っていうのは鎌倉時

代になっちゃうと武士の正装になっちゃうのね。あたし達の時代はホントの略装なんだけど。あ、あと狩衣っていうのには袖口のぐるりに紐が通してあるの。あたし達の着るものって、大体袖口が広いのよね――袖自体がすっごく大きいし。貴族というか後になると〝お公家さん〟とかって言われちゃうけど、そのことを〝広袖《ひろそで》〟ってバカにして言った訳、江戸の侍なんかはね。ともかく袖が大きいから活動的でなんかある筈ないってね。大きな袖が袖口のところでカパーッと口開けてんのがあたし達のスタイルなんだけど、狩衣にはその袖口に紐が通してあるの。だからいざって時はその紐をすぼめるとね、袖口がギュッとしまるのよ。だから〝ブルゾン〟ていうのもあながち間違ったたとえじゃないと思うんだけど、紐をしぼってギュッと縛って、その伸びた先をたすきがけにすることだって出来たのよね――もっともそんなことする人はまずいないし、そんな必要もまずないんだけど、あたし達の服だって活動的になろうと思えばなれないこともなかったりはするのね。

で、その狩衣を着てた〝**式部大夫**《しきぶのたいふ》〟ね。式部大夫っていうのは〝式部省《しきぶしょう》の大夫《たいふ》〟ってこと。**式部省**っていうのは何するところかっていうと、人事課と文部省が一緒になったみたいなとこ。普通の公務員の人事評定なんかしたり、あと〝礼式〟のことをつかさどるのね、式《しき》の部《セクション》だから。礼儀に関する役所があったっていうのは、ちょっとあなた達には分かりにくいかもしれないけど、あたし達の時代は国家公務員にとっちゃ儀礼がすべてみたいな時代だからさ、しょうがないのよ。人事だって結局は礼儀という物差しで見るっていうことなんだからね――式部省が人事課であるってことはさ。そんでさ、式部省が文部省でもあるってことはさ、実は式部省の下に〝**大学寮**《だいがくりょう》〟

ってものがあったから。大学寮ってのは大学よ。前に出て来た〝**進士**《しんじ》〟の〝**文章生**《もんじようのしよう》〟や**文章**《もんじよう》**博士**《はかせ》がここにいるの。博士ったって別に〝漢文学科〟だけじゃなくって〝法学部〟だって〝哲学科〟だってあるからさ、大学寮には――だから**明法博士**《みようほうはかせ》や**明経**《みようぎよう》**博士**だっているのね。明法博士ってのは法律、明経博士の〝経〟っていうのは四書五経の経よ。そういうのを管轄して養成してるのが大学寮で、それが式部省の下にあるんだからさ、式部省の管理職だったらもうちょっとなんとかなってろ！　って言うのよ。やァねェ。狩衣っていうのはさ――直衣でもそうだけど、大体男物《メンズ》っていうのは、上着の裾を袴の上に出すもんなのよね。儀式の時にさ、下襲の裾を長ーく長ーく引くのを典型にしてさ、男の人の裾っていうのはゆったりとたらすのが〝らしい〟のよ。それをさァ、貧乏ったらしく股の間に巻きこんじゃうんだもんね。なんかもうホントにやだ、やだやだッ！　って感じがするじゃない？　モラルの総元締である式部省の人間が、なァーんてことよ、ってさ！

式部大夫《しきぶのたいふ》っていうのはさ、別に式部省の長官のことじゃないのね。今だって〝――省《ナントカしよう》〟とか〝――庁《ナントカちよう》〟っていう風に大きさとか種類で分かれてるでしょう？　あたし達の時代って、すべてのポストは四段階に分かれてたんだけど、それが役所の種類によって呼び方やあてる漢字が違ってたりするのね。ちょっとメンドクサイけどその説明しますね。

まず四段階の階級だけど、これは上から〝**長官**《かみ》〟〝**次官**《すけ》〟〝**判官**《じよう》〟〝**主典**《さかん》〟なの。〝**No.1**《かみ》・**No.2**《すけ》・**No.3**《じよう》・**No.4**《さかん》〟て言った方が分かりやすいかな。一番下っ端の庶民から見ればさ、自分達がなれるのなんてNo.4《さかん》がいいとこだからさ、No.3《じよう》から上はみんな役職の管理職よね。でも、あたし達の側から見れば、やっとNo.3《じょう》になって一人前っていうところもあるからね、No.4《さかん》なんてパートかアルバイト、No.2《すけ》から上が管理職っていう感じなのよね。

前に〝**受領**〟のところで**国司**《こくし》の話をしたけどさ、〝国司〟っていうのもやっぱり一つの役所のセクションではあるのよね。式部省っていうポストがないのとおんなじように（役所の名前だからね）、国司っていうポストだってないのよ。国司というセクションのNo.1《かみ》に〝守〟っていう字を充てて〝**守**《かみ》〟って言う訳。国司は色んな〝国《ちほう》〟をたばねてるからさ、土佐という国の人事で、ここの長官になったら〝**土佐守**《とさのかみ》〟っていう風に言うのね。この下にいるのが、No.2《すけ》は〝**土佐介**《とさのすけ》〟、No.3《じょう》は二つに分かれてて〝**土佐大掾**《だいじょう》〟と〝**土佐少掾**《しょうじょう》〟。この下がNo.4《さかん》の〝**目**《さかん》〟ね。長官《かみ》・次官《すけ》・判官《じょう》・主典《さかん》の字は違う

けど読み方はおんなじっていうのは分かったでしょ? そんでこの間に〝補佐〟っていうのが入るの。それは〝権《ごん》〟ていう字を使うのね。長官補が〝権守《ごんのかみ》〟、次官補が〝権介《ごんのすけ》〟よ。〝権《ごん》〟ていうのはほとんど〝’《ダッシュ》〟っていう感じだなァ。一級品に長官してると〝守《かみ》〟、ちょっと純度が落ちるなァと思うと〝守’《かみダッシュ》〟——それが〝権守〟ね。でさ、国司というセクションではそういう字を使うんだけど、大進生昌《だいじんなりまさ》のいた〝中宮職《ちゅうぐうしき》〟ね。国司の〝司《し》〟とか、中宮職の〝職《しき》〟っていうのはさ、式部省の〝省〟とおんなじで、〝役所である〟〝役所〟っていうことよね。中宮職というセクションのNo.1《かみ》は〝大夫《だいぶ》〟——もう字も読み方も違うのね。これの〝’《ダッシュ》〟は〝権大夫《ごんのだいぶ》〟よ。No.2《すけ》が〝亮《すけ》〟ね——〝’《ダッシュ》〟は〝権亮《ごんのすけ》〟。No.3《じょう》が〝進《じょう》〟——だけどこれを〝進《じん》〟と読むと生昌になるのね。No.3《じょう》が〝大・少〟に分かれてさ、生昌はこの上の方の〝大進《だいじょう》〟であって〝大進《だいじん》〟なのよ。中宮職だけじゃなくって〝——職《ナントカしき》〟っていう〝職〟系統の役所だと〝大夫・亮・進・属〟の字を充てるのね。

　まァ、これだけメンドクサイんだから〝礼儀〟をつかさどっちゃう役所があったっても不思議はないわよねってとこで、その式部省に代表される〝——省《ナントカしょう》〟系統の役所ね。ここではNo.1《かみ》が〝卿《かみ》〟、No.2《すけ》が〝輔《すけ》〟、No.3《じょう》が〝丞《じょう》〟、No.4《さかん》が〝録《さかん》〟。そんでさ、メンドクサイのが〝輔《すけ》〟の読み方ね。これも〝大・小〟に分かれるからさ〝大輔《だいすけ》〟と〝少輔《しょうすけ》〟になる筈なんだけどさ、これが実に〝大輔《たいふ》〟〝少輔《しょう》〟って読むんだな。

　なんだってそんなメンドクサイことするんだって怒るかもしれないけどさ、やっぱりホラ、人間の気持ってあるじゃない? ポピュラーなものほど他とは区別したいっていうのがさ。前に、おんなじ袿《うちぎ》でも、一番上のやつは〝表着《うわぎ》〟って呼ぶって、それでひんしゅくかっちゃったことってあるでしょ？　あれとおんなじだと思ってて。〝だいすけ〟っていうのは〝No.2の上〟ってことだからさ、そんなポストはゴロゴロしてる訳よ。〝――省〟っていうのは都の役所でもやっぱり花形だからさ、「差ァつけたい」になったんじゃないの。だから読み方を変えて〝大輔《たいふ》〟よ。

そんでさ（なんかこんな話ばっかり続いてすいませんねェ……）、式部省の〝No.2〟の上が大《たい》輔《ふ》だったとするとさ、これは勿論〝式部大輔《しきぶのたいふ》〟ね。じゃァこれと一体〝式部大夫《しきぶのたいふ》〟とは、どう違うのかっていうの。同じゃないのよ、違うのよ。

もう一つね、中宮職のNo.1《かみ》を〝中宮大夫《だいぶ》〟って言うでしょ？　この〝大夫《だいぶ》〟と〝大夫《たいふ》〟はどう違うのかっていうのもあるのね。同じじゃないのよ、違うのよ。〝大夫《だいぶ》〟って濁るのは〝――職〟系統の役所の長官だけど、〝大夫《たいふ》〟って濁らないのは実はこれ、殿上人になれる最低ランクの〝**五位**〟の人間のことを〝大夫《たいふ》〟っていうの。〝大夫《だいぶ》〟でも〝大輔《たいふ》〟でもない〝大夫《たいふ》〟っていうのは、だから貴族社会ではほとんど〝一人前の人間〟ていう意味なのよ。大昔は一位から五位の人間までもみんなひっくるめて〝**大夫**《たいふ》〟って言ってたけどさ、それがあたし達の時代じゃ、殿上人の最低ランクである五位の階層に限定されちゃったの。五位ぐらいの身分の人間だとさ、大体ポストはNo.3《じょう》クラスなのよ。というより、No.3《じょう》クラスには六位の人間が多いって言った方がいいかなァ。五位〜六位ていうのはさ、入試とおんなじで当落ギリギリの人間が線上でひしめいてるようなもんだからさ、六位でNo.3《じょう》やってた人間が五位になれたりしたら嬉しいじゃない？　やっと人並という人生のゴールにたどりつけたっていうようなもんだからさ、それでここに出て来る

〝式部大夫〟っていうのも、ポストとしては〝式部丞《じよう》（No.3）〟なんだけどさ、五位になっちゃってる人だからさ、式部大夫って言うのよ。まァね、実は「これでもう定年でもいいんじゃないの」っていうあなた達の世界の感じがさ、〝ナントカの大夫《たいふ》〟ではあるんだけどね……。だからまァ〝一人前のオジサン〟ていうところではあるわよね。

　でさ、狩衣っていうのは直衣よりもくだけた《カジュアルな》もんだけどさ、一応これはチャンとした服よね。じゃァなんで式部大夫が狩衣で直衣を着てないのかってこともある訳。そりゃァ、金持は立派なカッコを普段でもキチンとしてますよ、でもね——っていうようなこと。そんなすごい貴族じゃないもん〝大夫《たいふ》〟クラスは——っていうこと。

　でもさ（〝でもさ〟が多いな）、大夫《たいふ》でも、式部省の人間よォ！　式部省ってさァ、一番落ち着いてて品があっていいようなお役所じゃなァい。人事に礼儀に大学だもォーん！　どうしてェ？　どうしてそういうとこのオッサンて絶対にちゃんとしてないのォ？　平気で狩衣の裾なんかクルッとたくしこんで平気で笑われちゃう訳さ？　イナカのオッサンじゃない！　って言うのよ。もうあたし、信んじらんないッ!!」

　あとね、酒飲んでワメいて、唇を撫でまわして、髭のあるヤツはそれを撫でて、盃を他人に押しつけて来る時の感じ。メッチャクチャイライラするって思う。「もっと飲め」って言う訳でしょ？　体震わして頭振って、口の端までひん曲げて、子供の「こォお殿に行ィってさァ♫」なんか、歌うみたいにすんの！（それがよりによって本当に上流人間がなさんのを見ちゃ

ったもんだからさァ、「あー、見たくない」って思うんだわよ)

・なんでも嫉妬して自分のことブーブー言って他人の噂して、ほんのちょっとのことでも身ィ乗り出して聞きたがって、教えないのを恨むわ文句言うわ。あと、ほんのちょっと聞きかじったことをさ、自分が初めから知ってることみたいに他人にもベラベラ喋りまくるのって、スッゴくイライラする!

・話を聞こうと思ってる時に泣き出す赤ン坊!
・烏が集まって飛びかってガアガア鳴いてるの!
・忍んで来る相手を知ってて、吠える犬!
・とんでもないとこに隠しといた男がイビキしてんの!

(あと、忍んで来るとこに長烏帽子でさァ、それでも人に見られまいってあわてて入って来るんだけど、なんかにぶつかってザワッて音立てるの。伊予《いよ》簾《す》なんかかけてあるのに頭ひっかけてザラザラーッて鳴らしちゃうのもすっごい、イライラする。帽額《もこう》の簾《すだれ》は特別、端《はし》っこの当たる音がすっごく目立つし——それだって

そっと引き上げて入れれば、全然鳴らないのよ。遣り戸を乱暴に開け閉めするのも、すっごく下品ね。ちょっと持ち上げるようにして開ければ、鳴る訳ないでしょ。下手に開ければ、障子《ふすま》なんかでもゴトゴト音がするのが、ホント、目立つのよ

(**註**：男の人はみんな**烏帽子《えぼし》**かぶってますよね。外ではずすのは寝る時ぐらいだから、彼女ンとこに忍んでくのも当然烏帽子かぶってて、女の人は大概**簾《すだれ》**の奥にいるもんだからさ、烏帽子の先を簾に引っかけちゃって音がするの。〝**伊予簾《いよす》**〟っていうのは細い篠竹《しのだけ》使って編むから、ちょっとのことで音ってするのよね。〝**帽額《もこう》の簾《すだれ》**〟っていうのは竹を細く割ったので作ってあってさ、厚い錦のきれで上とか端とかをキチンと包んであんの。そんで、簾っていうのは出入りするのに巻き上げるからさ、それがしやすいように芯なんかも入ってるのね。伊予簾はチャラチャラ音がしやすいし、帽額の簾はガッチリしてるから下手すればカタ

ーンて音がするって、どっちにしろ気ィつけなさいよってこと」

・眠いなァって思って横になってると蚊が細い声でわびしそうに自己主張して、顔の辺を飛び回ってるの！ 羽風さえ身分相応にあるのがホント、すっごくイライラすんのよォ！

・ギイギイいう牛車《くるま》に乗って行くヤツ！ 「耳が聞こえないんじゃないのォ?!」って、すっごいイライラする。自分が乗ってるんなら、その牛車の持ち主にさえカチーンとなる。あと、話をしてんのにしゃしゃり出て来て、自分一人突ッ走るヤツ！ 結局、出しゃばりは子供も大人も、すっごいイライラすんのよ！

・ちょこっと来た子供やガキをひいきして可愛がって素敵な物をやったりする内に癖になって、いつも来ちゃってて、坐りこんで、道具やさ――ね、ぶっちらかしちゃうの！ すっごくイライラする。

・家ででも宮仕え先《オフィス》ででも、「会わないでいたいなァ」って思ってる人間が来たんでウソ寝してるのをさ、あたしが使ってるヤツが起こしに寄って来て「眠ってばっかりああいやだ」って顔して、一生懸命揺するのッ！ スッゴい、イライラする！

・新人がさし出て、物知り顔に教えるみたいなこと言って世話焼くの。すっごいイライラする！

・自分のいい人になってる男が、ムカーシ出来てた女のことを賞《ほ》め口すべらしたりなんかするのも、ズッと前のことなんだけどさ、やっぱりイライラすんの。ま・し・てね、さしあたっちゃってるみたいな、ンだとさ、ホント、考えこんじゃうのよねェ。（でもさ、かえってそうでもないなんてことも、ある、みたいよ）

・くしゃみしておまじないするの（大体、一家の男主人じゃないのが大声でくしゃみするのは、すっごくイライラするのよ）。蚤《のみ》もすっごいイライラする。着物の下で躍り回って、持ち上げるみたいにするし。犬が声を合わせて長々と吠えてるの――あー、マガマガしいくらいにイライラするッ！　開けて出入りするところを閉めない人間！　すっごいイライラするッ!!

第二十六段

胸がドキドキするもの。

雀の子を飼うの。

赤ン坊を遊ばしてるところの前を通るの。

上等の香を薫《た》いて、一人で寝そべってるの。

輸入品の鏡が少し曇ってるのを見つけた時。

いい男が牛車《くるま》を止めて、取り次ぎを頼んだり、なんかを訊かせてるの……。

頭を洗ってお化粧《メイク》をして、香がよォく薫《た》きこんである着物なんかを着てるの。(別に見る人間がいないところだっても、胸ン中はやっぱり、「すっごい素敵……」よ)

〃待つ相手〃なんかがいる夜。雨の音や風が吹いて音がするのも、ふっと驚いちゃう……。

第二十七段

過ぎ去ったことが思い出されるもの。

枯れちゃった葵。

〔**註**：〃**葵**《あおい》〃って言ったらやっぱり賀《か》茂《も》神社のお祭りよね。四月にあるんだけど、牛車《くるま》から着物からお社から、みんなに葵の葉っぱをつけるのよね。「あー、夏だな」って思うの。だからっていうんじゃないけど、〃花〃って言えば即〃桜〃で、〃お祭り〃って言ったら大体それは〃**賀茂のお祭り**〃よね、あたし達にとっては〕

雛祭りの道具。

二藍、えび染めなんかの端裂《はぎ》れが押しつぶされて本の間なんかにあったのを見つけたの――。
あと、その時「いいなァ……」って思ってた人からの手紙――雨なんか降って退屈な日に探して、出て来たの。
〔註：薄紫の葡萄《ぶどう》色に染めるのね、〝えび染め〟って〕

去年の夏の扇――。

第二十八段

満ち足りちゃうもの。

上手に描いてある大和絵が、文章がすてーきに付いてて、一杯あるの。
〔註：すてきな文章がついてる大和絵がつながってたら〝絵巻《えまき》〟よね。〝大和絵《やまとえ》〟のことを〝女絵《おんなえ》〟っていうの〕

見物の帰りで、車は満員になってて、男達はすっごく一杯付いてて、牛の操縦が上手なやつが牛車《くるま》を走らせてるの。

白くきれいな奥州和紙に、すごくすごく細く書くようなんじゃない筆で、漢詩が書いてあるの。

きれいな糸で、練ってあるのを合わせて、巻いてあるの。

〔註：〝練《ね》る〟っていうのはね、生糸を灰なんかのアクで煮るのね。そうするとやわらかーく、ホントにしっとりした感じになるの。〝練絹《ねりぎぬ》〟っていうのもやっぱりそういう風にした絹の布地ね。そういう練った糸をさ、撚《よ》らないでそのまんま合わせてくるくるって巻くのね――ホントきれいだよ〕

丁反《ちょうはみ》で、丁を一杯当てたの。

〔註：小さな駒《こま》をさ、手に持っててね「持ってるか？　持ってないか？」って当てるのよ。手ン中にあったら当たりで〝丁〟。それが〝丁反《ちょうはみ》〟〕

節回しのいい陰陽師《おんようじ》を使って、河原に出て呪いよけのお祓いをするの。

〔註：〝陰陽師《おんようじ》〟っていうのは占い師ね。中国の陰陽道――例の陰陽五行ね――から来てるんだけどさ、朝廷にはちゃんと〝陰陽寮《おんようりょう》〟っていう役所もあったのね。そこで何をしてたのかっていうと、天文台兼気象台の仕事してたの。前にお節句のところで〝節日〟とかって話したでしょ？　要するにあたし達の使ってた暦《カレンダー》っていうのはとってもドラマチックというかロマンチックでさ、今日はなんの日かんの日っていうのとかさ、何日から何日たつとナントカの日とかっていう、とかさ、あと毎日が〝子・丑・寅……〟になってたりするでしょ？　そういうメンドクサイものをさ、毎年毎年作ってたのよ。月とか星とか太陽の位置を計算してね。だから、朝廷に占星術師がいて、その人達が次の年の生活を決めるカレンダーを作ってたんだって、そういう風に思っても

らえば間違いないとは思う。仏教とか神道の系統とは違うのね。いい悪い——吉凶の判断が出来るからさ、当然それのお祓いだって出来るっていう、そういう訳〕

夜、寝起きで飲む水。

退屈な時に、すっごくそんなに仲もいいって訳じゃないお客さんが来て世間話をして、最近の出来事の素敵なのもイライラするのもヘンなのも、誰彼の話でも公《パブリック》と私《プライベート》の区別を曖昧にするんじゃなくしてちゃんと聞けるようにして話してるの——すっごい満ち足りてる気がする。

神社やお寺なんかに参詣して祈願してもらうんで、お寺なら坊さん、神社なら神主なんかの頭がよくってすっきりしてて、思ってた以上によくって、つっかえなくて、聞きやすくやってくれるの。

第二十九段

檳榔毛《びろうげ》の車はゆっくりと行かせるのね。急いでんのはダサく見える。

網代《あじろ》車なら飛ばさすのね。人の門の前なんかを通ってくのをひょっと見てる間もなく過ぎて、供の人間ばっかりが走ってんのを「誰なんだろう?」って思うのが、ホントに素敵なのよね。ノロノロ時間かけてくのは、すっごくダサイ。

〔註：〝**檳榔毛《びろうげ》の車**〟っていうのは、シュロみたいなさ〝ビロウ〟っていう木があってさ、その葉っぱを細く裂いてさ、乾かして毛みたいにするのよ、それを牛車のボディに貼るのね。だからこれは〝高級車〟なの。えらい人が直衣着てる時にはこれには乗れないのね。〝**網代車《あじろぐるま》**〟っていうのは車のボディを〝**網代《あじろ》**〟——木や竹を細く切ったので編むのね——で貼ってある車。檳榔毛の車よりはカジュアルでさ、えらい方々が直衣着て行く時はこれ、四位とか五位の貴族が乗るのもこれ。カジュアルだからさ、ボディに絵なんかも描くの。自分とこの〝紋〟なんてのを描くからさ〝**紋車《もんぐるま》**・**文車《もんぐるま》**〟とかも言うの。普通に言う〝**御所車《ごしよぐるま》**〟っていうのは、この網代車のことね〕

第三十段

説経《レクチャー》の講師《センセイ》は顔がいいの！　講師《センセイ》の顔をじっと見つめちゃうからさ、ホント、その言ってることの有難味も感じられちゃうのよねェ。よそ見してればうっかり忘れちゃうからさ、ブ男は罪だと思っちゃう。（こんなこと言っちゃいけないのよね。ちょっと年なんかの若い内はこんな罰《バチ》が当たりそうなことが書けたんだろうけどさ、今は天罰がすっごくこわいわ）あと、「尊いのよォ」「信心深いんだからァ」とか言って、説経《レクチャー》があるっていうところはどこでも最初に行って坐ってるのなんかさ、ホント、やっぱりこういう悪いこと考えてる方としてはさ、「そんなにそうまでしなくたってェ」って、思えちゃうの。

〔**註**：あたし達の時代が**仏教の時代**だって話は前にもしたんだけど、その話がここよね。日本に仏教――というかあたし達の言葉でいえば〝**仏法**《ぶつぽう》〟だけど、それがやって来た時なんかはさ、ホントのこと言ってよっぽど頭のいい人以外はなんの事だか分かんなかったと思うの。ただありがたがってるだけでさ（ホントはこんなこと言っちゃいけないんだけど）――それがさ、密教の時代になって来ると、ありがたいだけじゃなくて仏法は役に立つもんだっていうことが分かって来るのね。病気になるとお坊さんや修験者呼んで**加持祈禱**のお祈りしてもらってね、前に第二十段の〝清涼殿の東北《うしとら》の角〟でさ、宮が〝小一条の左大臣のお話〟したでしょ？　お嬢さんに古今集の暗記をおさせになった方よね。お嬢さんが宮中に上られて宣耀殿《せんようでん》の女御になられてさ、帝が古今集のお話聞かれて「じゃ、ちょっとためしてみよう」っておっしゃられた話、したでしょ？あん時だってさ、左大臣様はお坊さんを呼んで、お嬢さんのいらっしゃる方に向いて一生懸命お経上げられたのよね。お経って、ありがたくって役に立つものだったのよね。そんでさ、そういうことがあってもう一方でさ、何があるかっていうとさ、今度はまァ、自立的っていうか、そういう方向性みたいのが出て来たのよね。

　苦しい時の神頼みっていうけどさ、神と仏《ほとけ》とは違う訳よね。違ってたって、病気になればお坊さんも陰陽師もごっちゃにしちゃうのがあたし達だけどさ、そういう風に、病気みたいに大変なことになったら御仏《みほとけ》に頼っちゃうだけじゃなくてさ、普段から仏法を胸に置いとけば誰だって**極**《ごく》**楽浄土**《らくじようど》に行けるっていう風になって来るのが、大体あたし達の時代でもあるの。大体〝仏法〟っていうのがそもそもそういうもんなんだって。

有名な『**往生要集**《おうじょうようしゅう》』を書いた**源信僧都**《げんしんそうず》とかね。もっと有名なのがちょっと前の**空也上人**《くうやしょうにん》よね。町に出てさ「〝**南無阿弥陀仏**〟って言ってごらん、そうすればなんだかホッとした気分になれるから。阿弥陀様に〝お願いします〟って言ってごらん。そうすれば阿弥陀様はなんとかしてくれるんだから」ってね、そういう風に念仏を説いて回られたのよね。あたし達にしてみれば、なんだか訳のわかんない〝自分〟ていうもんがさ、なんとかなるなんていう、そんな風な考え方教えてもらったのなんて初めてでしょ？　だからみんなショック受けちゃったのよね――感動とかさ。そういうのがあたし達の時代のホンのちょっと前にあって、なんとかなればみんな平等に極楽浄土に行けるんだっていう、そういう考え方が広まったのよね。広まって、もっと詳しいこと知りたいとかさ、御仏に関係する行事になんか参加したいとかさ、それで〝**説経**《せっきょう》〟っていうのが盛んになったのね。〝お説教《せっきょう》〟だとなんか怒られてるみたいだけどさ、説経《せっきょう》っていうのはお寺の本堂やなんかで、ありがたい（そしてむずかしい）お経の話を分かりやすくしてくれることね。それをやる講師のお坊さんのことを〝**講師**《こうじ》〟って言ったのよ。〝講師〟なんていうと、今は〝あんまり重味のない教師〟みたいな感じだけどさ、あたし達の時代はもう〝師〟ったら、その一字で「へへェーッ、お師匠様……」って頭下げちゃうような、そういう重味ってありましたね。

まァ、なこと言って、その有難い講師《こうじ》の先生様に向かってあたしは何言ってんのさって話もあるけどさ、やっぱし、現実は現実よ。あたし達なんかまだいいって話が次よ――」

任期切れの蔵人なんか、昔は〝御前駆《ごぜんか》け〟なんていう仕事もしなくてさ、その年の間は内裏なんかには影も見えなかったのね（今はそうでもないみたい）。〝蔵人の五位〟ってさ、そんなのでもやたら使うけど、でもマドギワは退屈でさ、自分の気持としては「余暇がある」って気がするみたいだからさ、そんな所へさ、一回二回も聞きに行っちゃえばさ、ズーッとお詣りしてたくなって、夏なんかのすっごく暑いんでも、帷子《かたびら》をすっごく派手にして、淡《うす》二藍や青鈍《あおにび》の指貫袴を踏んづけ回っているみたいよ。烏帽子に物忌みつけてんのは、「そういう日なんだけど功徳の為には気にしない」って見られたいことなのかしらね？　会場係のお坊さんと話してて、駐車場の具合なんかも目配りしちゃってさ、一体化しちゃってる感じなのよね。長いこと会わないでいた人が来たのに会ったのを嬉しがって、近くに坐ってって、話して、うなずいて、〝素敵！〟ってことなんか話し出しちゃって、扇を大きく広げて口にあてて笑って、キチンと手入れした数珠いじくり回してオモチャにして、あっちこっちキョロキョロ見たりなんかして、牛車《くるま》のいい悪いをほめたりけなしたり、どこそこで誰それさんがした八講だ、経供養があったことだ、こういうことがあっただ、あんなことがあっただ、言い合ってるもんだからさ、そこの説経《レクチャー》の文句は聞きゃァしないの。「いいって、いいって。いつも聞いてることなんだから聞き慣れちゃって、新しくもねェや」ってことでなんでしょ（！）

〔**註**：ここら辺、初めの方がちょっと分かりにくいかもしれないわね。要するに〝**蔵人の窓際族**〟の話なのよ、ここは。（まァ、また分かりにくい話して頭ン中ゴチャゴチャにさせちゃうかな……）

〝**蔵人**《くろうど》**の五位**《ごい》〟っていうのと〝**五位**《ごい》**の蔵人**《くろうど》〟っていうのはまた別なの。〝**五位**〟っていうのが殿上人になれる最低ランクで、だから五位っていうのは貴族にとっては〝一人前〟っていうような位《ランク》だって話は前にしたでしょ？　だから五位の貴族のことを〝大夫《たいふ》〟って言うって。（あ、そうか〝大夫《たいふ》〟だから分かりにくいのか、〝たいふ〟の読みが訛ると〝**大夫**《たゆう》〟ね。大夫《たゆう》ったら〝一人前のプロの芸人〟みたいなもんでしょ？　そういうニュアンスよ）

　でさ、ここで蔵人ってのが出て来るのね。蔵人ってのは帝に直接お仕えする役だからみんな〝殿上人〟なのよ。でさ、蔵人になるランクは五位か六位なのね。六位でも殿上人になれるのは蔵人だけなのよ。そんでさ、問題は六位の蔵人ね。普通の貴族で六位になって蔵人になったらさ、はっきり言ってその人はもう出世コースの終わりに来てるっていうようなもんなの。六位の蔵人っていうのはさ、ホントに帝の為の〝雑役夫〟よ。帝の身の回りのお世話するのに普通の人間て訳にもいかないから一人前の貴族の男を使ってるってことね。だからさ、犬追っ払ったり御飯運んだりしてんだもの。名誉で輝かしいけど、それで終わりっていうようなもんね――。

　普通〝六位の蔵人〟なんて言い方はしないのね。そういう言い方するんなら〝**五位**《ごい》**の蔵人**《くろうど》〟って言うのね。蔵人は蔵人所《くろうどどころ》ってセクションにいるんだけど、ここのチーフは蔵人頭《くろうどのとう》ね。この人は〝中将〟とか〝大弁〟とか兼ねてるから〝頭中将《とうのちゅうじょう》〟とか〝頭弁《とうのべん》〟とかって言われるって話は前にしたわよね。〝頭《とうのナントカ》――〟ったらもう、若手エリート中のピカ一っていうようなもんなのよね。そんで、その次に〝五位の蔵人〟がいるの。この人達は若手のエリート達――幹部候補生っていうのかな。ただ〝蔵人〟って言ったら五位も六位もゴタマゼにして言うけど〝五位の蔵人〟っていうのは、蔵人の中でも特別なの。今の人に分かるように言うと、五位の蔵人は〝大学出のキャリア組〃で、普通の六位で蔵人やってる人達は〃高卒・ノン・キャリア組〃なのよ。エリートにとって、蔵人は出世のスタートラインだけど、普通の人間にとって蔵人はゴールなの。

六位の人間が蔵人やっててさ、これは名誉な仕事だから、ちゃんとやってれば「はい、ご苦労さん」で、五位に昇格出来るの。昇格して、そんで蔵人のお仕事とはおさらば——定年でやっと課長になれました。課長になったらおしまいですっていう、ほとんどそれに近いの。だから〃**蔵人の五位**〃っていうのは、五位になっちゃったから蔵人じゃなくなっちゃった〃元蔵人〃ってことなの。蔵人の五位は〃元蔵人の五位の貴族〃なのよ。だからエリートである〃五位の蔵人〃なんかとは全然違うの。勿論あたし達の時代のエリートっていうのは単に〃家柄〃の問題だけどね。

任期切れで五位になっちゃった蔵人っていうのはさ、昔はそのまんま御役御免だったのよ。宮中になんか出て来なかったのね。そんでも最近はさ、そういうのを〃蔵人の五位〃なんて嘘くさいこと言って使うのよ。〃**御前駆け**〃っていうのはさ、帝がどっかにお出掛けになる時——〃**御**《み》**幸**《ゆき》〃よね——牛車《くるま》の前に立って走るのよ。帝じゃなくたっても、ちょっとした人が牛車で出掛ける時は、大概下ッ端の人間がくっついて一緒になって走ってくのよね。前に——第二十八段でさ〃見物の帰りに車の中は満員になってて男達は一杯ついてて〃って言ったでしょ？　覚えてる？〃前駆《さき》〃って言ってさ、家来がくっついて牛車の前をウロウロしてるやつを払うのよ——「邪魔だ、邪魔だ、どけ！」ってね。そういう人間がゴチャゴチャ一杯いるほどカッコがいいのよ——「ああ、時めいてるな」って。だから帝の御幸にも蔵人の五位《マドギワ》なんかを呼び出して華やかにするのよ。そんでさ、マドギワはマドギワだからさ、そんなことしてたって他はなんにも仕事なんてない訳でしょ？　だからさ、暇つぶしで説経《レクチャー》の常連になっちゃうの。窓際族だからどうこうって気はあたしなんかにはないんだけど（って訳でもないか？）、でもさァ、暇なら暇でもう少しなんとかしたらァ？　っていうのは分かるでしょ？

　そんなおっさんがさ、**青鈍**《あおにび》――〝**鈍**《にび》**色**〟ってのは〝灰色〟よ――なんかの指貫袴を踏んづけて歩いてんのよ。ホントに踏んづけるの。だって、家ン中歩く時は袴の中に足入れちゃうんだもん。

　指貫《さしぬき》っていうのは普通に穿く**袴**だけど、裾に紐が通ってるのね――それで裾をくくって穿くの。袴が結局はブルマーになっちゃってるようなもんよね。外歩く時は沓《くつ》履くから別だけどもさ、家ン中歩く時は袴の中に足入れたまんまなのね。女は緋の長袴で足出さないのは勿論だけどさ、男だって出さないの。袴穿いてるっていうよりか、袋穿いて歩いてるみたいなもんだけどさ。だからみんな、指貫袴穿くってことは〝踏んづけまわる〟ってことだけどさ、でも、そんな風に言わ

れないですむ歩き方ってある訳でしょう？　いかに品がないかって言うのね。そんでさ、もうオジサンてのは余分なことばっかりするから**註**が多くなってかなわないんだけどさ、〝**物忌《ものい》み**〟なんかを烏帽子につけるのよ。〝物忌み〟の話は前にしたけどさ、ホントだったら家にいなきゃなんない日でしょ？　そういう日に〝万やむをえず外出いたします〟なんて時にはさ、柳の枝を削ってさ、五センチぐらいの木の札作るのよ。それに〝物忌〟って書いてさ、ブラさげんの。烏帽子にくっつけてさ。「ごくろうさん」って言ってあげたいけどさ、そうまでしてすること？　とか思っちゃう。

〝**八講《はこう》**〟っていうのはさ、法華経っていうお経が八巻あるからさ、これを四日がかりで講義してくれるの。午前と午後で一巻ずつね、講師《こうじ》のお坊さんは一巻ごとに担当が違うの。この話は後でも出て来るわ。そんで〝**経供養《きようくよう》**〟っていうのは、お経の写経っていうのをするでしょ？　それが終わってお寺に奉納するわよね、その儀式のこと――（ああ、やっとこれでオッサンの話は終わった！）次ね――」

それにひきかえ――。

講師《センセイ》が来てしばらくしたぐらいに、前駆けを少し走らせた牛車《くるま》を停めて降りて来る人。蟬の羽よりも軽そうな直衣指貫に生絹《すずし》の単衣《ひとえ》なんか着てるの――狩衣スタイルなんかでもやっぱり同じで、若くてほっそりしたのが三四人ぐらい、お供のヤツもまたおんなじぐらいで、入るとさ、前からいた人達も少しずれて場所空けて、高座のそばに近い柱のとこに席取っちゃうと静かに数珠揉んだりなんかして聞いてるのをね、講師《センセイ》も晴れがましいって思っちゃうんでしょ、「なんとかして後世の評判になるぐらいに！」って説き始めるみたいね。

客席《オーディエンス》なんかが倒れて興奮して、床におでこくっつけちゃうぐらいの頃にもなんなくて、「いいとこで帰ろうぜ」とかって、車の駐まってる方なんかチラッと見ちゃって、仲間同士で話してることも「何言ってんだろう？」って思えちゃうの。顔知ってる人は「素敵！」って思うし、知らないのは「誰なんだろう？」「あの人じゃないかなァ……」なんか想像して、視線がついてって〝お見送り〟になっちゃうのなんて、ホント、素敵なのよねェ（♡）。

〔**註**：ここんとこのあたしの話読んでると「これがお経の講義?!」とか思うでしょ？　ほとんどコンサートのノリだもんね。そうなのよ。**説経**っていうのは、あたし達が聴ける唯一のコンサートみたいなもんだもんね。そりゃ宮中の儀式だってあるし、プライベートな音楽の演奏会だってもあるけどさ、説経の集会はまた別よ。だって「幸福っていうのはこういうことだ」「こうすれば幸福になれる！」っていうような、そんなこと話してくれるとこなんて他にないんだもん。そんでさ、説経をやるお坊さんて、話し方がメチャクチャうまいのよね。〝講義〟だからってさ、つまんなそうなオッサンがヨタヨタ出て来て、「テキストの何ページを開けて……」ってやるのとは違うんだもん。「いいかなァ！　御仏はこう言ってるんだァ！　みんなァ、ハッピィになってるかい!!」っていう、そういうノリなんだもん。大体仏教の世界ってのは〝**声明**《しょうみょう》〟ってのがあるでしょう？　お経を読むのは節つけて読むんだからさ、お坊さんていうのは、そういう意味

でボーカルの訓練は出来てるのよね。西洋の方だとさ、教会音楽がクラシック音楽生んでくでしょ？　日本だっておんなじなのよ。あたし達の時代じゃまだだけどさ、この説経に節がついてさ、それを語ってくようになるのね。これが〝説経節《せっきょうぶし》〟って言うんだけどさ、こっから浄瑠璃《じょうるり》ってのが生まれてってさ、長唄とかなんとか、日本の邦楽ってみんなこっから出て来んだよ。だから全然コンサートなのよ。ハンサムな公達《きんだち》――いいとこのお坊ちゃんね――がやって来てさ、あたし達みたいな女は牛車に乗ったまま、庭にそれ駐めて聞いてる訳ね、説経を。だから、お庭先にズラッと車が停めてあったら、大概そこには女の子達がいると思って間違いないのね。そっちをさ、チラッと見るのよ！（ああ……あたし達って何しにお寺に行ってるのかしらねェ……）ま、いいんだけど。そんで、そんな方がさ、ハンサムで、夏だとホントに涼しそうなもん着てらっしゃるのよ。〝生絹《すずし》〟っていうのは、ラフな絹なのね。練絹っていうのはさ、生糸を灰汁《アク》で煮て艶を出すでしょ？　でも生絹《すずし》はそれをしないのね。しないで、生の感じを生かして軽ーく織り上げる訳よね。ホントに、蟬の羽か天人の衣かって、軽そうでねェ、素敵なのよォ……。ただのオッサンが狩衣《かりぎぬ》着てるとさァ、なんか「さえない背広が……」って感じもするけど、そういう公達の狩衣姿ってことになるとさァ……。（ああ、あたしって、やっぱりなんでお寺に行ってるんだろ？）

「あそこで説経《レクチャー》があった」「八講があった」なんかさ、人が口コミしてる時に「あの人は来てたの？」「どうして来ない訳よォ！」なんて決まって言われるのは、過剰よね。（だからって全然顔出さない、じゃいられないでしょう？　身分の低い女だって熱心に聞くっていうのにねェ。だからったって、行き始めてた頃は出かけてく女なんていなかったのよ。たまーには壺装束なんかで上品にこしらえてっていうのはあったみたいだけどさ。それにさァ、〃お寺参り〃なんかばっかりをしてたのよ。説経《レクチャー》なんかにはそんなに一杯行ってたって話、聞かなかったわよ。この現在《あたし》をさ、その当時にうるさく言ってたみたいな人間が長生きしてて見たらばさ、どれくらい文句言って悪口言うかなって、思うの）

（**註**：まァ、あたし自身が説経に関して妙にさめてるってとこがあるっていうのはさ、あたし、昔に行ってたのよ。まだ説経が超満員で失神者続出とかっていう風になる前にさ。なんかその頃はさ、女がお寺に行くなんていうのはさ、そっと御仏にお願いがあって、とかさ、そういう感じだったの。自分から「幸福ってなんだろ？」って、学習意欲丸出しで出かけてくなんてことをさ、普通の女なんかがしなかった頃よ。大体さ、念仏とか説教なんてさ、空也上人が盛んにしたようなもんだからさ、あんまり身分のある人が出かけてくようなもんでもなかったのよね、昔は。だってさ、**空也上人**ていうのはボロボロの恰好して町中で話してたんだもんね。〃空也《くうや》〃ってのは〃虚無《くう》である《なり》〃ってことだしさ。そんなもんがいきなり立派な御殿の中から生まれて来るって訳でもないしさ、町中でやってるようなもんだったら、どうしたって〃イカガワシイ……〃って感じになるでしょ？　武道館でコンサートやれる前は場末のライブ・ハウスでこぢんまりとやってました――みたいなもんだから、説経だっても。だもんだから、女の人が「行きたいな……」とか思ってもさ、わざわざ牛車仕立ててっていう訳にはいかなかったのね。だから、お忍びで歩い

てったのよ。

〃壺装束《つぼしょうぞく》〃っていうのは女が歩いて外行く時の外出スタイルね。家の中にいる時は袴穿いて、袿を重ねて髪の毛垂らしてって、よく考えてみれば〃歩くダスキン・マット〃みたいなもんなんだけどさ……（言ってて憮然……）。まァ、ともかく、とても外歩く恰好じゃない訳よね。髪の毛なんて、まず唯一生身の女の肉体の証しみたいなもんだから隠すでしょ——普通だったら表着《うわぎ》の上に出して垂らしてる髪を中に入れてさ〃小袖《こそで》〃っていうのをその上に着るのよね。あたし達の着てるもんは大体袖が大きくって袖口がカパーッて開いてるって話は前にしたけど、それじゃやっぱり外出た時不便だから、袖口がつまってて袖が小さい着物に替えるの——それが小袖ね。結局その小袖がイコール和服のことになっちゃうんだけどさ、あたし達にとって小袖っていうのは〃実用着〃だったのね。そんでさ、小袖ったってもやっぱり裾は十分に長いから、引きずらないようにつまむのね。つまんで帯にはさんでさ、そのことを〃壺折《つぼお》り〃って言うの。それで歩きやすいようにしといて〃市女《いちめ》笠《がさ》〃っていう深い笠をかぶるの。これで壺装束《つぼしょうぞく》が出来上がり。

牛車《くるま》じゃなくて歩いてでさ、女がお寺に説経を聞きに行くなんてね、ま、あんまりよく

言う人なんていなかったわよね。それでもなんか、そんな頃は熱心に行ってたけどね。でもなんか、今みたいにみんな熱心に行ってたりするとさ、かえってね……〕

第三十一段

菩提っていうお寺に結縁《けちえん》の八講をしに行った時にね、人ンとこから「早くお帰りになってよ、すっごく淋しいんだもん」て言って来たから、蓮の葉っぱの裏に「無理してだって濡れたいわこんな極楽蓮の露　それおいといてヤな憂世　どうしてあたしが帰るのよ?」って書いて渡したの。

ホントに、すっごく荘厳でさ、いいなァって気がしたからさ、そのまんまズーッといたいなァって思ったから、〝湘中《そうちゆう》さん〟の家の人の心配も忘れちゃってたのねェ。

〔**註**:〝**結縁**《けちえん》〟っていうのは縁をむすぶことね。仏様とお近づきになろうというかさ、関係を持ちたいというかさ、その為に法華経の四日間連続講義——**八講**《はこう》をするのよ。だから八講っていうのがそもそも〝**結縁の八講**〟ではあるのね。そんで〝**湘中**《そうちゆう》〟っていうのは人の名前ね。中国でさ、仙人になる修行するんで山ン中に入って本読んでたおじいさんがさ、家に帰るのを忘れちゃったっていう、そんだけの話。ムズカシイこと言ってごめーんね〕

第三十二段

小白河っていうところは、小一条の大将様のお屋敷なのよね。そこで上達部が結縁の八講をなさるの。世間の人はメッチャクッチャすごいっていうんで、「遅れて来る牛車《くるま》なんかは駐車出来そうもないみたいよ」っていうからさ、朝露と一緒に起きてさ――ホントよ、すき間ってなかったわよね。轅《ながえ》の上にまた別のを重ねてさ、三列目ぐらいまでは少しは声も聞こえそうなのね。六月十何日かでさ、暑いことったら歴史始まって以来ぐらいよ。池の蓮の花を見るだけですっごい涼しい気がすんの。

左右の大臣方を別ってことにさせていただくとね、いらっしゃらない上達部はナシね。藍の指貫に直衣、浅葱《あさぎ》の帷子《かたびら》なんかをサァ！　透き通らせてらっしゃるのよォ。ちょっとお年の方は青鈍の指貫ね。白い袴もすっごい涼しそうなの。佐理《すけまさ》の宰相なんかもまるで若々しくって、ともかく荘厳なことこの上もなくてさ、素敵な眺めなのよ。

〔**註**：〃**帷子**《かたびら》〃っていうのは裏がついてない着物ね。普通着物って裏がちゃんとついてるでしょ？裏がついてない着物のことを〃**単衣**《ひとえ》〃っていうけどさ、あたし達の時代は〃単衣〃っていったら肌着なのよね（この肌着は勿論〃単衣《ひとえ》〃だから裏なんかついてませんけど）。でさ、普通の袿《うちぎ》はみんな裏がついてるけど、夏だと暑いからさ、それで裏のついてない**帷子**《かたびら》になるってこと。〃六

月の十何日〃っていったら、あなた達の〃七月の終り〃よ。夏なんだもん。だから色もみんな涼しそうなのにするのね。〃**浅葱**《あさぎ》〃っていうのは〃水色〃よ。という訳で、みんなスッキリしてるから、四十過ぎてる**佐理**《すけまさ》**の宰相**も若々しくお見えになったのね。知ってるでしょ？ **藤原佐理**《ふじわらのすけまさ》ったら、小野東風《おののとうふう》・藤原行成《ふじわらのゆきなり》と並ぶ〃**三蹟**《さんせき》〃のお一人よ。すっごく書が上手でらしたの〕

廂《ひさし》の間のすだれを高く上げて、長押《なげし》の上段の上に上達部は奥を向いて、ズラズラーッと坐ってらっしゃるの。その次には殿上人に若公達――狩装束《ぎぬ》や直衣なんかもすっごく素敵にして、じっと坐ってもいなくてあっちこっちにウロウロしてるのも、すっごい素敵。実方《さねかた》の兵衛佐《ひょうえのすけ》や長命侍従《ちょうめいじじゅう》なんかはこのお屋敷の子だから、もうちょっと出入りもリラックスしてんのね。まだお小さい方なんか、すっごく素敵でらっしゃるのね。

〔**註：実方**《さねかた》**の兵衛佐**《ひょうえのすけ》っていうのは小一条の大将の

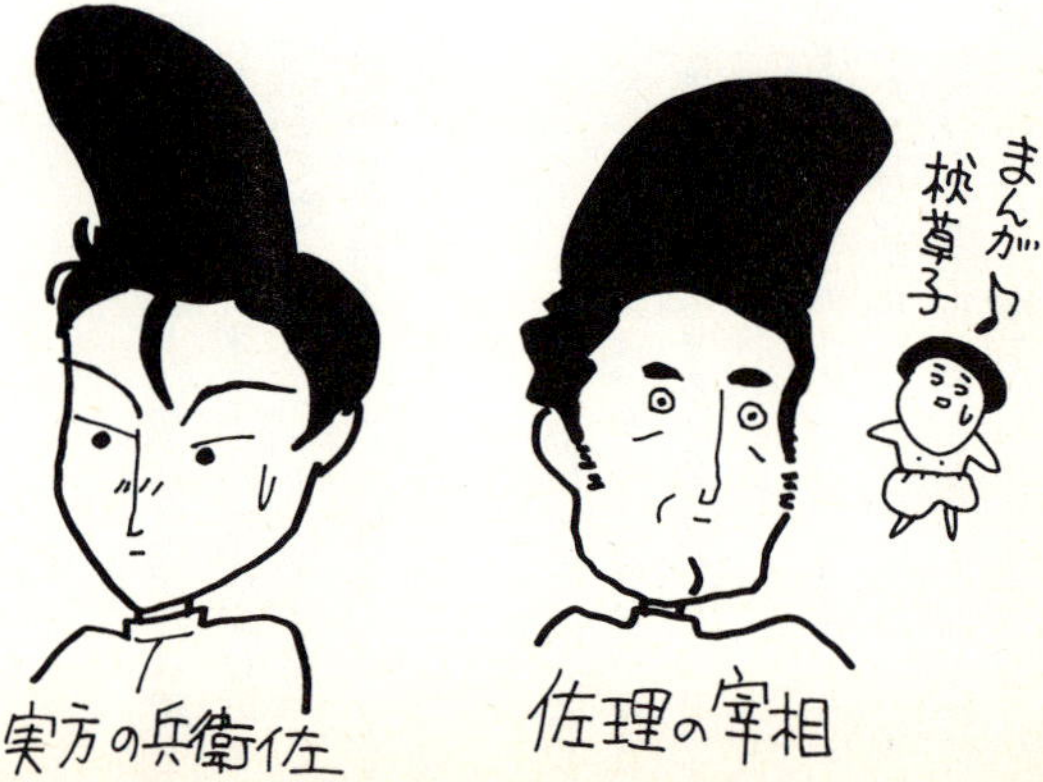

甥御さんね。お父様が亡くなられて小白河《こしらかわ》のお屋敷にいらしたの。**長命侍従《ちょうめいじじゅう》**は小一条のお子様。兵衛佐様の方は二十代の真ン中辺で、侍従の方は十五、六だったかな、お若かったの〕

少し日が高くなって来ると、三位中将《さんみのちゅうじょう》っていうのは後の関白様のことでらしたんだけど、輸入物の羅《うすもの》の二藍の御直衣に二藍の織物の指貫。濃い蘇《す》枋《おう》の下の御袴に薄張りをした白い単衣のすっごく派手なのをお召しになって、入ってらっしゃったの。あんだけカジュアルで涼しそうな御連中の中で暑っ苦しそうではあるんだろうけどもさ、すっごく〝メチャクチャ御立派〟っつうのには見えたまうわよね。

〔**註**：前に〝**小《こ》一条《いちじょう》の左《さ》大臣《だいじん》**〟っていうのは出て来たでしょう？　お嬢さんに古今集のことを教えられた。あの方のお子さんが〝**小一条の大将**〟なのね。そんでさ、男の人の集まりだからさ、やっぱり派閥とかっていうのはある訳よね。この〝**三《さん》位中将《みのちゅうじょう》**〟っていうのはさ、後に関白になりに

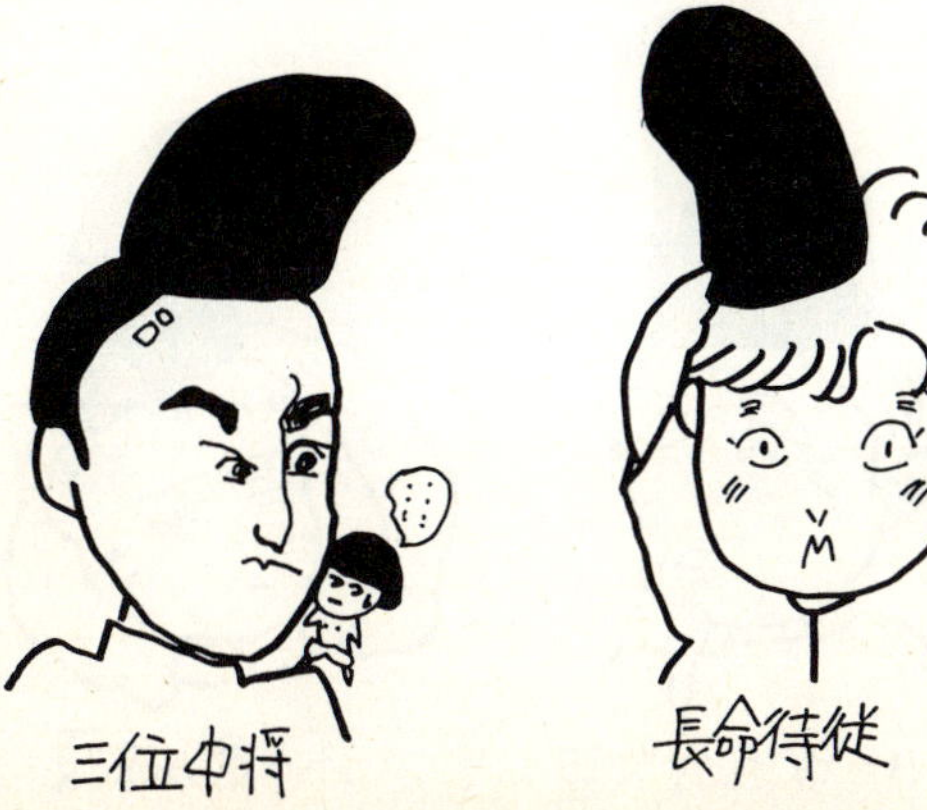

なるぐらいの方だからさ、ちょっと違うのよ、ここに出て来る〝小一条派〟の人達とは。この頃は男盛りの三十代の真ン中辺でらしたけどさ、やっぱり一人だけ違う凝った恰好していらしたのは、そこら辺の〝違い〟っていうのをデモンストレーションなさりたかったのかもしれないな、って――。〝蘇枋《すおう》〟ったら〝赤〟よね。それが濃いんだもん――すごいでしょ？　でさ、指貫だって〝織物《おりもの》〟なのね。織物って、普通布地っていうのはみんな織物だけどさ、あたし達が〝織物〟って言ったらブ厚いのよ。布地に模様を織り出してあるからね。〝綾織《あやおり》〟っていうのが勿論〝織物〟。そんでさ、そんな立派な――言い換えれば暑っ苦しい指貫袴に、更にもう一枚袴を重ねてるのね。〝下の袴〟っていうのはそういうこと。指貫の下に穿くの。ただし〝下の袴〟には指貫みたいに裾の紐は通ってないの（思いたきゃ思ってもいいけど、あたしは絶対に〝ステテコみたいなもんよ〟

小一条の左大臣

小一条の大将

とは言いません！）。でさ、直衣の下に重ねてられる〃白い単衣〃にも糊がついてんのね。ピーンとさせてさ――あたし達のこのファッションのことを〃強装束《こわしょうぞく》〃って言うんだけどさ、部厚い生地使って糊でピーンと固めるとかね。〃三位中将〃のスタイルなんてさ、その尖端というか典型みたいなもんよねェ。やっぱり、後に関白におなりになるぐらいなんだから、こういう時でもツッパってらしたんだと思うのよね。で、この〃三位中将〃が誰かっていうとさ、〃宮〃のお兄様でらっしゃる伊周様のお父様――即ち、宮のお父様でいらっしゃった関白・藤原道隆《ふじわらのみちたか》様の、ありし日のお姿なのよね〕

朴《ほお》や塗骨《ぬりぼね》なんか、骨の方は違ってもみんな赤い扇をズラーッとお使いになって持ってらっしゃるのは、撫子《なでしこ》がメッタヤタラに咲いてるのとさ、すっごくよく似てるの。まだ講師も出て来ない内はお膳を出して、なんなのかしらね？　召し上がってらっしゃるみたい。

〔註：〃撫子《なでしこ》〃ったら赤ですよ。撫子のこと別名〃常夏《とこなつ》〃っていうのね。もう、いかにもそういう花よね〕

義懐《よしちか》の中納言の御様子がいつもよりキマッてらっしゃるったら、ちょっとないのよねェ。色あいが華やかで、メッチャクッチャに匂い立って来るようだからさ、甲乙つけがたい全体の帷子姿でもさ、この人はホントにもう、ただ直衣一つを着てるみたいにしてて、いっつも牛車のある方に目を向けてて、話なんかしてらっしゃるの。「素敵♡」って思わなかった人はいなかったと思うよ。

後から来た車が、スペースがなかったからさ、池の方に寄せて駐まってるのを御覧になってね、実方《さねかた》の君に「メッセージをちゃんと言っちまえそうなヤツを一人」って、お召しになるときさ、どんな人間なのかしらね、選んで連れて来られたのね。

〔註：〃**義懐**《よしちか》**の中納言**〃っておっしゃるのは摂政・**藤原伊尹**《これただ》様の御子息でらして、当時の帝・**花山**《かざん》**天皇**の伯父様でらしたのね。この頃は三十ぐらい。この方が御出家されちゃったとかっていう話は後でしますけど、ここであたしがしたいのは、そういう素敵な公達連中がどうやってナンパしてたかっていう、そういう話よ♡〕

ファミコン「なごんちゃん」もいいな
義懐の中納言

「どう言ってやったらいいかな?」って、近くに坐ってらっしゃる方みんなで御相談になられてさ、メッセージの内容は聞こえないのね。

メチャクチャカッコつけて車の方に歩いてくのをまたね、お笑いになるの。

後ろの方に立って言ってるみたい。

長いこと立ってるからさ、「歌なんか詠むんだろうなァ。兵衛佐《さねかた》よォ、返歌考えとけよ」なんか笑って、「早いとこ返歌聞きたいなァ」って、いる人みんな——お年の上達部まで全員、そっちの方に御注目なさってたわよ。実際ホント、外の人間まで注目してたもんね、素敵だったわよォ。

返歌を聞いたらしいのね。ちょっと歩いて来たとこで扇を差し出して呼び返すからさ、「和歌なんかの字、言い違えたんじゃなかったらこんな風には呼び返さないわよねェ。時間かかったんだからさ、そのまんまですむ文句は直すべきなんかじゃないっていうのよねェ」ってさ、思ったの。

そばに戻って来るのもじれったくてさ、「どうだった?」「どうだった?」って、誰も彼もさ、お訊きになるの。

すぐにも言わないで、権中納言《よしちかさま》がさ、お言いつけになったことだからね、そこへ参って、興奮して言うの。

三位中将が「早く言えよ。あんまり呑みこみすぎて間違うなよ」っておっしゃるとさ、「それでもォ、全然おんなじことなんでございますけどォ」って言

うのは聞こえんの。

藤《とう》大納言が人よりずっとわりこんで、「どう言ったのさ？」っておっしゃってるみたいだからさ、三位中将は「すげェまっすぐな木をさァ、無理して折っちゃったんだろうってこってすよ」って御説明になるとお笑いになってさ、みんななんとなくザワザワって笑う声、聞こえたんだと思うよォ。

〔**註：藤大納言《とうだいなごん》**は**義懐《よしちか》の中納言**の叔父様に当たる方で中納言のお舅さん――藤大納言のお嬢様と義懐の中納言が結婚なさってたから〕

中納言《よしちかさま》が「じゃァさァ、呼び返さなかった前はなんて言ったのよ？　これが直しの結果かよ？」ってお尋ねになれば、「長いこと立ってましたんですけど、ともかくもう〝なし〟なもんですから、〝じゃァ帰らせていただきますけど〟って言って帰って来ようとしたのに呼ぶんで――」なんてさ、言うの。

「誰の牛車なんだろう？　ご存じないすかね？」――なんて首かしげてらして、「じゃア、歌詠んでさ、今度は出そうぜ」なんておっしゃってる内に講師《センセイ》が出て来ちゃったからさ、みんな腰落ち着けて、そっちの方ばっか見てる内に、車はかき消すように失せにけりなの。車の下簾《したすだれ》なんか、〝ホントに今日おろしたて〟って感じで、濃い単重《ひとえがさね》に二藍の織物、蘇枋の羅《うすもの》の表《うわ》着《ぎ》なんかね――車の後ろにも摺《す》りの裳《も》を、やっぱり広げながら外に出すなんかしてね。「誰なんだろう？　どうでもいいけど、ハンパな歌よりはホントらしくて、かなりの線でズーッといいけど」ってね、思ったの。

〔**註**：〝**下簾**《したすだれ》〟っていうのは牛車《くるま》の中に掛けるの。牛車っていうのはさ、出入り口とか窓とかに簾がかかってるでしょ。ただそれだけじゃなんか剝き出しで、ひょっとした感じで中の様子なんか見えちゃうからさ、その簾の後ろに裏地のついてない**帷子**《かたびら》を掛けるのよね。それを**下簾**《したすだれ》って言うの。三メートルぐらいある長い着物だからさ、裾の方なんか外に出ちゃってるでしょ？　外出先でも外出中でもさ、そういうものを外に出しててさ、「私はこういうセンスの女よ」ってことを見せるのが、あたし達のたしなみではあったのね。ここに出て来る、ナンパされたけど知らん顔しっぱなしだった彼女なんかだとさ、濃い色の帷子を重ねてさ——それが**単重**《ひとえがさね》よね——それに二藍（紫）の**織物**——厚手の布地ね——に、その上に蘇枋（赤）の**羅**《うすもの》——要するに〝**紗**《しゃ》〟よ、細い絹糸で透き通るように織ってあるの——を表着《うわぎ》にしてね、重ねてるの。牛車そのものが一つの人格でさ、その牛車が女房装束《ファッション》してるみたいなのね。だからさ、車の後からは〝**裳**《も》〟だって出してる訳。前に言ったでしょ？　裳って正装の時につける後ろ半分だけのスカートよ。それがあるからさ「私は勿論チャンとしたとこの女です」っていうことにはなるのね。〝**摺**《す》**りの裳**《も》〟っていうのは〝**摺**《す》**り**〟のある裳ね。**摺**《す》**る**っていうのはプリントするってことね。木で型を彫ってさ、それに布あてて、版画みたいに模様をつけるのよ。あたし達の時代って、着てるものの模様ってことになると織物の織り出し模様や地紋みたいの方が主流になっちゃうから、裳みたいに薄手のものになるとね、摺りのプリント模様が活躍しちゃうの——っていう訳〕

午前の部の講師《センセイ》は清範《せいはん》。高座の上も光が満ちてる感じがしてさ、たァいへんなものよォ。

暑さがきついのにもってきて、やりかけの仕事を今日中にしなくちゃいけないのをうっちゃらかして「ホンのちょっと聞いて帰ろう」って決めといたのに、ビッシリ一杯につまってる牛車《くるま》だからさ、出ようがないのよ。「午前コース終ったらやっぱりなんとかしてでも出なくっちゃ」って、後ろに重なってる牛車に合図すれば、前に行けるのがうれしいんでしょ、サッサと曳き出して、空いたとこに出て来るのを御覧になってさ、すっごいうるさいくらいまでに——年寄りの上達部さえ笑って悪口言うのも、聞きもしない答えもしないで無理して窮屈な思いして出てけば、権中納言《よしちかさま》が「よォよォ、帰っちゃうのもいいなァ！」ってニッコリ笑われるのはさ、まぶしいわよね。それも聞き流すだけでね、暑さに混乱して出てってから人を頼んでさ、「〃五千人〃の内にお入りにならない、なんてことはないんじゃないんですか？」って言わしていただいて、帰って来たの。

〔**註**：ここでやってたのは〃**八講**《はこう》〃だからさ、午前の部・午後の部で四日続くのね、でさ、その初日の午前の部の講師《こうじ》が**清範**阿闍梨《あじゃり》ね。源信僧都なんかと並んでさ、説経界のスターだったの。文殊菩薩《もんじゆぼさつ》の生まれ変わりとか言われててさ。だってあなた、この時清範センセイなんかまだ二十五歳よ。若くってさァ、〃見た目〃なんかも、ねェ……♡

でさ〃**五千人**〃がどうしたっていうのはさ、昔《むかーし》お釈迦様が大勢の前で法《おしえ》を説こうとされた時にさ、「へっ、どってことねェの」とかってさ、生意気なやつが五千人も出てっちゃった訳——会場から。そんでお釈迦様っていうのはなんでも許しちゃう方だから、「生意気な人間が帰っていっちゃうのもまたそれでいいじゃないか」ってさ、おっしゃったのよ。そういう話を、その午前の部で清範センセイがお話しになったもんだからさ、義懐《よしちか》の中納言はお釈迦様を気取ってさ、「帰っちゃうのもいいなァ！」っておっしゃったの。だもんだからあたしはさァ、別にお釈迦様の前から帰ってったのは一人って訳じゃないんだしさ、ね？　だから「この暑さで何人最後までいるのよ？」っていう気もあったからさ、中納言だって〝五千人〟の内の一人になるかもしれないじゃないってさ、そう思って言ったの」

その初日から最後、終わる日まで止まってる牛車《くるま》があったんだけど、人が寄って来るみたいにも見えなくて、全然、もうあきれるぐらい絵なんかみたいのまんまでズーッとあったからさ、「貴重で立派で感じ入っちゃって。どういう女なんだろう？　なんとかして知りてェなァ」って尋ね回ってらっしゃったのをお聞きになってね、藤大納言なんかは「なァにが立派だよォ。すっごいヤな感じでおぞましい女に決まっててんだろう」っておっしゃったんだっていうのがさァ、ホォーント、素敵な気がしたわよォ。

そんでね、その月の二十日ぐらいにね、中納言《よしちかさま》がお坊さんにおなりになっちゃったっていうのがねェ、ホントに、感慨無量だったわよォ。桜なんかで〝散っちゃった〟って言うのもやっぱり当たり前の表現でしょ？　〝白露が置くのを待ってる朝顔〟って言うのでさえ言えてないっていう御様子だなァって、ホント、思ってしまいました……。

〔註：あたしがお仕えしていた宮は**一条天皇**のお后様でいらしたんだけども、ここでしたお話っていうのは、一条天皇の前の帝でいらっしゃった**花山《かざん》天皇**の最後の年の話なのね。系図を見ても

らえば分かるけど、花山天皇と一条天皇はお従兄弟の間柄でいらして、花山天皇の前の帝が、一条天皇の御父君でらっしゃる**円融天皇**《えんゆう》ね。

あたし達の時代、一番大切な存在は勿論帝でらっしゃるんだけど、それと同時に帝の御**後見**《うしろみ》に当たられる摂政・関白それから大臣の方々の役割っていうのもやっぱり重要だったんですね。大体帝のお母様のお父様――〝**外祖父**《がいそふ》〟とかっていう言い方するけど、――その方が政治の実際なんか見られて。

そして花山天皇というのは、お母様が**義懐**《よしちか》**の中納言**のお妹様でらしたのね。だからホントだったら中納言《よしちか》様のお父様が御後見のお役なんかなさるんだけど、残念ながらもうこの方はお亡くなりになってたんです。という訳で、時の朝廷には他にエライ大臣の方もいらっしゃったんだけど、帝の伯父様に当たられる義懐の中納言が一番勢いっていうのをもってらしたの――つまり〝時めいて〟らしたのね。そんでさ、藤大納言ていうのは義懐様の叔父様でお舅君でもいらしたんだけど、別のお嬢様は入内されてて、花山帝の御寵愛がすっごく深かったの。深かったんだけど、でも、それがお亡くなりになっちゃったの。帝は十八でいらっしゃったからさ、それはそれはもう深いお嘆きで、御行方不明になって、それが見つかった時にはもう御出家になってらしたっていうのよね。義懐様は帝が御行方不明ってことになったらもう血相変えられて、見つかった時はもう手遅れでしょう？　だから泣く泣く御一緒に……。

小白河のお屋敷で輝いてらした時から十日もたたないぐらいの突然のことだからさァ、もうホントに驚いちゃって……。

それで花山帝が御出家なさって御退位ってことになったから、御従弟でその先の帝の御長男に当たられる一条天皇が御即位遊ばしたのね。花山天皇の御在位は二年ぐらいで、ホントに短かったんです。

で、御即位なさった一条天皇は、まだその時六つでらして、そのお母様は〝三位《さんみ》中将《ちゆうじよう》〟のお妹君でらしたからさ、なんとなく時代の流れっていうのが義懐様や、あと藤大納言とかの方からこっちの方に変わって来ちゃったなァ……って、なんかそういう時代の変わり目だったみたいなのね、あの小一条家の八講っていうのは。勿論あの八講の頃っていうのは一条天皇もお小さくてらしたから、私の〝宮〟だってまだ宮中には上がってません。宮が宮中に上がられたのは帝が十歳になられてからね――宮の方が帝よりは四つお年上でいらしたの。そんで、宮より私の方がまだお年上だったからさ、あたしは小一条家の八講に出かけてったのね。別にまだあたしは〝お后様付きの女房《キャリア》〟って訳でもなかったんだけどさ、それでも、今を時めく義懐の中納言に「帰っちゃうのもいいなァ!」って声掛けられちゃうんだからさ(!)フフフ。えらいでしょ?」

〔帝の御系図：

①村上《むらかみ》
- ②冷泉《れいぜい》 ― ④花山
- ③円融《えんゆう》 ― ⑤一条

数字は即位の順番ね。村上天皇の御世にさ、小一条の左大臣（小白河で結縁の八講を開催された小一条の大将のお父様ね）のお嬢様の〝古今集暗記事件〟があったのね。だから〝小一条〟っていうのは、ちょっと古くなりかかった名家っていう、そういう感じではあったのね、あたし達の時代。

（藤原氏の系図：（敬称は大体略です）

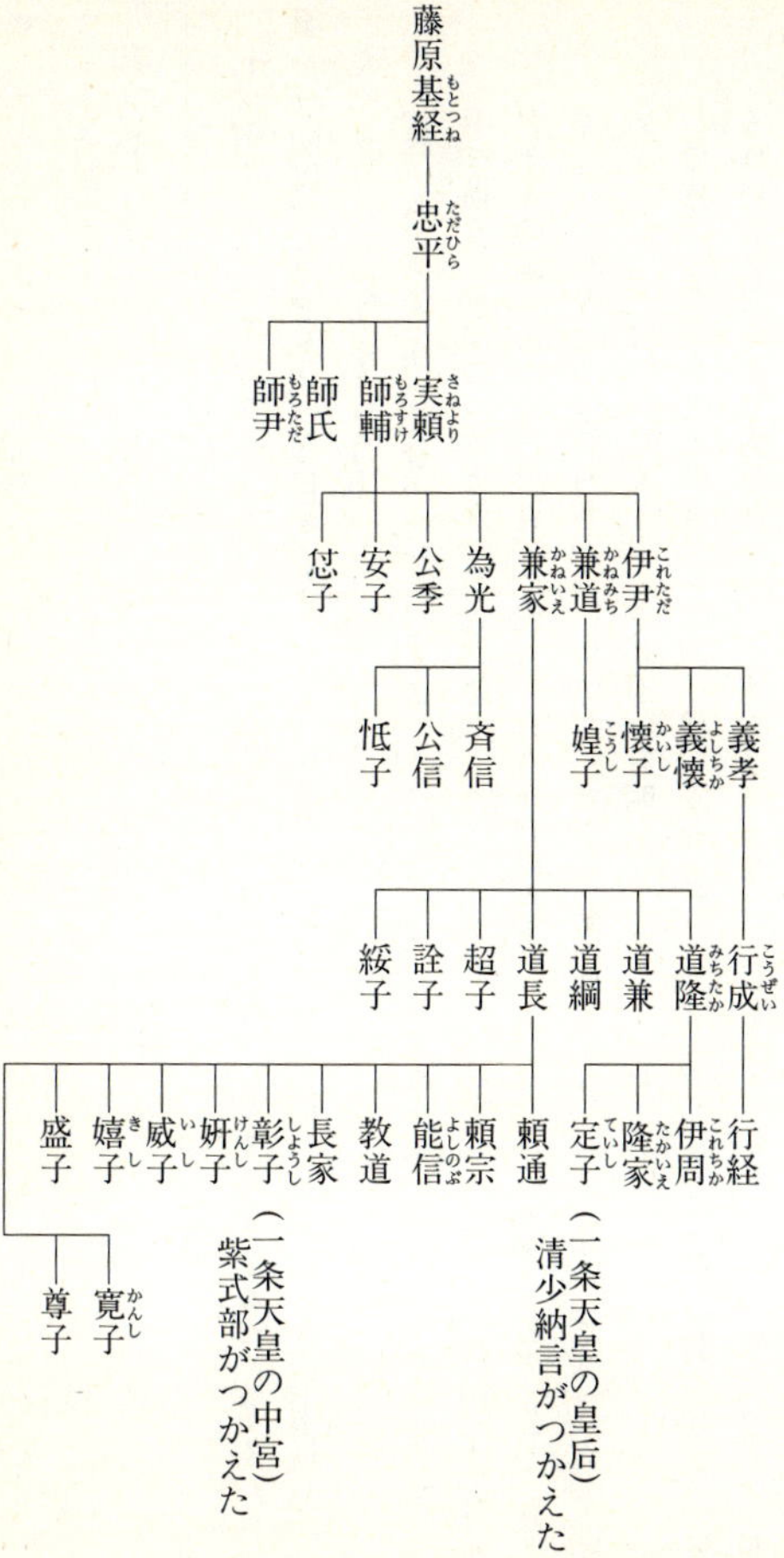
藤原基経《もとつね》
忠平《ただひら》
実頼《さねより》
師輔《もろすけ》
師氏
師尹《もろただ》
伊尹《これただ》
兼道《かねみち》
兼家《かねいえ》
為光
公季
安子
怤子
義孝
義懐《よしちか》
懐子《かいし》
媓子《こうし》
斉信
公信
忯子
行成《こうぜい》
道隆《みちたか》
道兼
道綱
道長
超子
詮子
綏子
行経
伊周《これちか》
隆家《たかいえ》
定子《ていし》
（一条天皇の皇后）清少納言がつかえた
頼通
頼宗
能信《よしのぶ》
教道
長家
彰子《しょうし》
（一条天皇の中宮）紫式部がつかえた
妍子《けんし》
威子《いし》
嬉子《きし》
盛子
寛子《かんし》
尊子

第三十三段

七月頃——メッチャクチャ暑いんで、いろんなところを開けたまんまで夜中《よるじゆう》いるんだけど、満月の頃は、寝ててフッと目ェ覚まして外見ると、すっごい素敵ね。闇夜もまた素敵ね。有明ったらもう、言うもオロカよ。

〔註：みんなこういう覚えってあると思うんだけどさ、夏なんか夜中にフッと目ェ覚ますと、満月の時なんかコウコウと照ってんのよね、まぶしいくらい。満月っていうのは月の十五日頃だけど——勿論〝あたし達の暦〟でね——月も下旬になるとさ、月の出が遅くなるのよね。夜明けの空にぼんやりと下弦の月がかかってさ、それがなんとも言えず素敵なのよ。恋人と別れて来た後のしらじら明けの頃なんてさ。それが〝**有明**《ありあけ》〟。

でさ、この先に書くのは、まァ、一種〝露骨〟なシチュエーションよね。私だってやっぱりさ、そういうとこだってあるからさ、だからまァ、ちょっと口ごもってるとこもあったりしてね……。だから、ここは大人じゃないとちょっと分かりにくいんだけどもさ——。

あたし達の時代って、恋人と会うっていうのはほとんど〝忍び逢い〟でしょ。夜中に男がそっと来て朝帰ってって。そんで、帰って行っても行きっ放しじゃなくて、家に帰ってから手紙書くのよね。帰って手紙書いて、使いのもんに持ってこさすの。それが〝**後朝**《きぬぎぬ》**の文**《ふみ》〟だったり〝**後朝**《きぬぎぬ》

の使《つか》い〃だったりするのね。あたしは女だからよく分かんないけどさ、やっぱり、朝恋人のところから出て、ボーッと朝靄のたれこめてる中を歩くのって、素敵なことなんだと思うのよね。ふらふら歩きながら「早く家帰って手紙書こう……」って思ってる男もいればさ、フラフラフラッ……って、また別の女の窓を覗きこんじゃう男だっている訳よね。まァ、そんな話だわ……」

すっごく艶々してる板の間の端近《はしぢか》に真っサラの畳を一枚敷いて、三尺の几帳を奥の方に押し込んでるのなんてつまんないわよ。端近にやっぱり立てるべきでしょうね。後ろの方

が気になっちゃうじゃない？

　男は出て行っちゃったんでしょうね。淡色《うすいろ》の――裏がすっごく濃くて表は少し色が褪せたの、じゃなかったら濃い綾織の派手なのがあんまりクタクタになってないのを頭ごとかぶってさ、寝てるの。

　香染《こう》めの単衣《ひとえ》――じゃなかったら黄生絹《すずし》の単衣で、紅の単袴《ひとえばかま》の腰紐がすっごく長く長く上着の下から伸びたまんまでいるのも、まだ解いたまんまだからなんでしょうね。

　外の方に髪の毛が波打ってゆったりしてるぐらいだから、長さもなんとなく分かるとこに、二藍の指貫《さしぬき》にあるかないかの淡い色した香染めの狩衣――白い生絹《すずし》に紅が透けて見えるってことなんでしょう――つややかなのがさ、霧にすっごく湿ってるのを脱いで、鬢《びん》の毛が少しボワボワになってるから烏帽子をつっかけてる様子も、しどけなく、見えるの。

「朝顔の露が消えちゃう前に手紙書こう」って、道の途中もじれったくて、「麻生《おう》の下草《したくさ》♫」なんて口ずさみながら自分ン家《チ》の方に行くんだけど、格子が上がってるもんだからさ、御簾の端をちょっと開けて見ると、さ、置いてっちゃった男も〝まァねェ……〟で、置かれた〝露《おんな》〟も〝風情《ふぜい》〟なんでしょ。

　ちょっと見て立ってると、枕許の方に朴《ほお》の骨に紫の紙が張ってある扇が、広がったまんまであるの。陸奥紙のティッシュのほっそりとしてるのが、花色《ブルー》か紅か――少し色がついてるんだけど、几帳のとこに散らかってるのね。

　人の気配がするから、着物の中から見ると、ニヤッと笑って、長押《なげし》によっかかって坐ってんのよ。

「ヤバイ!」っていうような人間でもないんだけど、その気になれる気分でもないからさ、「やだなァ、丸見えだったんだァ……」って、思うの。

「こよなき名残りの朝寝坊、ってか?」って言って、簾の中に半分入って来ちゃえば、「露よりセッカチな男がわりきれなくてさァ」って、言うの。

素敵なセリフとかわざわざ書くようなセリフじゃないけど、ああだこうだ言い合ってる様子なんかは、まァまァね。

枕許にある扇を自分の持ってる扇で、へっぴり腰になって引き寄せるんだけどォ、「ちょっとォ、近く来すぎるんじゃないのォ」って、胸がドキドキして、体引いたまんま後ずさっちゃう。

取って、見たりなんかして、「関係ないって、思ってんだァ……」なんか、チラつかせて、すねたりなんかしてる間に明るくなって来て、人の声なんかして日も上がって来ちゃうでしょう。霧の晴れ間が見えちゃいそうな頃には、急いでた手紙もその気がなくなっちゃったっていうのがさァ……、気になるのよね。

出てっちゃってた男の方も〝いつの間にか〟って感じでね、萩を露に濡れたまんま折ったのに手紙つけて来てたんだけどさ、差し出せないのよねェ……。香染めの紙にメチャクチャ焚《た》きこんだ匂いはすっごく素敵、だけど。

あんまり目立つぐらいの頃になっちゃったから外に出て、「俺が置いて来た女のとこもこんなかなァ……」って想像出来ちゃうのも、素敵だったりはするんだわよ。ね？

●枕のコラム――その2

ここら辺分かりにくいかもしれないけど、でもだとしたら、そこら辺の分かりにくさってとってもおかしいと思う。それを分かりにくいって思う、あなた達の考え方がね。

あたし達の時代ってさ、男が女のところに通って来るでしょ。三晩続けて通って来て、そのたんびに後朝《きぬぎぬ》の歌贈って来たら、もう三日目には〝**夫婦**〟っていう風にはなるわよね。ずいぶん簡単な夫婦だなァって思うかもしれないけどさ、三日通って来ないで二日で終っちゃったらそれはそれっきりでしょ？　まァね、ミもフタもない言い方しちゃえばさ、二日間は〝試食期間〟よね――やだァ……、自分で言ってて赤くなる♡（でもまァ、ホントのことだし）。はっきり言って、女の〝身分保障〟みたいのはなかった時代だけどさ、でも、そのかわり男に〝所有される〟っていう感じもなかったといえば言えるわよね。だって、三日通って来たからもうそれで誰かの女にさせられちゃったっていう訳でもないんだもん。「三日通って来てくれたから、ともかくあたしは落ち着いたわ。だって、もうあの人のことをあたしは平気で待てるんですもん」て、女がそう思えるようになることが〝**正式の結婚**〟と言えばそうみたいなもんでしょ？　そうなのよ。あたし達の時代ではそうだったのよ。だからさ、「ああこれでもう〝正式〟だ」と思った途端男が通って来なくなっちゃうってことなんてザラにあるしね。「ああ、これでもうあの人の〝正式〟ではあるんだけどさ」って、女が平気で思ってることだってあるわよね。だって、一遍に二人の男が同時に通って来るなんてことはさ、ザラにあるんだもん。一人の女のところに男が一杯通ってればさ、男は勿論「ようし、負けるもんか！」って思うでしょ？　そんだけの話よ。**〝通う〟**っていうことは、あたし達の時代の男ならみんな持ってる基本的な権利みたいなもんだしさ、**〝通われる〟**ってことは女の基本的な特権みたいなもんでしょ？　男の足が遠のいたらなんとかして引き戻すのが女の甲斐性みたいなもんだしさ。だから、男が女を〝所有〟しちゃうみたいな、一夫一婦の同居生活こそが**〝結婚〟**だっていう考えって、なんかあたしにはピンと来ないのよね。「へーッ、不思議なことやってんのね」って、なんかそんな風に思う。だからさ、一番分かんないのは**〝不倫〟**よね。**〝姦通〟**とかさ。だって、決まった男のいる女のとこに通ってくのは男の誇りみたいなもんでしょ？　決まった男がいるのにまた別の男に通って来られるのなんて、ほとんど女の光栄みたいなもんじゃない。ね？　朝、家に帰って手紙書いて、それ使いの者に持って行かせて、そしたらその女のとこに全然知らない別の男がいたからって、それでその使いの男が血相変えて怒鳴りこむとかっていう訳でもないしさ。それはそういうもんなんだもんね。女ンとこから出て来て、フラフラッとまた別の女ンとこに入り込んだ男がさ、そっから出て来て「ああ、自分が置いて来た女ンとこにも、ひょっとして別の男がフラーッとやって来てっかもしんないな」とかさ、そんな風に思ったって全然当たり前なんだもんね。女の取り合いで殿上人

が喧嘩したなんて話、まず聞かないけどね。喧嘩する前に女の気持を捕まえとくもんが男の甲斐性でしょ？　違う？〕

第三十四段

木の花は、濃いんでも淡いんでも、紅梅！

桜は花びらが大きくてね、葉っぱの色の濃いのが枝の細いとこに咲いてんの。

藤の花は房が長くて色が濃く咲いてんの。すっごい立派。

四月の末、五月の初め頃よね、橘が、葉っぱの濃くて青いとこに花がすっごく白く咲いてるのがさ、雨が降ってる早朝《つとめて》なんかはこの世のものとも思えないぐらいニュアンスに富んでて、素敵。花の中から黄金の玉かと間違ってメッチャクチャ鮮やかに見えてるのなんて、朝露に濡れてる朝ぼらけの桜に負けてないのね。ほととぎすの身内ってくらいに思うからなのかしら、なおさら言うべきようもないわね。

〔**註：橘《たちばな》**ったら蜜柑よね。白い花の中から金色の実がのぞいてるなんてね。**左近《さこん》の桜**、**右近《うこん》の橘**ったらもう、**紫宸殿《ししんでん》**の正面玄関みたいなもんだもん〕

梨の花。

世間じゃ〝うんざりするもの〟ってことにして寄せつけようともしないし、どうってことない手紙をつけるのなんかさえしないわよね。愛嬌のない女の顔なんか見ちゃァたとえて言うのもさ、実際葉っぱの色からはじまってピンぼけに見えるんだけどさ、中国の方じゃこの上もないもんで、詩にもするのよね。「やっぱそんなんでも理由《わけ》があんだろうなァ」って、よくよく見れば、花びらの端に素敵な匂いがさ、ホントに、ホーンのちょっぴりついてるみたいなのねェ。「楊貴妃が帝のお使いに会って泣いたって顔に合わせて、〝梨花一枝、春の雨を帯びたり〟なんか言ってるのは、ハンパじゃないんだなァ」って思うと、「やっぱりメチャクチャ輝いてるってことでは特別なんだろうな」って、分かったの。

桐の木の花。

紫に咲いてるのはやっぱり素敵なんだけど、葉っぱの広がり方がね、なァーんか仰々《ぎょうぎょう》しいんだけどさ、他の木なんかと一緒にしちゃいけないのよ。中国でェ、有名なあの鳥がァ、選んでこれにばっかり止まるっていうじゃないよ。メッチャクチャ感じが違うのよ。ましてさ、琴に仕立てて色んな音が出て来るのなんかは、〝素敵!〟なんて世間並の言い方でいい訳ないでしょ? メチャクチャなくらいに、ホントもうさ、輝いてんのよ。

(**註**:桐の花にいる鳥ったら**鳳凰**《ほうおう》よ。花札の〝桐の二十〟知らないの? (そんなことあたしが知ってる訳もないか?!) **白楽天**《はくらくてん》の『**長恨歌**《ちょうごんか》』は知ってるでしょ? 〝梨花一枝、春の雨を帯びたり〟よねェ。あたし達の時代じゃ大ブームだったのよ、白楽天は)

木のカッコはイライラしそうだけど、棟《おうち》の花ね――すっごく素敵よ。枯れ々々でヘンな風に咲いて、きまって五月五日に間にあうっていうのも素敵ね。

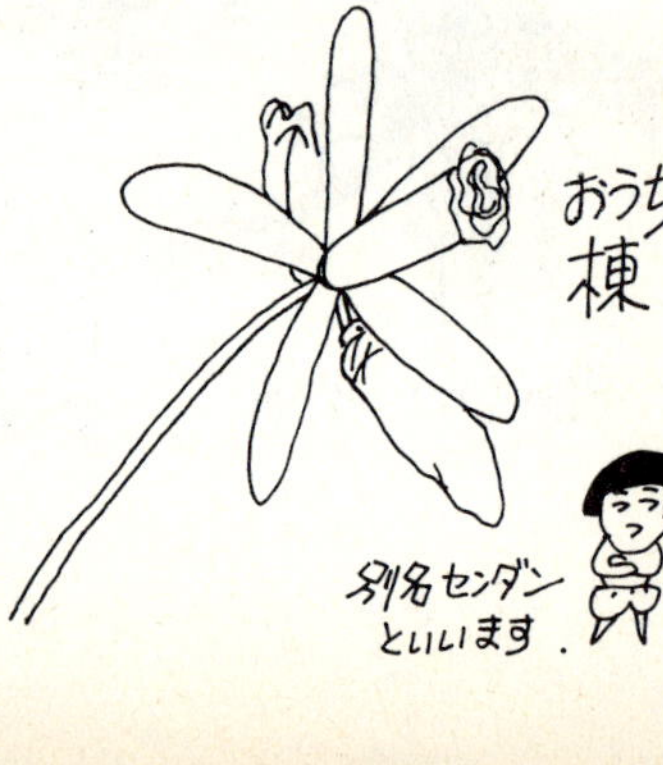

第三十五段

池は、勝間田《かつまた》の池、磐余《いわれ》の池、贄野《にえの》の池。(長谷寺に参詣した時にね、水鳥がびっしりいてギャーギャー騒いでいたのが、すっごく素敵に見えたのよ)

水無しの池っていうのがさァ、「ヘンだなァ、どうしてそんな名前つけちゃったんだろう?」って訊いたらさ、「五月なんか、全般的に雨がすごく降るのかなっていうような年は、この池に水というのがもう、なくなっちゃう。でね、メチャクチャ日照りだなって年はさ、春の初めに、水が、これまた沢山出るんだよ」って言ったから、「全然なくて乾ききってるんだったらさ、ホントにそうは言えるでしょうよォ。水が出る時だってあるのに、いっしょくたにしてつけちゃうんだもんねェ」って、言いたかったの、とかさ——。

猿沢の池は采女《うねめ》が身投げしたのを帝がお聞きになって行幸《みゆき》なんかされたっていうのがさァ、ホント、メッチャクチャ輝いてるわよね。「寝みだれ髪を♫」って人麻呂が詠んだっていう頃なんかを思うとさ、もう、言うも野暮ね。

御前《お××》の池(またどういうつもりでネーミングしちゃったのォって、知りたいわ)。

上の池。狭山の池は〝三稜草《みくり》〟っていう歌が素敵なのを思い出すでしょ？　恋ひぬまの池、ね。原の池はさ、〝玉藻をなァ　刈るなよなァ♫〟って言ったのが素敵だなって、思います。

〔**註**：**猿沢の池**の話って知らない？　帝にお仕えしていた〝**采女**《うねめ》〟って、奈良時代の要するに〝女御《にようご》・更衣《こうい》〟よね――それが、帝の御寵愛のない我が身をはかなんで自殺したのよね、猿沢の池に身を投げて。その時上着をかけた〝**衣掛《きぬか》け柳**〟っていうのが池のほとりにあるでしょ。柿本人麻呂がさ「わぎも子《マイ・ラブ》が寝くたれ《のねみだれ》髪を猿沢の池の玉藻《みずくさ》と見るぞ悲しき」って詠んだのよね。勝間《かつま》田《た》の池も磐余《いわれ》の池も、やっぱし奈良にあるでしょ〕

第三十六段

お節供《せっく》月なら五月に匹敵する月ってないわね。菖蒲や蓬《よもぎ》なんかが薫《かお》り合ってるのはメチャクチャ素敵。

〔**註**：五月五日の**端午の節句**っていうのは、菖蒲や蓬を屋根の軒に挿して飾ったのよね。どこもかしこもそういう風に全面的に「お節句！」ってなっちゃうのって他にはないでしょ？〕

宮中《ここのえ》の御殿の屋根にはじまって、誰だか分かんない庶民の家まで、「なんとかして自分ンとこにどっさり飾ってやる！」って、飾り並べてんのは、やっぱりすごくファンタスチックよ。

一体いつ他のお節供でそんなことした？　空の様子が一面曇ってるとこに、中宮なんかには、縫殿《ぬいどの》から〝御薬玉《おんくすだま》〟っていって、色々の糸を組み下げてさ、差し上げるもんだから、御帳台《みちょうだい》を立ててある母屋《もや》の柱にね、左と右でつけとくの。

〔註：〝縫殿《ぬいどの》〟っていうのは宮中の役所の名前ね。女官の勤務評定やって、それからお裁縫に関することは全部ここの管轄。だから薬玉もここから来るのね、宮中では。それから〝御帳台《みちょうだい》〟っていうのはなんていうのか、一種の〝寝室〟よね。柱を四本立ててさ、そこに帳《カーテン》を吊るのよ。その中でお寝《やす》みになるのね〕

九月九日の菊を貧乏ったらしい生絹《すずし》に包んで差し上げてたのを、同じ柱に結びつけて何ケ月もあるの。薬玉に結びかえて捨てるのかしら？　じゃなかったら、薬玉は菊の頃まであるべきなのかしら？　でもそんなのさ、みんなで糸を抜いちゃってものを結《ゆわ》くのに使うからさ、あっという間よ。

御節供の御膳番――若い子達が菖蒲の腰挿しや物忌み飾りなんかして、色々な唐衣、汗衫《かざみ》なんかに素敵な折り枝を菖蒲の長い根に村濃《むらご》染めの組紐で結びつけてるのなんか、珍しいっていうようなことじゃないけど、すっごく素敵ね。（だってさ、春毎に咲くからって、桜をどってことないって思う人ってさ、いる？）

〔註：五月のお節句って、なんでもかんでも菖蒲を飾るのよ。体にいいしね。菖蒲の薬玉を腰につけるでしょ。頭には〝物忌み〟の飾りでつけるでしょ。唐衣や、小さな女の子の〝ウワッパ

リ〃である汗衫《かざみ》には〃村濃《むらご》〃って、要するにムラ染めの組紐でつけるのね〕

御所の外歩いてく小さな女の子なんかが、身分身分で「メチャクチャおしゃれしてるもんねェ」って思って、ずっと袂《たもと》をかばって、他人のと比べたりなんかさ、「うっとり……」って思ってるのなんかをさ、ふざけてる小舎人童達《こどねりキッド》なんかに引っ張られて泣くのもさ、素敵ね(♡)。

〔**註**:〃**小舎人童**《こどねりわらわ》〃っていうのは貴族に仕える召使いの男の《ボー》子《イ》ね。〃**舎人**《とねり》〃っていうのがさ、そもそもは帝やお妃様や皇太子様付きの〃自衛隊〃だったんだけどさ――兵隊ではあるけども雑役の方が忙しいっていうね――だから舎人っていうとなんとなく宮中の雑役夫よね。そんで〃**小舎人**《こどねり》〃っていうのが蔵人所にいてさ、まァ、蔵人の下にいる雑役夫よね。舎人と小舎人がどう違うって言ったら、まァセクションが違うんだけど、実際どう違うのかはよく分かんない。でさ、小舎人童《こどねりわらわ》っていうのはそもそもは**近衛府**《このえふ》って、それこそ〃親衛隊〃セクションの大将・中将クラスの人に付く召使いの男の子のことなんだけどね、こういうセクションだから〃兵隊〃っていう意味の〃舎人《とねり》〃って言葉使うのかもしれない。まァ大体は召使いになってる小さな男の子のことを小舎人童って言っちゃうわよね〕

紫の紙に楝《おうち》の花、青い紙に菖蒲の葉っぱを細く巻いて結ぶとか、あと、白い紙を菖蒲の根っこを芯にしてしっかと結んであるのも、素敵。すっごく長い根っこを手紙の中に入れる、なんかしてあるのを見る気分ていうのはさァ、ワクワクもんよォ。「返事書きましょ」って言い合わせてて、友達同士が見せっこなんかするのも、すっごく素敵。いいとこのお嬢さんややんごとなきお姫ィ様方に御手紙なんか差し上げる男性も、この日は気ィ入れてるからさァ、優雅よォ。夕暮の頃にほととぎすが一声上げて飛んでくのも、全ー部《ゼェーンブ》、最高ッ！

第三十七段

〝花の木〟じゃないのは、楓《かえで》、桂《かつら》、五葉《ごよう》の松、たそばの木（下品な気もすんだけど、花の木達が散りきっちゃって全部が緑になっちゃってる中に、季節無視して濃い紅葉がつやつやして思ってもない青葉の中からのぞいてんのは、ファンタスチックよ）。檀《まゆみ》は言うまでもないわよね。木っていうんじゃないけど、寄生木《やどりぎ》っていう名前は、すっごくジーンと来るのよ。

・榊

臨時のお祭りのお神楽の時なんか、すっごく素敵。世間に木の種類ってのはあるけどさ、〝神様の御前のもの〟で生えはじめたらしいっていうのもね、特別で素敵。

〔**註：〝臨時のお祭り〟**って言ったら、十一月にある賀茂神社のと三月にある石清《いわし》水《みず》八幡のお祭りよね。どっちもお神楽の時、榊《さかき》の枝を手に持って舞うの。**榊**って言ったらもう〝神様の木〟みた

マユミ→ニシシギ
ともいう
落葉性の低木ね♡.

たそば
若葉がまっかで色どりきれえ.
生け垣によくする植物です
いけがきなのね
なにがなんだかわからない

いなもんでしょ？」

・楠《くす》の木は木が多いところでも他のとは交って立ってはなくてね、気味悪いとこを想像するのもうっとうしいんだけどさ……。〝千の枝に分裂して〟って、恋する人間の典型だって言われてるのも「誰が数勘定して言い出したんだろ？」って思うと、素敵な気がするの。

・檜《ひ》の木

これも身近じゃない木だけど、「三葉四葉の御殿作りよなァ♫」って、素敵じゃない？「五月に雨の音を真似る」っていうのもいいわねェ。

〔註：あたし達の時代って和歌と漢詩の時代だけど〝歌謡曲〟もあったのね。催馬楽《さいばら》って言うんだけどさ、雅楽のメロディーに合わせて歌うのよ。和歌だって漢詩だって声に出し歌ったり朗唱したりするもんだけど、催馬楽ははっきり〝歌謡曲〟よね。「この殿は　むべも　むべも富みけり　三枝《さきくさ》の　あはれ　三枝の　三葉四葉の中に　殿つくりせりや――」っていうのが『この殿』っていう催馬楽なんだけどさ、「この殿さまはすっげェ金持だなァ、いくつも御殿作っちゃってさァ♫」っていう、そういう歌よ。御殿て檜《ひのき》で作るでしょ？　そんでさ、中国《むこう》の人の作った漢詩でね、五月の長雨の中で檜の葉から落っこちる滴の音をさ「檜が雨の音を学んでる」っていうフレーズがあんのよね。いかにも〝らしい〟と思わない？　中国人が言いそうだし、檜もそんなことやりそうだし、ね？〕

鶏冠木《かえで》がこぢんまりとしてるとこに芽を出した葉っぱの先が赤くなって、同じ方に広がってる葉っぱの様子――花だってすっごくちょっとはかなげで、虫なんかの干からびたのに似てて、素敵ね。

・明日《あすなろ》は檜の木
私の世界の近所で見たり聞いたりした訳じゃないけど、御嶽《みたけ》に参詣して帰って来た人なんかが持って来るみたいね。枝ぶりなんかはすっごく手が出しにくいって感じで荒々しいんだけど、どういうつもりで「明日は檜の木《あしたはなろうぜ》！」ってつけたのかしら？　あてにならない約束じゃない？「誰を信用しちゃったんだろ？」って思うとさ、訊きたい気がして（♡）、素敵。

・ねずみもちの木（一人前並に扱われるってほどじゃないけど、葉っぱがメチャクチャこまくって小さいのが、素敵なのよ）。楝《おうち》の木。山橘《やまたちばな》。山梨《やまなし》の木。椎《しい》の木（常緑樹は色々あるのに、こればっかりが落葉しない典型に言われてるのも素敵ね）。

・白樫《しらかし》っていう木は、特別山の中にある木の内でもすっごく〝遠い〟って感じで、三位、二位の人の袍《うえのきぬ》を染める時にばっかりさ、ホント、葉っぱだけがお目にかかれるみたいだからさ、素敵だとか輝いてるとかって風には取り立てて言うまでもないんだけど、そこら中全部に雪が降り積ってるみたいに見えちゃって、素戔嗚尊《すさのおのみこと》が出雲の国にいらっしゃった時の事を頭において人麻呂が詠んだ歌なんかを考えると、メッチャクチャいいなァって感じがするの。

（その時々につけてね、どっか〝いいなァ〟とか〝素敵！〟とか聞いて残ってるものは、草も木も鳥も虫も、つまんないとはホント、思えないのよねェ）

〔**註**：ホントにそうよねェ。ところで〝人麻呂の歌〟って知ってる？「足ひきの　山道《やまじ》も知らず　白樫《しらかし》の　枝もとををに　雪の降れれば」っていうの。昔の歌って、シンプルで素敵よね。ところで、**白樫**の木って葉っぱが白いんじゃなくて幹が白いんだなんて誰かが言ってたけど、そんなの嘘よね？　葉っぱが白いのよね？　そうでしょ？　そうじゃなかったら〝枝もたわわに雪が積ってる〟みたいには見えないでしょ、違うの？　まァ、ホントのこと言って、あたしは〝白樫〟っていうのの実物にはお目にかかったことがないんだけどさ……。

そんでさ、ひょっとして、この柿本人麻呂の歌とスサノオノミコトって、全然関係ないって言うんだけど、そんなことないわよね？　ねェ……？

そんでさ、ひどいことに、この歌は柿本人麻呂の歌でさえないとかって言う人いるんだけど、まさか、そんなことないわよね？　ねェ？　ね……？　でしょ？　…………（ウーン……）

気分変えよッ！〕

・ゆずり葉がメッチャクチャ房々してて艶々してて、茎はすっごく赤くキラキラして見えてるのは、ホーント、貧乏ったらしいけど素敵！（普段の月は見かけないもんが、師走の大晦日だけエばってて、「死んだ人のお供物に敷くのよねェ……」ってジーンと来るけど、それ、長生きの歯固めのおまじないにも使うみたいよ。いつになるのかは知らないけど、〝色が変わる日〟って言ってるのはさ、心強いわね）

・柏木。すっごく素敵。〝葉っぱを守る神様がいらっしゃる〟とかっていうのも、おそれ多いわ。兵衛《ひょうえ》の督《かみ》・佐《すけ》・尉《じょう》なんかを柏木っていうのも素敵。

〔**註：ゆずり葉**ってさ、大晦日に御先祖の霊祀るんで、お供物上げる、その下に敷くのよね。そんで、一夜明ければお正月で、今度は〝歯固《はがた》め〟って「しっかり嚙んで歯が抜けないようにしましょうね」って物食べる、その食べ物ってやっぱりゆずり葉の上に置くのよね。どうなってんのよね、って感じするでしょ？　ゆずり葉って、新しい葉っぱと古い葉っぱがくっきり交替してくのって分かるからね、それなんだろうと思うけど、でもさ、ゆずり葉って常緑樹だから絶対に色が変わらないじゃない？　古い和歌でさ「旅人に宿貸《すが》春日野の　ゆずり葉の　紅葉《もみじ》せむ世や　君を忘れむ」っていうのがあったのよ。〝ゆずり葉の色が変わったらあなたのこと忘れる〟って──つうことは〝永遠に忘れない〟ってことでしょ？　だから心強いわね、とかさ、思うの〕

・カッコは悪いけど棕櫚《しゅろ》の木。中国風でね、貧乏人の家のもんとは見えないわ。

〔**註**：めんどくさいから**註**しないわね。テキトーに分かって〕

第三十八段

鳥は――よその国のもんだけど――鸚鵡《おうむ》。すっごくいいなァって思うの。人の言うことを真似するっていうのよォ。

ほととぎす。

水鶏《くいな》。

鴫《しぎ》。

都鳥。

鶸《ひわ》。

ひたき。

山鳥――友達をほしがって、鏡を見せると落ち着くんだって。心が子供だっていうのがすっごくいいのよねェ。谷を隔ててる時なんかは見てらんないわ。

鶴はすっごいオーバーなカッコなんだけど、〝鳴く声が宮中まで聞こえる〟から、すっごい光ってる。

頭の赤い雀。

鵤《いかるが》の雄。

巧婦鳥《たくみどり》。

鷺は、すっごい見た目がいや。目つきなんかも憎ったらしくって全部好きになれないけど、「ゆるぎの森で〝ひとり寝なんかするもんか!〟ってジタバタする」っていうから素敵。

水鳥。

鴛鴦《おしどり》がすっごいいいと思う。かわりばんこに居場所変わって〝羽の上に降る霜払う〟とかって時なんか。千鳥もすっごい素敵。

鶯は漢詩なんかでも光ってるもんてことで作ってるし、声からはじまって様子カッコもあんなに上品で可愛いワリには、宮中で鳴かないっていうのがもうさ、すっごくダサイ! 人が「そうなのよォ」って言ってたのをさ、「そうでもないんじゃないの?」って思ったんだけどさ、十年ばっかしお仕えして聞いてたけど、ホント、全然鳴かないの。そうなのよ。呉竹《くれたけ》の台のそばにある紅梅だって、すっごくよく通って来たっていいはまり場所よ。内裏から外に出て聞けば、一般民家の見どころのない梅の木なんかじゃうるさいぐらいにまで鳴くのよ。夜鳴かないのも、眠ってばっかりあいやだって気がするけどさ、今更言ってもしょうがないわね。夏や秋の終わりまで老けた声で鳴いて、〝虫喰い〟なんて、ロクでもない下々は名前つけ替えて言うのがさァ、残念で落ち着かない気がすんの。それだってただ雀なんかみたいにいつもいる鳥ならそんな気もしないのにね（と思うの）。春に鳴くからってのがホントにあるからでしょォ。「ああ、新年だァ♫」なんかさ、素敵な文句で和歌にだって漢詩にだって作るんじゃないよ。やっぱ、春の間だけ鳴いてるんだったらどんなに素敵かなァって。人間だってさ、人並以下で世間の評価がロクでもなくなって来ちゃったのを、悪口なんか言わないでしょう？

　トンビやカラスなんかのことを注目したり関心持ったりなんかする人、世間にいないわよォ。だからさ、「最高じゃなくっちゃいけないものってことになってんだから！」って思うと、納得出来ないなァって気がすんの。賀茂のお祭りの帰りの行列見るんでね、雲林院《うりんいん》や知足院《ちそくいん》なんかの前に牛車《くるま》を止めてたらさ、ほととぎすだってガマンしきれないんじゃないの――鳴くんだけどさ、すっごくうまく真似てみせてさ、高い木の中で声合わせて鳴くのね。それホント、さすがに素敵だったわよォ。

　ほととぎすは今更言うことなしね。いつの間にか得意顔で鳴いてて、卯の花や花橘なんかに止まって見え隠れしてるのも、シャクにさわるぐらいの風情よねェ。五月雨《さみだれ》の短か夜に目ェ覚まして、「なんとかして人より先に聞きたい」って待ちわびてて、真夜中に鳴き出した声が洗練されてて魅力のあることったら、本気で放心状態――もうどうしようもないわね。六月になっちゃえば声も出さなくなっちゃう。もうゼェーンブ、言うだけ野暮よ。夜鳴くものは、なんでもかんでもエライの。赤ン坊だけはそうじゃないけど（♡）

〔**註**：清涼殿のさ、東北《うしとら》の角に弘徽殿《こきでん》の上の御局《みつぼね》ってあるでしょ？　宮が帝のお相手をするんで出て行く〝仕事場〟。そこから御簾越しに見えるのね――〝**呉竹《くれたけ》の台《だい》**〟は。東側の日当たりのいい庭に垣根がしてあって、そこに竹が植えてあるの。そのそばに紅梅の木もあるのよ。あと〝雲《う》林院《りんいん》・知足院《ちそくいん》〟ていうのは、都の北の方にあった有名なお寺ね〕

第三十九段

優雅なもの！

淡色に白がさねの汗衫《かざみ》！

雁の卵！

カキ氷にシロップ入れて、新しい銀のカップに入れたの！

水晶の数珠！

藤の花！

梅の花に雪が降りかかってるの！

メッチャクチャに可愛い子供が苺なんか食べてるの！

第四十段

虫は、

鈴虫、茅蜩《ひぐらし》、蝶《ちょう》、松虫、きりぎりす、はたおり、われから、ひお虫、蛍！

蓑虫《みのむし》は、すっごいいいわよォ。

鬼が生んだってことだからさ、

「親に似てこいつも恐ろしい心持ってんだろう」

って、親の貧乏ったらしい着物ひっかぶせて、

「もうすぐ秋風の吹き出す頃には迎えに来るんだからな、待ってろよ」って言い置きして逃げてっちゃったのも知らないで、風の音を聞き分けてさ、八月頃になると「パパァ、パパァ」って心細そうに鳴くの。メッチャクチャいい……。

ぬかづき虫《おじぎ》がまたいいのね。あんな魂にも信仰心持ってて、おじぎして回ってるみたいよ。うっかり暗いとこなんかでポコポコ歩いてるのがさァ、ホーント、素敵なのよォ。

蠅ってのがもうォ、〝イライラするもん！〟の中に入れちゃいたいぐらいでさッ、可愛げのないもんたらないわねッ！

一人前に目の敵なんかにするほどの大きさじゃないくせに、秋なんか、ただもう、どんなもんにも止まるし、顔なんかに濡れた足で止まってるぐらいよォ。

人の名前についてるのなんか、すっごい不気味《ブキ》だわ。

〔**註**：だって〝藤原蠅麿《はえまろ》〟なんてのがいたらいやじゃない？　〝蠅皇女《はえのおうじょ》〟とかさ……〕

夏虫はすっごく素敵で可愛らしいの。灯りを近くに引き寄せて物語なんか見てると、本の上なんかに跳び歩いてんの。すっごく素敵よ。

〔**註**：あたし達って大雑把だったのかなァ？　まァ、平安時代が科学の時代じゃなかったことだけは確かだけどさ、夏の夜に灯りのとこに飛んで来る虫っていうのは、大概なんでも〝夏虫〟だ

ったわね。だから〝**夏虫**〟は夏虫よ。一々にどういう名前があるのかなんて考えてみたこともないわ〕

蟻はね、すっごくイライラするけど、身軽さったら大変で、水の上なんかをドンドン歩き回ってるのがさ、ホントに、素敵してるわよね。

第四十一段

七月ぐらいに、風がすっごく吹いてて雨なんかがうるさい日——大概はすっごく涼しいんで扇も忘れちゃってるんだけどさ——汗の匂いが少し残ってる綿衣《わたぎぬ》の薄いのをヨイショってかぶっちゃって昼寝してるってのがさーア、ホーント、〝をかし《すてき》〟ったらこれよ！

〔**註**：〝**綿衣**《わたぎぬ》〟っていうのは、中に、綿が入っている着物よ。薄手の〝羊毛マット〟みたいなもんかけて昼寝でもしてると思って。ところで、あたし達の時代って知ってると思うけど、〝**布団**《ふとん》〟てないのよ。だから、寝る時は着

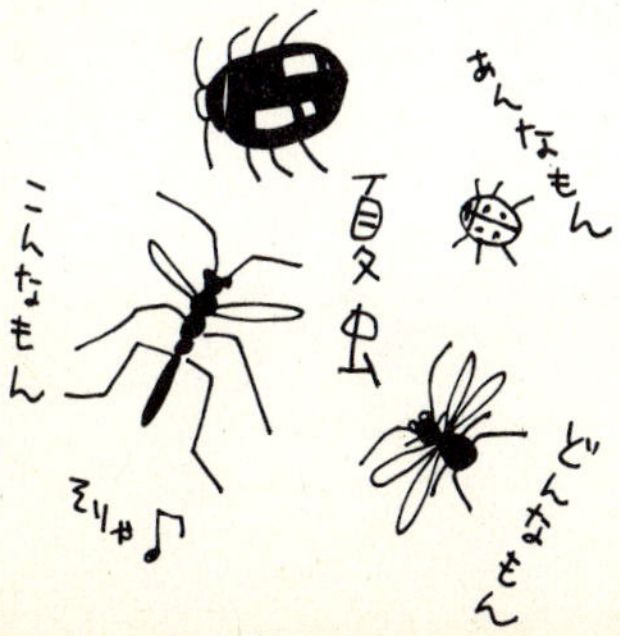

てるもんをかけて寝るのよ。だからまァ、年中平気で寝てられるって話もあるけど……〕

第四十二段

似合わないもん！

中産階級の家に雪が降ってんの！　あと、月が照ってんのもいや！

月の明るい道で、荷車同士が出会うの。あと、そんな車に黄色牛《あめ》つけてんの！

あと、年取った女がお腹大きくして歩いてんの。若い男と出来てるんだって見苦しいのにさッ、「他の女のとこに通ってるのよッ」って、腹立てるのもね（！）

〔**註**：あたし達の時代って当然〃身分制の時代〃よね。ちゃんと一位から位《くらい》っていうのが決まってる訳だしさ。だからさ〃**上衆**《じようす》〃と〃**下衆**《げす》〃ってあったのね。〃下衆《げす》〃っていうのは身分の卑しい人間で〃上衆《じようす》〃っていうのはその反対だけどさ、すっごい大雑把な二分法よね。そんでさ、〃身分が卑しい〃とかっていう風になると〃貧民〃とか〃下層階級〃とかってことになるかもしれないけど、でもあなた達の感覚で行ったら多分間違うと思うのね。だって、あなた達は自分より下に〃下層階級〃なんて思い浮かべちゃうかもしれないけどさ、あたしから見れば、あなた達

は（多分）下衆《げす》よ。だって、上衆《じょうす》っていうのは〝ズッーと上〟だもん。そこを基準にして〝下衆〟があるんだもん。ほとんど〝**小市民**〟たら〝下衆〟の別名みたいなもんじゃない？　そうでしょ。だから、あなた達に分かりやすいように言えば、下衆ったら**中産階級**から下よ。こんなとこから〝召使い〟とか〝雑役〟っていうのが出て来るんだもん。〝位〟っていうのは一位から八位まであって、その下に〝**初位**《そい》〟っていうのがあるのね。これが位のスタートラインだけど、こんなとこからスタートする貴族なんてまずいないもん。三位から上が〝**上流**〟よね。五位から精々六位ぐらいまでが〝**人並**〟よね。そっから下ってさ、あるからどうってことないようなもんじゃない。だからさ、〝下衆〟って、あなた達が思ってるよりは、あなた方なのよ。気ィ悪くしたかな？　しょうがないよね、ホントだから」

年取った男が寝呆けてんの！　あと、そういうんで髭はやしてんのが椎の実かじってるの！

歯もなくなった女が梅干食って酸っぱがってんの！

中産階級が緋の袴着てんの！（この頃はそんなのばっかりねッ！）

靫負《ゆげい》の次官《すけ》の密会スタイル！　狩衣姿もすっごいビンボーよ。人にこわがられる袍《うえのきぬ》は大《おお》袈裟《げさ》沢山だしさ、ウロウロしてるのもブザマで、笑っちゃうわね。「怪しいものはいないか？」って、尋問すんだから。入り込んで来てさ、B・G・Pのお香が染みた几帳にかけた袴なんかさァ……、メッチャクチャにどうしようもないわよ。

美形《ハンサム》な公達が弾上《だんじょう》の弼《ひつ》でいらっしゃるの……、すっごく見苦しい……。宮の中将なんかは、ホント、いやだったわァ……。

〔註：〝靫負《ゆげい》の次官《すけ》〟の説明ね。〝靫《ゆき》〟っていうのがさ、弓矢の矢を入れる筒なのね。これを背負っている訳よ。だから靫負の次官なの——〝弓を背負っている次官《すけ》〟よ。で、こういうのがどういうお仕事であるのかって言ったら、当然どう考えたって雅《みや》びなお仕事セクションじゃないわよね。警備員とかガードマンのお役所だわね。普通〝六衛府《ろくえふ》〟って言うんだけど〝衛府〟の〝衛〟は護衛の衛だからさ、衛《ガード》に関する府《やくしょ》が六つあったのよ。兵衛府《ひょうえふ》・近衛府《このえふ》・衛門府《えもんふ》ってね——この三つの衛府の建物が左右に分かれていて二つずつあったからさ、それで六衛府って言ったけど、ここの次官《すけ》はみんな靫を背負ってるのよ。だからそれが靫負《ゆげい》の次官《すけ》。そんでさ、あたし達のいる宮中の警備は近衛府の担当なのね。近衛府で靫背負ってる次官《すけ》ったらさ、近衛の中将か少将なのよねェ……。

だってさ、カッコいいたら一番カッコいい方達よォ、そこら辺。近衛の中将で蔵人の頭を兼任なすってたら〝頭中将《とうのちゅうじょう》〟だしさァ。頭中将ったらもう、目がくらむような若手エリートの花形中の花形の代名詞みたいなもんでしょう。大体〝次官《すけ》〟っていうのはいいとこのお坊ちゃん連中であらっしゃる公達《きんだち》の集中してるポストではあんのよねェ。だからさァ——もう分かるでしょ？　そういいとこの美形で優雅でらっしゃる公達連中が大袈裟な〝靫〟なんか背負って夜回りしてらっしゃるとこなんか見たくないわよッ！　ってこと。おまけにそん時のユニフォームである**袍**《うえのきぬ》の色なんかときたらさァ、赤よォ。やめてほしいわよねェ、夜の夜中にいいハンサムがさァ、サンタクロースじゃないっていうの!

おまけにね、あたし達の平安時代っていうのはさ、名の通り平安な時代だった訳。なにしろ死刑っていうのが二百年だか三百年なかったんだもん。そういうことする必要がなかったからね。そういう時代に公達が靫背負って宮中という女性のいるとこ夜回りしてさ、ねェ? 女の子の局にやって来ること以外にすることないじゃない? そんでもさ、仕事中だから一応「怪しいものはいないか?」って言って入って来るのね(!)「怪しいったら、あなたが一番怪しいわよ!」って言ってやりたいようなもんだけどさ、それで入って来て——、ね?

あたし達ってさ、とってもおしゃれだからさ、いつでもお香を炷《た》いてたりはするのね。だから〝**B・G・P**——バック・グラウンドお香《パアフューム》〟——〝**そら薫《た》きもの**〟って言うんだけど、それでキチンといい匂いが染みてる素敵な几帳にさ、野暮ったくってつまんない靫負の次官の袴なんてのがかかっててごらんなさいよ。もうどうしようもないっていうのよ。(まァ、あたし達の時代の男性って律儀だから、夜来れば大概袴は脱ぐわよねェ……。**オフィス・ラブ**ってそういうことなんですって? 唐突だけど、どうして? 訳分かんないことするのね、あなた達って。オフィスでそんなことするの当たり前じゃない。他に何すんの?)

でさ、もう一つね——〝**弾正**《だんじょう》**の弼**《ひつ》〟。これは検察局の**次官**《ひつ》(!)。ねェ、分かるでしょう? やめてほしいっていうの。〝宮の中将〟なんてもう、ホントにハンサムだったんだからァ……。説経の講師だって弾正の弼《ひつ》だって〝顔〟ってことを考えてほしいわよね、男の人は!」

第四十三段

細殿に女房達《キャリア》が一杯坐っててバンバン話なんかしてる時に、こざっぱりした郎等《ギャルソン》や小舎人《こどねり》少年なんか――立派な包みや袋なんかに衣裳を包んで、指貫の紐なんかが見えてるのね――弓、矢、楯なんか持って歩いてくから、「誰のよ?」って訊けば、膝まずいて「誰それ様ので――」って、言ってくヤツはいいのよ。気取ったり恥ずかしがってさ、「存じません」とか言ったり、なァーんにも言わないで行っちゃうヤツは、メッチャクチャ頭来るわねッ!

〔**註**:〝**細殿**《ほそどの》〟っていうのは**渡殿**《わたどの》のことね。寝殿造りの建物と建物をつなぐ廊下兼用の建物なのね。〝渡り廊下〟だと思えば渡殿《わたどの》だし、細長いなァと思えば細殿ね。どっちにしろおんなじ。で、この廊下兼用の建物というその建物の中には何があったかっていうと、**廂**《ひさし》――廂の間の小部屋がズラーッと並んでる訳。そこにあたし達の局《つぼね》なんかがある訳ね。廊下があるでしょ? その横がズラーッと廂の間よ。だからそこ通ってく使いの子なんかが見えるのよね。**小舎人童**《こどねりしょうねん》は子供だけどさ、それよりもうちょっと大きい召使は〝**郎等**《をのこ》〟ね。要するにただの〝男《おとこ》〟ったら〝召使い〟っていうようなこと〕

第四十四段

殿司《とのもりづかさ》っていうのがさ、やっぱりホントに素敵ってことよ。下の方の女官じゃ、これぐらい羨《うらや》ましく思えるのってないわね。いいとこのお嬢さんにもさせたい役だと思うわ。若くて見た目のいい子が服装なんかチャンとしてやってたりするのはモアベターじゃない？　ちょっと年取って物事の先例知って堂々としてるのもすっごい〝らしく〟って、落ち着くわね。殿司で顔に愛嬌のある子を一人抱えてて、ファッションをシーズンに合わせて裳《も》や唐衣《からぎぬ》なんかを今っぽくして、ウォーキングさせたいなァ、とかさ、思うんだ。

〔**註**：〝**殿司**《とのもりづかさ》〟っていうのは前にも言ったけど、宮中の女中《メイド》よね。ただ私って――まァこれはあたし一人に限ったことじゃなくてあたし達の時代の人間一般になんだけどさ――どっかで言葉をゴッチャにしちゃうのね。ちょっと混乱するかもしれないから説明するわね。

宮中のお風呂とか火の用意ね――第一段の〝冬〟のとこにもあったけど、早朝《つとめて》に炭の火おこして持って来る役ね――それとか掃除の係を管轄する役所は二つあったのね。一つは〝**主殿寮**《とのもりよう》〟って〝下男〟の方ね。もう一つは〝**殿司**《とのもりづかさ》〟って女中《メイド》の方。だからホントは殿司とか主殿寮っていったらそういうセクションのこと指すのね。でもガードマンのことを〝陣《じん》〟て言うし、それはガードマンの詰所のことを〝陣〟て呼ぶからだって言うのとおんなじで、下男や女中のことも〝トノモリ〃〃トノモリョウ〃〃トノモリヅカサ〃って言っちゃうわけよ。そんでさ、女の子の方の殿司には――やっぱり役所だから色々な肩書の人間がいるんだけど、もうそんな区別しないでただ〃トノモリヅカサ〃なんだけど、ここであたしが言ってるのは（スイマセン）殿司に所属する〃**女孺**《にょじゅ》〃のことなのね。ただの女の子よ。小舎人童とか郎等《をのこ》とおんなじ、それの女版よ。可愛いカッコさせて連れて歩きたいなァとか、そんだけの話。別に専属の風呂焚き女がほしいとかっていう訳じゃないの〕

第四十五段

郎等《ギャルソン》はまたね、随身《ずいじん》なんだと思うよォ。メッチャクチャ華やいでて素敵な公達でも、随身抜きじゃドッ白けよ。

弁《べん》の官なんかはすっごい素敵な官《ポスト》だと思ってるけど、下襲《したがさね》の裾が短くて随身がいないでしょォ、それがすっごいダサイのよ。

〔**註**：〃**随身**《ずいじん》〃ていうのはね、前にも言った**近衛府**《このえふ》の人間ね。〃衛〃ったら〃衛《ガード》〃だからさ、勿論ガードマンの派遣もする訳よ、えらい人が外出する時なんか。そういうことが決まってるからさ、派遣要員がいるのよね。それが随身。**靫負の次官**《ゆげいのすけ》みたいにね、弓の矢入れる**靫**《ゆき》（**胡籙**《やなぐい》とも言うんだけどさ）背負って弓持ってさ、刀差してね、エライ人の後をしずしずとついて歩くの。勿論

〃郎等《をのこ》〃だからね――職掌的には〃近衛府の舎人《とねり》〃がやってる訳だからさ、身分なんかテンで低いわよ。低いけどやっぱり、そういうの連れて歩いてる公達なんか見ちゃうと「カッコいいなァ♡」って思うもん。だから、似たようなカッコしてる靫負の次官が女の子の局で夜オタオタしてるよりか、随身のがカッコはいいわよね。身分は低いけどさ。そんでね、〃弁〃なんていうのはさ、随身がつかないのよね――ほら今だってさ、あるポストから上だとハイヤーの送り迎えありとか、そんなことやってるでしょ？　それとおんなじ。弁っていうのは結構エライとこなんだけど随身なしなのね。正装した時だって、あんまり下襲《したがさね》の裾を長く引きずらない風になっててね。〃弁官〃ていうポストがどういう仕事すんのかはよく分かんないから橋本さんに任すって言ってんだけどさ、結局あたし達にとって男の仕事っていうのは、見た目の関心しかないのかもしれないわね……」

第四十六段

中宮職の御曹司《おやくしよ》の西の立蔀《たてじとみ》の塀ンとこで、頭弁《とうのべん》が話を、すっごく長い間話して立ってらっしゃるんで、出しゃばってさ、「そこにいるのは誰？」って言ったらさ、「弁でごぜェやすよ」っておっしゃるの。

「何をそんなに話してらっしゃるの？　大弁《だいべん》がおみえになったら、窓際に行かされちゃいますわよ」って言うとさ、メッチャクチャ笑って、「誰がそんなことまで教えたのさァ、〝そんなことさせんなよ〟って、話してるとこ！」って、おっしゃるの。

〈**註：中宮職《ちゅうぐうしき》**っていうのは前にも言ったけど、帝のお后様＝中宮様の為にあるお役所なのね。そんで、その建物＝**御曹司《みぞうし》**がさ、内裏の外にあったの。〝外〟って言っても人里離れたとこかっていうのとは違うのよ。

内裏《だいり》っていうのは、別名〝**宮中《きゅうちゅう》**〟ね。〝**九重《ここのえ》**〟とも言うし〝**御所《ごしょ》**〟とも言うけど、要するに〝**皇居**〟よ。ここには帝が普段にいらっしゃる**清涼殿**もあれば、公式のお仕事の場である**紫《し》宸殿《しんでん》**もあった訳。勿論〝宮〟のいらっしゃる**登花殿《とうかでん》**だってここにあるのよ。そんでさ、ここは全部、ぐるりを塀で囲まれてたのね——勿論そこには門だって一杯開いてるけどね。そんでさ、ここが重要なんだけど、そのぐるりを塀に囲まれた〝内裏《だいり》〟はさ、更に大きな塀で囲まれてる訳。内裏の外側には、ちょうど今の皇居を取り囲んで丸の内の官庁街があるみたいにさ、色んな役所の建物っていうのもあった訳。内裏と、その外側の官庁街をひっくるめて塀で囲んでさ、そしてその全体を〝**大内裏《だいだいり》**〟って言ったの。この大内裏を囲む塀についてる一番有名な門が、正面にある**朱《す》雀門《ざくもん》**ね。その前の道路をドンドコドンと行ったら、都のはずれの羅城門よ。内裏と大内裏の違いって分かるでしょ？

だからさ〝内裏の外〟ったら、そこは〝大内裏の官庁街の中〟なのね。内裏の東側には**建春門《けんしゅんもん》**っていう門があってさ、〝**左衛門の陣**〟っていうのはここにあったんだけど、その門を出てすぐのと

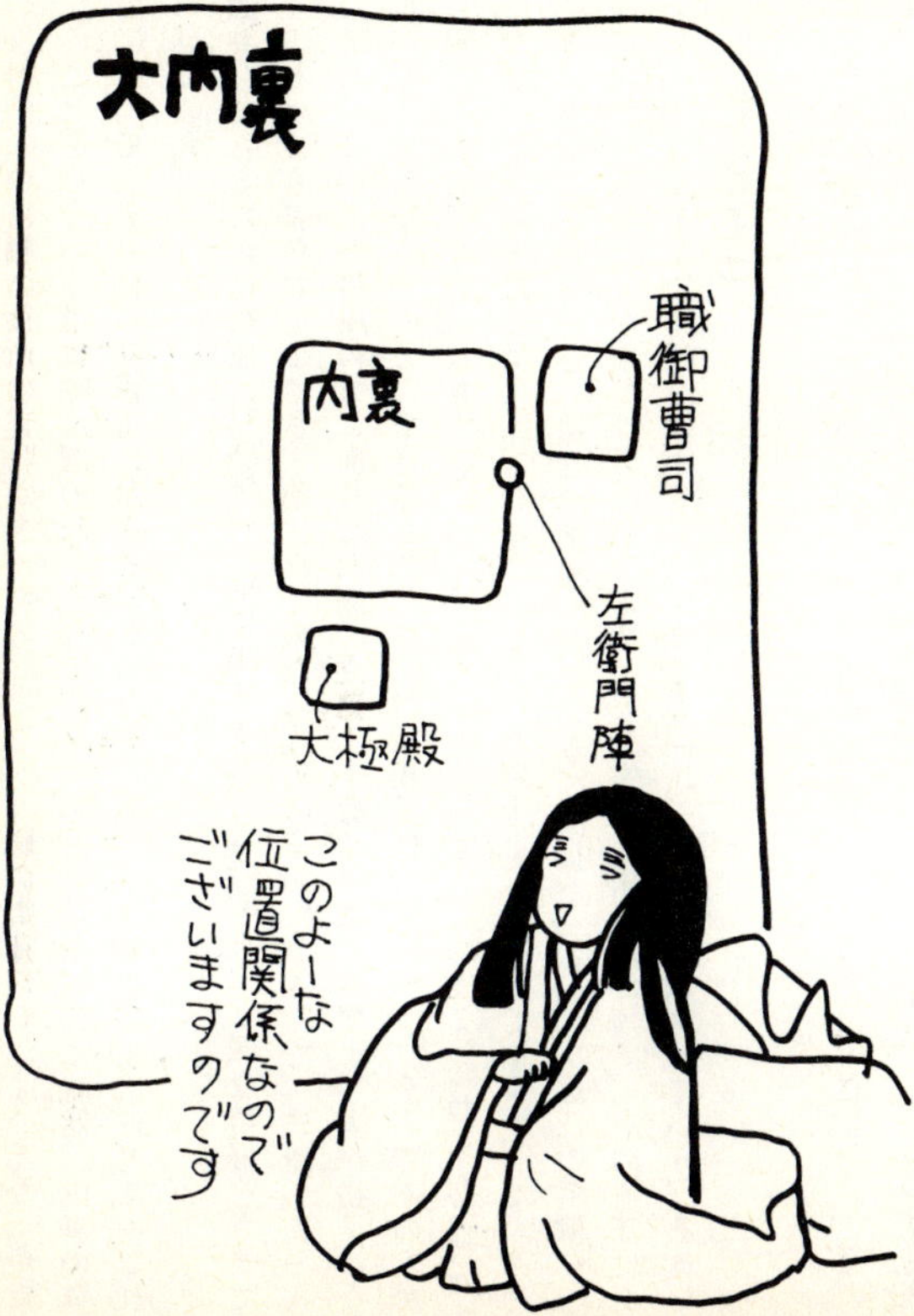
大内裏
職御曹司
内裏
左衛門陣
大極殿
このよーな位置関係なのでございますのです

ころ——道の反対側に中宮職の役所の建物があったの。そこが〝**職《しき》の御曹司《みぞうし》**〟——みんな〝中宮《ちゅうぐう》職《しき》の御曹司《みぞうし》〟のことをそういう風に呼んだのね。そして、私の〝宮〟はさ、ある時期、内裏の登花殿からお出になって、その職の御曹司にお住まいだった訳。その話は後でしますけど——これはその頃のお話なのね。

その頃〝**頭弁《とうのべん》**〟でらしたのは**藤原 行成《ふじわらのゆきなり》**様ね。前に出て来た、犬の翁丸に立派な恰好をさせて歩かせた方よ。とっても書がお上手でさ、前に出て来た〝佐理《すけまさ》の宰相〟と並んで〝**三蹟**〟の一人って言われた方ね。この方が御所の方に面した西側の**立蔀《たてじとみ》**——蔀《しとみ》で出来てる塀よ、表が格子になってて裏に板が貼ってある——のとこで立話してたの。勿論相手は〝女性〟よ。そんでその女房《キャリア》がさ、どうも頭弁の上司である〝**大弁《だいべん》**〟(弁て〝大・中・小〟の三ランクだったのね)の〝彼女〟だったみたいな訳。だからあたしは〝ヘンなこと〟を言った訳——「危ないですよ」って。その頭弁の話なのよ。あたしと彼とはさ〝**遠江《とおとうみ》の浜柳《はまやなぎ》**〟っていう、関係だったの。〝遠江の浜柳〟っていうのは古い和歌にある句《フレーズ》なんだけど、いくら切っても生えて来るんだって、その遠江にある浜柳は。だからさ「どんなに邪魔が入ってもいつまでも仲良くしてようね」っていう、そういう関係。あたしは彼が好きよ」

メチャクチャ目立って評判になって、〝素敵〟って方面で噂されるようなことはなくって、ただ当たり前にしてるみたいな人ってみんなはそういう風にだけ思ってるけど、でもあたしはやっぱりそれ以上なんかある人だってことを実際知ってるからさ、「ぼんくらじゃないですよ」

なんか御前で申し上げてるし、それで宮もそう御承知だからさ、普段は「〝女は自分をほめてくれる男の為に化粧するけど、男は自分のことを分かってくれる相手の為に死ぬんだ〟ってさ、言うんだよね」って、相槌打って下さったりしてさ、よく分かって下さってるの。〝遠江《とおとうみ》の浜柳〟ってさ、約束はしてたんだけど、若い子達は無責任に悪口なんかを平気で言う時にさ、「あの方って、なァーんかとっつきにくいわァ。他の人みたいに歌うたって騒ぐなんてのもないし、ちょォーッとうんざりよォ」なんか、ケチつけるの。

そうなってても誰彼かまわず口きくなんてこともしないで、「僕はァ、目が縦についてて眉毛はおでこの方に吊り上がってて鼻は横についててもさ、ただ口もとに愛嬌があって、顎の下から首筋がすっきりしてて声がカンにさわらないような人だけがね、好きになれそうなの。そうは言ってもさ、やっぱり顔がすっごいブスの女は困るけどさ」ってだけおっしゃるからね、余計さ、顎がゲッソリしてて可愛げのない子なんかはさ、やたら目の敵にして宮の御前でさえ悪く申し上げるのね。「宮にお取り次ぎを」っていう時でもね、その、初めに口をきいちゃった、人間《あたし》を、ね、探してさ、御前を下がってる時にも呼び出して、いつも来て話してたり、宿下りしてる時は手紙書いたり御自分からもいらっしゃったりして、「参内《さんだい》が遅くなるんなら、〝こうこうだって申してますけど〟って宮にお使い出してよ」って、おっしゃるの。「そんなの他にも人間いるでしょう」なんか言って逃げるんだけど、「そうは行かないんだァ」なんかさ、らっしゃるの。

「あるもので間に合わせてさ、一人で決めないでさ、なんでもこなしてくってていうのが利口っていうんじゃないんですかァ」って、おせっかい申し上げちゃうんだけどさァ、「自分のホントのとこの性分だもん」ってだけおっしゃって、「変えらんないのが性格なの」っておっしゃるから、「じゃァ〝憚《はばか》ること勿《なか》れ〟っていうのは、何を言う訳ェ?」って知らないふりしたら、笑いながら「〝出来てる〟なんて人に言われてんだよォ。こんな風に話してるんならさァ、どうして恥ずかしい訳ェ? 顔出すぐらいはしなよ」って、おっしゃるの。

「私はメチャクチャブスですからねえ。〝そんな風な女は好きになれないなァ〟っておっしゃったからさ、顔、見せらんないんですゥ」って言えばさ、「本当に頭来るってとこまで行っちゃうよッ。だったら見せなきゃいいだろ!」って、自然に顔が合っちゃいそうな時でもさ、自分で顔を隠したりして御覧にならないのも「本気なのねェ……。ウソはおっしゃらないんだァ……」って、思うんだけどさ……。

〔**註**:「**過《あやま》ちを改むるに憚《はばか》ること勿《なか》れ**」って、勿論知ってるでしょ? 孔子の『**論語**』よ。「顔を見せるに憚ること勿《なか》れ」なんてことは誰も言っていないもんね。よっぽどのことでもなかったら、普段顔なんか見せないわよねェ……。ってさァ、そんなことやってて、職の御曹司から宮中へお入りになられたのね、宮は。あたし達だってお供して、もうポカポカ陽気になっちゃってる三月の終りよ——〕

三月の末頃は冬の直衣が着にくいんでしょうねェ、袍《うえのきぬ》だけで殿上の間の宿直《とのい》もしちゃう早朝よ、お日様が上るまで式部ちゃんと小廂《こびさし》に寝てると、奥の引き戸をお開けになって、帝と宮がお出ましになられたからさ、起きるに起きられなくてうろたえてるのを、メチャクチャお笑いになるのね。

唐衣《からぎぬ》をそのまんま汗衫《かざみ》の上に引っかけて、寝具もなにもごっちゃに埋まってるとこにおいでになられて、陣から出入りする人間達を御覧になるの。殿上人がなんにも知らないで寄って来て声かけたりなんかもするけど、「バラすなよ」ってお笑いになるの。――そうやって、出て行かれるのね。

「二人とも、ほら」って仰せになるんだけど、「はい、ちょっと、顔なんかちゃんとしてからじゃないと……」って、お供もしないの。

奥へお入りになられてからも、やっぱり輝いてらっしゃることなんかをベチャベチャ話してると、南の引き戸のそばの几帳《きちよう》の柄が突き出てるのにひっかかって、簾《すだれ》が少し開いてるとこから黒っぽいものが見えるからさ、「則隆《のりたか》がそこにいるんでしょう！」って、見もしないで、やっぱり他の話なんかをしてると、すっごいニコニコしてる顔が出て来ちゃったんだけど、やっぱり「則隆なんでしょ！」ってさ――見たらば、違う顔なの。

〔**註**：〃**則隆《のりたか》**〃っていうのは、あたしの亭主の弟。バカな子なのよ。勿論亭主ったって、ある時期〃正式に結婚してた〃ってだけだけど。あたし達の〃正式〃って知ってるでしょ？〕

「あら、やだァ！」って笑い転げて、几帳引き直して隠れたらさ、頭弁《とうのべん》でらっしゃったのよ。「お目にかからないようにってしてたのにィ……」って、すっごくいやだった……（♡）。一緒にいた彼女はこっちに向いてたから顔も見えなかったのにィ……。

出てらして、「最高ォ！　ゼェーンブ見ちゃったもんね」っておっしゃるからさ、「則隆だって思ってたから油断してたんですよォ。どうしてさァ、〝見ない！〟っておっしゃってたのに、そんなにジロジロさァ……」って言うと、「女の寝起き顔っつうのはすっごく覗きにくいっていうからさァ、別の女の局《つぼね》に行って覗き見してて、〝他も見えるかもしんない〟って思ってさ、来ちゃったんだよね。まだ陛下がいらっしゃってた頃からいたのをさ、知らなかったんだァ♫」って——。

それから後は局の簾を、平気でくぐる、なんかね——まァ、なさるみたいだったけどさァ……、ね？

〔註：これはホントはあんまり書きたくないことなんだけど……。

あたしの〝**宮**〟は、一度御出家なさったことがあるんですね、髪を切られて——。前に言ったと思うんですけど、宮のお兄様が流罪になっちゃったことがあったでしょう？　その時。道長が宮のお兄様を邪魔者扱いしてひどいことするから、宮は世の中をはかなんで髪を切られたんです。そうなったら当然宮中にはいられる訳ないから御退出ってことになるでしょう？　だから髪を下ろされた宮は御実家にお戻りになられたんですね。でも、それでも帝は私の宮のことを御必要になられてたんですね。一度御出家になった方を再び宮中へお戻しになるなんてもう、全然異例のことなんですよォ！　宮はまた御出仕ということになったんですね。ほとんどもう、愛の力って偉大だわって、そう思う。でも、やっぱり一度出家された方を宮中へ呼び戻すっていうのはバツが悪いっていうのか、それで、宮の普段いらっしゃってた所は前にも言いましたけど、宮中の清涼殿の奥にある登花殿《とうかでん》ていう御殿だったんですけど、そこにはお入りにならないで、内裏の外にある——内裏の塀と道一つ隔ててなんですけど、中宮職の御曹司《おやくしよ》にお入りになったの。しばらくそこにいらして、また宮中にお入りになることになったんですけど、ここはその時のお話ね。職の御曹司にいらっしゃった宮が宮中にお戻りになったから帝と御一緒にあたし達の寝ている小廂《こびさし》においでになられたんだし。帝がいくら御寵愛でも、内裏の外にまでお出ましになられるなんてことはまずありえないしね、色々大変なんですよ……」

第四十七段

馬は——。

真っ黒なんだけどほんのちょっと白いとこがあるの。

紫の斑《まだら》の入った葦毛《あしげ》。

淡紅梅の毛色で、たてがみや尾っぽなんかがまっ白なの（実際〝木綿《ゆう》かみ〟とか言うんじゃないの？）。黒馬で足が四ケ所白いのもすっごく素敵ね。

〔**註**：〃**葦毛**《あしげ》〃っていうのは白に黒とか茶色とかの毛がまじってる馬よね。〃**木綿**《ゆう》〃っていうのはさ、神社で使うのよね。コウゾの皮をはいで、中の身を蒸して晒して細かーく裂くと糸みたいになるでしょ、それを榊に掛けたり御幣《ごへい》にして振ったりね。馬のたてがみが〃木綿《ゆう》〃みたいに見えるからさ〃**木綿鬘**《ゆうかみ》〃〕

第四十八段

牛はね、おでこはすっごく小さくて白っぽいだけなんだけど、お腹の下とか足、尻ッ尾の筋なんかはそのまんま全部白いの。

第四十九段

猫はね、上の方だけは黒くて、お腹が真っ白なの。

第五十段

雑色《ぞうしき》とか随身《ずいじん》は、少しやせててほっそりしてるのがいいのね。郎等《ギャルソン》はね、まだ若い内はそういう風のがいいのね。でっぷり肥ってるのは〝眠いんだろうなァ〟って見えちゃうもん。

〔註：〝雑色《ぞうしき》〟っていうのもやっぱり雑役夫・召使いの男ね。どうして雑色かっていうと、ユニフォーム＝袍《うえのきぬ》に決まった色がなかったから。郎等《をのこ》とおんなじようなもんだけどね、雑色の方が〝その他大勢〟っていう感じが強いんじゃないかなァ……〕

第五十一段

小舎人《こどねり》少年ね。

小柄で、髪の毛はすっごくキチンとしてるのがサラサラーッとしてて少しセクシーな子が、声が素敵で緊張してものなんか言ってるのがさ、チャーミング。

第五十二段

牛飼いはね、大柄で髪の毛がゴワゴワしてるのが、赤い顔しててね、気がききそうなの。

〔**註**：〝**牛飼《うしか》い**〟ったら、牛車《くるま》のドライバーよ、勿論〕

第五十三段

殿上の間の〝名対面〟ていうのがホント、やっぱり素敵なのよねェ。御前に誰かつめてる時は、そのまんまで点呼になるのも、素敵ね。

〔**註**：〝**名対面《なだいめん》**〟ていうのは宿直《とのい》の点呼ね。殿上人なんかは交替でさ、宮中にお泊まりになるのよね。それが〝**宿直《とのい》**〟。夜の――あなた達の時間で言えば十時ぐらいね――毎晩あるの。清涼殿であたし達がいるのは東北《うしとら》の角にある一番奥の**弘徽殿《こきでん》の上《うえ》の御局《みつぼね》**でしょ。そんでさ、殿上の間っていうのは清涼殿の一番南側な訳でしょ。そんでさ、清涼殿の東側――呉竹の台のある庭に面した方ね――には南から北へ一本廊下が通ってるのよ、ホントは廊下とは言わないで〝**孫廂《まごびさし》**〟とか〝**広廂《ひろびさし》**〟って言うんだけど。この廊下の突き当たりが〝清涼殿の東北《うしとら》の角にある〟例の**手長・足**

長の〝荒海の障子〟ね。一直線に廊下が走ってるったって、あたし達のいる上の御局領域は女の世界だからさ、ちゃんとその前にも境の障子はあるのね――こっちは〝昆明池《こんめいち》の障子〟って言うんだけどさ。

そんでさ、あたし達が弘徽殿の上の御局にいてね、帝が夜の御殿《おとど》に入られるか、じゃなかったらまだ昼の御座《おまし》でお話なんかしてらっしゃったりする頃にさ、名対面の時間になる訳よ。孫廂《ろうか》の、あたし達のいるところとは反対側の、殿上の間の方の隅っこに蔵人の頭がいらっしゃってね、その横にその夜の当番の六位の蔵人がいてさ、目の前の殿上の間の方に向かって「誰がいるか？」って訊く訳。殿上の間にはその日の当直の殿上人が詰めてるからさ、訊かれた一々が自分の名前を言ってく訳――身分の高い順にね。そんでもしその時に帝のいらっしゃる所で帝のお相手してらっしゃる殿上人なんかがあったらね、その場で「誰それです！」っていう風に答えるの。孫廂一直線でさ、夜だからさ、その声があたし達んとこに聞こえて来る訳よ。

点呼が終るとさ、順番に殿上人は宿直所《とのいどころ》って、宿直する場所の方に出てくのね。その足音聞きながらさ、「あ、あの今答えて出てったのって、あたしんとこにこないだまで通ってたあの〝彼〟だ！」とか思う訳よ。「ズーッと顔見せないで何してんのかと思ったらこんなとこにいた……」とかさ。だからドキドキもんなの。そんで殿上人の名対面が終るとさ、その夜の番になってる六位の蔵人が孫廂を通ってあたし達のいる方に来るのね。あたし達のとこに来る訳じゃなくて、あたし達のとことの境になってる昆明池の障子の前まで来て曲がってさ、外に出るの。孫廂の外はズーッと高欄《こうらん》のついてる廊下でしょ――ここがホントの〝廊下〟ね――そこに出て、今度は〝滝《たき》口《ぐち》〟の点呼になる訳。

滝口って、侍でしょ。だから弓矢持ってるんだけど、その**弓の弦**を〝ブン！　ブン！〟て、手で持って鳴らすのよ。それをやると悪い物が来なくなるっていう魔除けなのよね。まァ、なんとなくカカシの弓矢でもあるけどさ、それやって、当番の蔵人がいる高欄の下に集合する訳、滝口が。そんで、その滝口の人数が三人以上だったら点呼して、三人以下だったら点呼をしないで、どうして人数が足りないのかって、そういう理由を、滝口の方から申し上げるの。これが〝**名対**《なだい》**面**《めん》〟の全部で、毎晩こういうことをやってる訳〕

足音がしてバタバタ出て来んのをさ、上の御局の東側にいて耳をすまして聞いてんだけど、知ってる男の名前が出るのは、「ハッ」て、いつもの〝ドキドキ〟が来るみたいなのよね。あとね、居場所をロクに教えてくれない男なんかをこういう時に発見しちゃうっていうのはさ、どういう気分だろうねェ……。

「答え方、いいわァ」

「やッだァ！」

「聞きにくーい！」

なんか、採点するのも素敵。

「終ったみたい……」って聞いてるとさ、滝口《たきぐち》が弓の弦鳴らして、沓《くつ》の音立ててザワザワ出て来ると、蔵人はメチャクチャ大きな足音を立てて、東北《うしとら》の角の高欄に〝高ひざまずき〟っていう坐り方して、御前の方に向かって後ろ向きで、「ナントカカントカ、いるか？」って点呼とるのが、ホント、素敵なのよねェ。

高くて細い声で答えて、あと「人員揃いませんので、名対面にはなりません」てことを報告すんだけども、「どうしてだ？」って訊かれたら〝出来ない理由〟なんかを申し上げるんだけどもさ、それ聞いて戻ってくのをさ、「方弘《まさひろ》騙そうぜ」ってさ、公達が嘘ついちゃったもんだからさ、メチャクチャ腹立てて、怒鳴って訴えてやるって。そんでまた滝口にさえ笑われてね。

〔**註**：〝**方弘《まさひろ》**〟っていうのは蔵人の一人なんだけどさ、なんか、どっか抜けてるというか乱暴というかガサツというか、まァ、ちょっとからかいやすい男で有名だったのよ。だもんだからさ、そいつが当番の時に滝口の点呼で――これを〝**宿直申《とのいもう》し**〟って言うんだけど――人数が揃わなかったの、二人か一人しかいなくってさ。それで滝口がその理由言ったのを聞いて戻って来てさ、それを殿上の間でもう一遍申し上げるのをね、多分公達連中が方弘《まさひろ》のことをおちょくってやろうとか思ってさ、「お前の聞いて来たこと嘘だぞ」とかなんとか言ったんだと思うの――だって、清涼殿の南と北とでさ、あたし達のいるとこまでそんなヒソヒソ声が聞こえて来る訳ないでしょ？だからさ、その公達が方弘に何言ったのかは知らないんだけど、ともかく方弘はそれ聞いて怒ったのよ。「騙しやがったな!!」ってさ。単純な男だからカーッとなって、滝口ンとこに飛んでって当たり散らして笑われたんだってさ。バカみたい♡でさ、方弘の話でもう一つこういうのもあったの――〕

御厨子所《みずしどころ》の御膳棚《おものだな》に沓《くつ》置いてさ、ワイワイ問題になってるのをすっごいノッちゃってね、

「誰の沓なんだろう?」

「知らないわァ♫」

ってさ、殿司《とのもりづかさ》や他の子達なんかが言ってるのをさ、

「れれェ、方弘《まさひろ》の"穢《く》きもの《つ》"じゃねェか?!」って、それで大騒ぎなんだから(!)

〔註:"御厨子所《みずしどころ》の御膳棚《おものだな》"——要するに台所の食器棚よ。そこに沓《くつ》が置いてあってさ、大騒ぎになって、方弘《まさひろ》みたいなヤツはどういう訳か正義感のかたまりだからさ、人一倍大声出して「大変だ! 大変だ!」をやってて、自分の沓なのにさ。周りは「いつ方弘が気がつくんだろ?」って知らん顔してたっていうんだから。ホント、バッカじゃなかろか♡〕

第五十四段

若くっていいとこの男がさァ、中産階級女の名前を呼び馴れてるみたいに言うのって、ホント、イライラすんのよね。知ってたってさァ、「ナントカ」とかさ、半分は覚えてない風に言うのが素敵よ。

勤務先の局《つぼね》に行ってさ、夜なんか都合が悪いだろうけどさァ、殿司《とのもりづかさ》か、じゃなかったら普通のお屋敷なんかは侍所《さむらいどころ》なんかにいるヤツを連れて来てだっても、呼ばせりゃいいのよ。

自分からなんて、ねェ……? 声だって分かるのに。(下女や子供なんかだったら別にいいけ

どさ）

〔註：〝侍《さむらい》〟っていうのはあなた達の感じではどうしたって〝武士〟でしょ？　でもさ、あたし達に言わせると武士っていうのは〝侍の一種〟なのよね。だって侍《さむらい》っていうのはさ、〝さぶらってるヤツ〟ってことなんだから。別に刀差してなくたって、そこに控えてれば〝侍《さむらい》〟よね。「どうせそこらにいるんだから弓矢持たせとけ」って感じで侍の武士が出来たってとこだってあんだからさ。まァ、あたし達の悪いくせっていうのは、下の人間はみんな〝雑役夫〟〝雑用係〟って思っちゃうとこだけどさ、侍だってそうなのよ。下男よりちょっと上で、執事と番頭と手代と召使いと書生がゴッチャになったというか、ヤァサマの世界に於ける〝若い者《もん》〟だって言ったら怒られるかな？　まァ、宮中っていうのは広い世界だからさ、主殿寮《とのもりよう》だ雑色《ぞうしき》だ舎人《とねり》だ蔵人《くろうど》だって、雑用係も色々あるけどさ、宮中よりも規模が小さいお屋敷ね。親王家とか大臣家とかさ、上達部関係の普通のお屋敷だと〝侍所《さむらいどころ》〟っていうのがあってさ、召使いセンターみたいになってんのよ。ホテルのフロントとかって思った方が話が早いかな？　そこがベル・キャプテンとつながってるとか、そんな風ね。

　でさ、宮中にいる女房《キャリア》なんかだったら大体まともなとこの女でしょ？　あたしのお父様《とうま》だって一応五位の大夫《たいふ》なんだし。でもさ、すべての女房が宮中の女房とおんなじだって訳じゃ、全然ないわよね。だってどこの家にだって奥さんや娘はいて、それの世話する女はいる訳でしょ？　普通の家には普通の家なりに女房格の女っている訳だしね。そんでさ、男ってどうして趣味が悪いっていうか物好きなっていうかよく分かんないんだけど、そういう女に手ェ出すのよねッ（！）。

そういう女っていうのは勿論〝**中産階級女**〟だけどさ。前に言ったでしょ？　中産階級の緋の袴なんて似合わないって、この頃そんなのばっかだって（四十二段よ！）、ホントいやね。柄でもないのに女房面《いっぱし》して。顔見れば分かるんだ、「あ、これは中産階級女だ」って。おおいやだ。別に嫉妬してるなんて思われたくないからさ、出したきゃ手なんか勝手に出せばいいのよね。どうせ男なんか物好きなんだからさ。でもさ、そんな女の名前平気で呼んで、あたし達と一緒にしないでほしいのよねェ。格が違うでしょォ――新卒のおニャン子かぶれの短大上がりと一緒にしないでほしいのよッ！　なんてことはあなた達も言う訳でしょ？　時代って変わらないわねェ……♫

第五十五段

若い娘や子供なんかは、肥ってるのがいいのよね。受領《ずりよう》なんかで一人前になった人も、ふっくらしてるのがいいのよ。

第五十六段

子供はねェ、ヘンテコリンな弓や長い笞《むち》みたいなもんを振り回して遊んでるの。すっごく可愛い。車なんか止めてさ、抱き入れてもみたいしさ、欲しいなァってとこもあんの。そんでね、そうやってくと炷物《たきもの》の匂いがメチャクチャかかってくるなんてのがさ、ホント、すっごく素敵なのよ。

第五十七段

立派なお屋敷の中門が開いてて、檳榔毛《びろうげ》の車のまっサラできれいなのに、蘇枋《すおう》色の下簾《したすだれ》の色もすっごくきれいでさ、榻《しぢ》にひょいって掛けてあるのってホント、光ってるのよねェ。五位六位なんかが下襲《したかさね》の裾をはさんで、笏《しゃく》のすっごい新品のに扇をちょっと添えたりなんかして行ったり来たりしてて——。あと、正装して壺胡簶《つぼやなぐい》を背負ってる随身が出入りしてるのって、すっごく〝らしい〟のね。

台所女のこざっぱりしたのが出て来て、「誰それ様のお供はいらっしゃいますゥ？」なんか言うのも素敵ね。

〔註：〝榻《しぢ》〟っていうのはね、牛車《くるま》停めるんで牛を轅《ながえ》からはずすでしょ？　はずした後に轅の先を置いとく台ね。台ったたって立派よ。あなた達なんか十分机に使えるぐらいのもんよ。そんでね、あとちょっと〝笏《しゃく》〟の話しとくわね。お雛様の男の方が手に持ってるやつよね。おしゃもじみた

いな木の札、あれが笏よ。男の貴族のシンボルみたいなもんだもんね。殿方はみな持ってるわよね。昔はあれをメモがわりに使ってたんだってね。会議の席で重要なことなんか出ると、笏の裏に筆でメモってたのよね。あたし達の時代でも、大事な詔《みことのり》とかを発表する時なんかさ、間違えちゃいけないって、笏の裏にメモった紙貼っといて読んだりしてさ、昔の名残りよね。普通の席で座ってて、物なんか取るんでも手ェ使わないで笏使ったりね。ほとんど〝孫の手〟ね、いいけど。

そんでさ〝**扇**《おうぎ》〟っていうのが笏のカジュアル化で生まれたって知ってた？　そうなのよ。あたし達の時代で〝探し物する〟ったら、もうほとんど〝扇で辺りを叩きまわして〟だけどさ、そういうもんでもあったの。昔は扇ったら**檜扇**《ひおうぎ》だけだったんだけどさ（男も女もよ）、檜扇っていうのは檜《ひのき》の薄板つないで作るでしょ？　閉じればほとんど笏じゃない？——だから。笏じゃ風を送れないけど扇だとあおいで風送れるもんね。パブリックは笏で、直衣《のうし》の普段着だと扇だったっていうけどね、昔は。今は直衣でも笏持ってるし、笏と扇を一緒に持ってるけどね。そんでさ、笏があって扇があって、それからあなた達の知ってる〝**扇子**《せんす》〟が出て来るのね。あたし達の時代じゃ扇子《せんす》とは言わなかったけどさ。〝**蝙蝠**《かわほり》〟——コウモリ——って言ったんだけどね。檜の板じゃなくて、木で骨だけ作ってそこに紙を張るのね。形が蝙蝠《こうもり》に似てるでしょ？　だから〝**蝙蝠扇**《かわほりあふぎ》〟。夏になると暑いじゃない？　檜扇で風が来るったって、使ってみりゃァ檜扇なんて重くて暑っ苦しいじゃない？　だからさ、夏の間は蝙蝠《かわほり》使うようになったの。だから〝夏《なつ》の扇《おうぎ》〟って言ったらそれは当然、蝙蝠扇のことなのね。それにしても日本人てコウモリが好きね。西洋から傘が入って来て〝コウモリ傘〟だもんね。コウモリが好きなのか、イメージが貧困なのか、それともコウモリがあんまりにも当たり前に普段飛んでたのかのどれかよね——。あ、それから〝**壺胡籙**《つぼやなぐい》〟ね。前に言ったわよね。背中に矢背負う時の入れ物。その胡籙《やなぐい》で筒みたいになってるのが壺胡籙。小型で薄っぺらいのが**平胡籙**《ひらやなぐい》。そんだけね。以上——」

第五十八段

滝は、音無《おとなし》の滝ね。

布留《ふる》の滝は法皇が御覧においで遊ばしたっていうのがホント、光ってるのね。

那智の滝は熊野にあるっていうのがさ、いいなァって思うの。

轟《とどろき》の滝ったら、どんなに騒々しくて恐ろしいかなァって、さ。

第五十九段

川は。

飛鳥川。
(〃淵瀬も定めなしでどうなっちゃうのか〃ってさ、いいわねェ)
大堰《おおい》川。
音無川。
七瀬川。
地獄耳《みみと》川。
(「またァ、なにをほじくり出して聞いてたのよォ!」って、素敵♡)
玉星《たまほし》川。
細谷《ほそたに》川、五貫《いつぬき》川、沢田川なんかは、催馬楽《さいばら》なんかをイメージさせてくれるのよね。
名取《なとり》川。
(「どんな名前を取ったっていうのよ?」って訊いてみたい)
吉野川。
天《あま》の川原《かわら》。
(〃機織女《たなばたおんな》に泊めてもらおう♫〃って業平《なりひら》が詠んでるのも素敵ね)

〔註：「狩り暮らし　機織女《たなばたつめ》に宿借らむ　天の河原に我は来にけり」って、在原業平朝臣《ありわらのなりひらあそん》の歌知らない？　狩で馬に乗ってたら〝天の河原〟に来ちゃったのよ。淀川の支流でそういうとこがあんのよ（って話）。飛鳥川の〝定めなき〟急流ぐらいは知ってるでしょ？〕

第六十段

夜明けに帰ってく人は、衣裳なんかメチャクチャきちんとして烏帽子の紐を元結《もとゆい》にしっかり結ばなくてもいいんじゃないのって、ホント思うの。メチャクチャだらしなくみっともなく直衣や狩衣なんかを崩してても、誰が見て笑ったり悪口言ったりするゥ？　男はなんたって、夜明けの〝行動〟がさ、素敵であるべきよォ！

いやがってしぶしぶで起きたくなさそうなのを無理に突っついて、「夜が明けちゃったわよ。もうッ、みっともないんだからァ！」なんか言われてメンドくさがってる様子もさ、「ホントに飽きてなくてカッタルイんだろうなァ……」って、思えんの。

指貫なんかも、坐ったまんまで着ようともしないし、ともかくこっち寄って来て、夜に言ってたことの続きを女の耳にささやいてさ、どうするって訳でもないみたいなんだけどさ、帯なんか結んでるみたいなのね。

格子押し上げて——妻戸のあるとこならそのまんまで、一緒に連れてって、「昼の間が待ちきれないよォ」ってことなんかも言ったりしてスーッと出てっちゃうのはさーァ、ズーッと目が追いかけちゃって、後の余韻も素敵なんだよねェ……、とか。

思い出すとこがあって、すっごくスパッと起きて、取っ散らかして指貫の腰紐をゴソゴソザッバザッバって結んで、直衣—— 袍《うえのきぬ》・狩衣だっても、袖ひんめくって、ムンズと手ェ突っ込んで、帯はすっごくきつく締めこんで、ちょっと坐って、烏帽子の紐をギューッと強めに結び込んでキチッとセットした音がしてさ、扇や畳紙《ティッシュ》なんか、昨日の晩枕許に置いたんだけど自然に動いて散らかっちゃってるのを探すんだけど、暗いからさ、どうしたって見えないわよね。

「どこだ？　どこだ？」って叩き回して見つけ出して、扇バタバタとつかって懐紙突っ込んで、

「失礼！」ってだけ（！）——ホントにもうッ！　言うのよねッ!!

〔**註：烏帽子《えぼし》**ってね、どうやってかぶるか知ってる？　頭にのっけるでしょ？　それだけだった

ら落ちちゃうでしょ？　だからさ、紐でね、**髷**《まげ》に縛るの。あたし達の時代の殿方だって髷結ってたのよ——チョン髷なんていう下品なもんじゃないけど、第一頭の上なんか剃らないし——なァにあれ、あの下品な髪型。侍ってやァねェ！　頭のてっペンでまとめて髷結って、そこに烏帽子の紐結びつけたのよ、あたし達の殿方は。

それから〝**格子**《こうし》〟と〝**妻戸**《つまど》〟ね。メンドクサイわねェ、こんなこと知っときなさいよ（とかさ——）。格子《こうし》っていうのは、**蔀**《しとみ》のことよ。格子の裏っ側に板打ちつけてさ、雨戸みたいに雨や風が入って来ないようにしたのが蔀で、表から見れば格子の模様が目立つから、その蔀のことを普通は〝格子〟っていうの。柱と柱の間はみんな格子よ。上下に二枚つける時は、上のだけを上げるの。妻戸っていうのはさ、普通のドアよね。両開きになって出入りするのよ。だからこんなこと説明したくないって言ったんだけど……」

第六十一段

橋は。

朝津《あさんづ》の橋。長柄《ながら》の橋。天彦《あまびこ》の橋。浜名《はまな》の橋。一つ橋。転寝《うたたね》の橋。佐野の舟橋《ふなばし》。堀江の橋。鵲《かささぎ》の橋。山菅《やますげ》の橋。小津《おづ》の浮橋《うきはし》。

一本かかってる棚橋。――ドキドキもんだけど、名前を聞くと素敵なのよね。

第六十二段

里は。


逢坂《おうさか》の里。

ながめの里。

睡覚《いざめ》の里。

人妻の里。

憑《たの》めの里。

夕陽の里。

妻盗《つまど》りの里。（人に取られちゃったのかなァ。自分でつかまえたのかなァって、素敵♡）

伏見の里。

朝顔の里。

第六十三段

草は。

菖蒲

菰《こも》

葵《あおい》

（すっごく素敵。神代から始まってああいう挿頭《かざり》になっちゃったのがメチャクチャすぐれてる。形そのものもすっごい素敵）

〔**註：葵**って、賀茂のお祭りの飾りに使うでしょ。形だってハート形だしね♡〕

沢瀉《おもだか》は名前が素敵な草よね――うぬぼれてんのかしら？　って思うとさ。

三稜草《みくり》

蛇床子《ひるむしろ》

苔

雪の間の若草
木《こ》蟎《だに》
かたばみ
（綾織《あやおり》の文《もん》になってるっていうのも、他の草よりは素敵ね）
危険草《あやうぐさ》は崖っぷちに生えてるっていうのもさ、なるほど、心配だわよね。

いつまで草は、もうさァ、はかなくっていいのよねェ。（ガケっぷちよりもこっちのが崩れやすいんじゃないの？「ホントの漆喰《しっくい》壁なんかには絶対生えてなんか来ないんだろうなァ」って思うとダサイけどさ）
〔**註**：〝**いつまで草**〟っていうのは壁に生えるっていうの〕
実現草《ことなし》は、「願い事を叶えてくれんの？」って思うとさ、素敵。
垣衣《しのぶぐさ》――すっごくいいって思う。

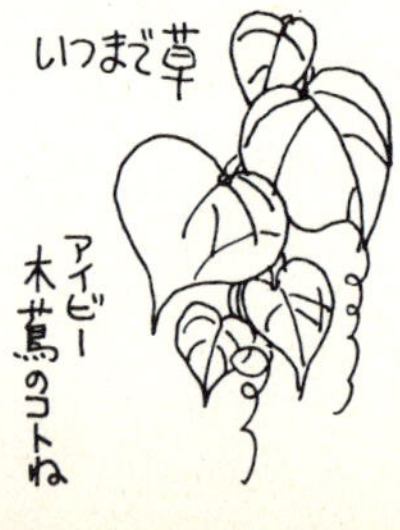

道芝《みちしば》——すっごい素敵。茅花《つばな》も素敵。
蓬《よもぎ》——メッチャクチャ素敵！
やますげ
ひかげかずら
山藍《やまあい》
浜木綿《はまゆう》
葛《くず》
篠《ささ》
青つづら
なずな
苗《なえ》
浅茅《あさじ》——すっごく素敵。

蓮はいろんな他の草よりも勝って光ってる。〝妙法蓮華〟のたとえでもさ、花は仏様に供えて、実は数珠につなげて御念仏して、往生極楽の縁《モチーフ》にするからね。あと、花のない時期に緑一面の池の水に紅く咲いてるのも、すっごく素敵。〝翠扇紅衣《すいせんこうい》〟って、漢詩になっちゃうっていうのがさ、ね？

〔註：〃翠扇紅衣《すいせんこうい》〃――つまり翠《みどり》の扇に紅《くれない》の衣《きぬ》ね。蓮の葉っぱが翠の扇みたいに開くと、蓮の花が紅の着物みたいに水に浮かぶねってさ、そういう情景なのよォ。夏の朝なんて、ホント素敵!!〕

立葵《たちあおい》

（お日様の光につれて動いてくっていうのがさァ、ホント、植物っていうんじゃないような気がすんのよね）

さしも草

八重葎《やえむぐら》

鴨頭草《つきくさ》（色が褪せやすいっていうのがさァ、ホント、情けないわよね）

〔註：〃鴨頭草《つきくさ》〃って知ってるでしょ？　〃つゆ草〃のことよ。〃縹《はなだ》〃って淡いブルーの染料にすんの。色がすぐ褪せちゃってね、淡き縹《はなだ》の薄情《うすなさけ》、とかさ……〕

第六十四段

草の花は。

撫子！ 中国のはモチロン。日本のもすっごくすぐれてる。

女郎花《おみなえし》

桔梗《ききよう》

朝顔

刈萱《かるかや》

菊

壺すみれ

龍胆《りんどう》は枝ぶりなんかも気に入らないけどさ、他の花なんかが全部霜枯れちゃってるとこにすっごく花やかな色彩《トーン》で目立ってるのは、すっごく素敵。

あと、無理に取り上げてイッチョ前扱いするほどでもないけど、かまつかの花。可愛いわよ。

名前がさ、憎ったらしいんだけどさ。〃雁の来る花〃とかさ、漢字では書くのよ。

雁緋《かにひ》の花

色は濃くないんだけど、藤の花とすっごくよく似てて、春・秋って咲くのが素敵なとこよね。

萩

すっごく色が濃くて枝がたおやかに咲いてるのが朝露に濡れて、おしとやかに広がって眠ってるの。牡鹿が好んで寄って来るらしいっていうのも特別な気ィする。

八重山吹

夕顔の実

夕顔は花の形だって朝顔に似てて、続けて言えばすっごく素敵そうだっていう筈の花の恰好なのに、実の具合ったらもう、ホントすっごいヤァね。どうしてそんなに肥っちゃったのよ？ほおずきなんていうもんぐらいにさ、せめて〃あれ！〃っていうのよ。そんでもやっぱり〃夕顔〃って名前だけは素敵ね（♡）。

〔**註**：知ってるでしょ、**夕顔**《ゆうがお》の実って。あれ削って干瓢《かんぴょう》にすんのよね——そんでノリ巻のシンに

なんの。花なんてホント、可憐なのにさ、ほっとくと小錦か朝潮よね……、なんとかなんないかしら？」

しもつけの花

葦の花

「ここに薄《すすき》を入れないのはメチャクチャへんだ」ってさ、人は言うと思うの。秋の野原の結局のところの素敵さは〝すすき！〟っていう訳でしょ。穂の先が蘇枋色ですっごく濃いのが朝露に濡れて一面になびいてるってのは、これほどのものがあんのかっていうとこ――でも、秋の終りっていうのが全然、いいとこないんだなァ。いろんな色に咲き乱れてた花があとかたなしに散っちゃってるのに、冬の終りまで、頭がすっごく白くてボッサボサになってるのも知らないでさ、昔なつかしそうな顔でさ、風に吹かれてフラフラ立ってるの。人間にホント、メチャクチャそっくりよ。そういう深読み能力があってさ、そのことをこそさ、「いい……」って思うべきなのよ。

第六十五段

歌集ったら、万葉、古今！

第六十六段

歌の題《テーマ》は――〝都〟〝葛《くず》〟〝三稜草《みくり》〟〝駒《こま》〟〝霰《あられ》〟！

第六十七段

不安なまんまのもの。

十二年間山籠りの坊さんの女親。

知らないとこへ闇夜なのに行ったけど、「目立ってちゃまずい」ってさ、灯もつけないで、それでもキチンと待ってるの。

新しく出て来た子で気心も知れないのにさ、大切なものを持たせて人ン家《ち》へやったらさ、遅ーくなって帰って来んの。

口がまだきけない赤ん坊がそっくり返って、人にも抱かれないで泣いてるの。

〔**註**：夜に知らないとこ行って目立っちゃ困るっていうんならさ、なこと決まってるじゃない？

女のとこに行ったのよ。〝美人〟だって噂聞いて、それだけで行くんだよね、どこへでも――あたし達の男は（！）」

第六十八段

〝くらべっこなし〟のもんね。


夏と、冬とね。

夜と、昼とね。

雨が降る日と天気の日とね。

人が笑うのと怒るのとね。

年取ってるのと若いのとね。

白いのと黒いのとね。

好きな人と嫌いな人と、ね。

同じ人なんだけど、その気のある時となくなった時とじゃ「全然別人じゃないの？」って思える人ね。

火と、水とね。
肥ってる人と痩せてる人ね。
髪の長い人と、短い人とね。

夜、烏達がいて、夜中頃に寝呆けて騒ぐの。落っこっちゃって、枝を伝わって、寝起きの声で騒いでるっていうのがさァ、ホント、昼間の目とは違って、素敵だわよ。

第六十九段

〝情事の場面《シーン》〟てことになると、夏が絶対素敵だわ。

メチャクチャ短い夜が明けちゃったんだけど、結局眠んないまんまなのね。ズーッと全部のとこが開けっ放しになってるんで、涼しそうに見晴らしがいいの。そんでももうちょっと、話したいことがあるんで、お互いに受け答えなんかしてる内に、ただ坐ってるだけの上からさ、烏が大声で鳴いてくっていうのはもう、ホント、バレた気がして、素敵だわよね（♡）。

あと、冬の夜ね。

メッチャクチャ寒いんで頭までかぶって寝て聴いてると、鐘の音が、ひたすらなんかの底の方でしてるように聞こえるのがすっごく素敵。鶏の声も最初は羽の中で鳴くんだけど、口を突っ込んだまんま鳴くからさ、メッチャクチャ、どっか深くて遠いんだけど、明けてくる内に近くに聞こえて来るのも素敵よ。

第七十段

恋人として来たんだったら、言うまでもないのね。ただ〝付き合ってるだけ〟とか、あと、それほどでもないんだけど時々来たりなんかもする〝彼〟がさ、簾《すだれ》の中に女の子達が一杯いてルンルンなんかしてるとこに坐り込んでさ、すぐにも帰りそうもないのをね、供の郎等《ギャルソン》や童《こども》なんかがちょこちょこ覗きこんで様子を見るんだけどさ、「斧の柄だって腐っちまうぜェ」って、すっごく気に入らないらしくって、エンエンと大あくびしてこっそり思って言うらしいんだけど、「あーあ、やだやだ。人生ロクでもねェよ。夜が夜中になっちゃうぜェ!」って言ってるのは、メッチャクチャ、無礼よねェ。

こんな、言ってるヤツはなんとも感じないわよ。その、坐りこんでる〝彼〟の方がさァ、ホーント、「素敵!」って思ったり言われてたりしたことまでゼロになっちゃうような気がすんのよねェ。

　あと、そうすっごく目立つようには言わないで、「あーあ……」って公然とため息ついちゃうっていうのもね、「無意識がねェ……」ってさ、可哀想。立蔀《たてじとみ》や透垣《すいがい》なんかのとこで、「雨が降って来そうだねッ!」なんか、聞こえよがしするのも、すっごくイラつく。

　すっごくいい身分の人の御供なんかはそういうことないのよね。公達なんかのぐらいは、まァまァね。それより下の分際《ぶんざい》ったら、ゼ〜〜エ〜〜ンブ、そんな風なのよねェ! 一杯使ってる中でもさ、根性見抜いてさァ、もう、連れて歩きたいもんよねッ!

〔**註**:斧は鉄だから腐んないけど、斧の柄は木だから腐っちゃうわよね。まァ、気持は分かるけど。御主人だけはルンルンしてて、お伴は「なんにも考えてません」て顔してシラーッと待ってるんだからさ——。〝**透垣**《すいがい》〟っていうのは、すき間があるようにして作った塀ね。透けて見えるから透垣《すいがい》〕

すけてみえちゃう♪
バンブーダーンスッ!
透垣
すいがい

第七十一段

めったにないもん。

舅にほめられる婿。そいから、姑に可愛がられるお嫁さん。

毛がよく抜ける、銀の毛抜き。

主人の悪口言わない使用人。

全然癖がない人。

見た目も心もすぐれてて、長ーく生きててもちっとも欠点のない人。

同じ局に住んでる人で、お互いに認めあってて、ほんのちょっとのすきもなく気ィ使ってると思う人がさ、結局〝見せないまんま〟っていうのは、ないわよね。

物語や和歌集なんかを書き写《コピー》すんで、本に墨つけないの。上等な本なんかはメッチャクチャ気ィつけて書くんだけどさ、絶対ってぐらい汚らしくなっちゃうみたいね。

男と女、とは言わないわよ。女同士でも、関係が濃くって付き合ってる人でね、最後まで仲いい人って、いないわよ。

〔**註**：あたし達の時代に当然コピーの機械なんかないしさ、本だってみんな手で書いてあるもんでさ、一々写すのよ——手で。人間が。あたし達が。一枚ずつ写したそれを綴じるとさ〝**冊子**《そうし》〟っていう〝本〟になる訳よ。大変なんだ、気ィ使ってても汚すしね——あたし達だってそうなんだから、安心してもいいのよ。字だって間違えるしね。あたしの書いたこの『**枕草子**』——つまり〝冊子《そうし》〟よ——だって色んな人が写してさ、色々写し間違えるからさ、その結果何種類もの『枕草子』がある訳よ。国文学者っていう人は「一体清少納言はこの伝わっている何種類もの本文の内のどれを実際に書いたんだろ？」どれが〝原文〟のホントなんだろ？」って考えてる訳よね。そんなこと、あたしに訊いたって無駄よ。千年前に一々どう書いたかなんて、そんなこと覚えてないもん！〕

第七十二段

宮中の局《つぼね》は、細殿《ほそどの》がメチャクチャ素敵。

〔**註**：〝**細殿**《ほそどの》〟って、前言ったよね？　渡廊下がついてる廂《ひさし》の間よ〕

上の蔀《しとみ》を上げちゃえば、風がメチャクチャ吹きこんで、夏もメチャクチャ涼しいの。冬は雪や霰《あられ》なんかが風にまじって降りこんで来るのもすっごく素敵。

狭くって、子供なんかが訪ねて来たっていうのには向かないけど、屏風の中に隠しておいとくと、他のとこの局みたいに大声で笑っちゃったりなんかもしないでさ、すっごくいいわ。昼なんかもズーッと気ィ使っちゃってるしね。夜は〝まして〟ね。のんびりしてられる訳でもないっていうのがさ、すっごい素敵なのよ。

沓《くつ》の音よ。一晩中聞こえてるのが止まって、ただ指一本でノックするのが「あの人らしいわよ」って、すぐ分かっちゃうのがホント、素敵なのよねェ。

すっごい長く叩いてるからさ、「音がしなかったから、〝眠っちゃったな〟とか思うのかもしんない」って、ヤバイからさ、ちょっと身動きする衣《きぬ》ずれの気配ね――「あ、起きてるな」って、思うかもしんないじゃない。

冬は火鉢にそっと刺す火箸の音だってさ、〝気ィ使ってる〟って分かるんだけども、すっごくドンドン叩くからさ、声に出しても言うんだけどさ、隠れてそっと寄ってって盗聴する時もあるのね。あと、大勢の声で漢詩唱えたり和歌なんか歌ってるのには、ノックしないけど先に開けちゃうからさ、「こっち来て」っていう風にも思ってなかった人も立ち止まっちゃうのね。坐ってられなくて、立ったまんまの夜明かしも、やっぱり素敵ね。

御簾《みす》がすっごく青々としててお洒落っぽいとこに、几帳のキレがすっごく派手で、裾《すそ》の端がちょっとずつ重なって見えてるとこにさ、直衣の後ろにほころびが大きく出来てる公達とか、六位の蔵人が青色なんか着てて、安心して遣戸《やりど》のとこなんかに近寄って立ってらんなくて、塀の方に背中くっつけて両袖合わせて立ってるのなんかさ、ホーント、素敵だわァ。

の引戸《ひきど》〕

あと、指貫がすっごく濃くて、直衣は派手なのにしてカラフルな下襲《したがさね》をチラつかせてる人が簾を押し分けて、半分ぐらい入り込んでるみたいなのも、外から見ればすっごく素敵だろうけどさァ、すっきりした硯引きよせて手紙書いたり、じゃなかったら鏡借りて鬢《ヘア》を直したりなんかしてるのは、全然素敵よ。

三尺の几帳を立ててあるんだけど、帽額《もこう》の簾の下まではほんのちょっとあるの。外に立ってる男と中に坐ってる女が話してるんだけど、顔のとこにドンピシャで当たってるっていうのがさァ、ホント、素敵なのよォ。背が高かったり低かったりする人なんかはどうか知んないけど。

(でも、標準並の人ならきっとそうなるよね)

〔註：〝帽額《もこう》の簾《す》〟って前に言ったわよね？　簾《すだれ》の周りをきれで縁取りしてあるの。それを巻き上げといてさ、かわりに**几帳《きちよう》**を立てとくのよ。三尺——つまり一メートルぐらいのだとさ、簾と几帳の間に空《あ》きが出来るの〕

まして、ね。臨時のお祭りの舞の調楽《リハーサル》なんかは、メッチャクチャ素敵よ。

主殿寮《とのもり》の男が長い松明《たいまつ》を高ーくともして、首は引っこめて行くからさ、先が引っかかっちゃいそうになるんだけど、素ッ敵に演奏《プレイ》してて笛吹き鳴らしてさ、ルンルンしちゃってるとこに公達が当日の衣裳つけてね、立ち止まって話しかけたりなんかするからさァ、供の随身達は先払いの声を低ーく短く、自分の御主人の為だけに出すっていうのもさァ、音楽にまじってね、いつもと違って素敵に聞こえるの。

そのまんま開けっぱなしで戻って来るの待ってると、公達の声でさ、「荒田に生える富草《とみくさ》の花ァ♪」って歌ってるのね。この時はもうちょっと素敵なんだけど、どういう真面目人間か知らないけどさァ、スタスタってただ歩いて行っちゃう人もあるからさ、笑っちゃうんだけども、「待ってよ、〝どうしてそんなにせっかちな世捨て人なの〟とかって言うわよォ」なんて言えばさ、気分なんかが悪いのかしら? 倒れそうなぐらい――「ひょっとして誰かなんかが追っかけて捕まえんの?」って思うぐらい――あわてて出てっちゃう人もいるみたいね。

〔**註**:前に、十一月には**賀茂神社の臨時のお祭り**があるってこと言ったけど、ここはそれね。お祭りが近くなると当日にやる**舞楽**《ぶがく》のリハーサルがあるのね、**調楽**《ちょうがく》ってそれを言うんだけど。そんで、リハーサルが終わるとさ、**舞人**《まいびと》になってその舞楽に御出演になる公達連中が清涼殿にいらっしゃる帝のところにまで御報告に来るの。一日のリハーサル終わった後だからさ、もう夜になってるでしょ。それでね主殿寮《とのもりよう》の男達が松明《たいまつ》つけて、先になって通るのよ。ちょうどあたし達のいた細殿の前をね。内裏の一番奥にある**玄輝**《げんき》**門**《もん》てとこから入ってらっしゃるんだけど、もう入ってみえるとこから演奏とコーラスなのね――ほとんど文化祭のノリなんだけど、十一月(〝十一月〟よ、あなた達の暦じゃ)だから寒いでしょ。主殿寮なんか着物の襟ン中に首引っこめちゃってさ、松明ばっかり上にかざす訳。なんかその、ヒョロヒョロかざしてどっかにぶつかりそうな松明持ってる主殿寮《とのもりおとこ》とさ、颯爽《さっそう》と行進して来る公達の対照がおもしろいのよね。でさ、舞人《まいびと》になって歌ったり演奏したりする公達っていうのはさ、やっぱり公達だからお付きの人間がいるのよね。そ

ういうのが先頭に立って〝**前駆**《さき》〟ってさ、「おーしー、どいてどいて！」っていう前駆《さきがけ》の声出す訳よね。そういうのと歌声のハーモニーとさ、それとお付き同士のライバル意識みたいのがね、とっても素敵なのよ。歌って演奏して、あたし達が覗いてる前を通ってくでしょ？　帝にその日の御報告っていうのをして、それで時々は御前のお庭で舞を舞ったりもするんだけどさ、あたし達は細殿の戸を開けて待ってたりはするのね――おんなじとこを戻ってみえるから。行きと違って帰りはリラックスしてるから〝グルーピー〟やってるあたし達のリクエストなんかにも応じて下さったりはする訳。そんでもさ、中には堅物っていうか真面目なだけの公達もいらっしゃるから、なんか知らない――恥ずかしがって照れてるのかしら、スタスタ平気で行っちゃう訳。だからさ、「どうしてそんなに御出家をお急ぎになるんですか？」とかっていうような和歌なんて一杯あるからさ、そういう文句をぶつけちゃったりしちゃう訳。そういうさ、調楽《リハーサル》の行進が一ン日おきにあるのよォ。ホント、素敵ったらないじゃないって思わない？」

第七十三段

〔**註**：前にも言ったけど、中宮職の御曹司《おやくしょ》って内裏の外にあるのね。内裏の東端の**建春門**《けんしゅんもん》のちょうど外側でさ、そこはまた同時に、内裏の官庁街である大内裏《だいだいり》の東端の**陽明門**《ようめいもん》から続いてる、メインストリートでもある訳。建春門のところには**左衛門**《さえもん》**の陣**《じん》があってさ、陽明門のところには近《この》

衛府《えふ》の一つである**左近衛府**《さこのえふ》があったの。この〝**近衛**《このえ》**の御門**〟から左衛門の陣に向かって、殿上人や上達部が御出勤されてったっていうね……〕

中宮職《しき》の御《お》曹司《やくしょ》にいらっしゃった頃ね。木立なんかが尋常じゃなく古くて、建物の造りも高ーくって親しみにくかったんだけど、なんとなく素敵って感じはしたのね。母屋《もや》には鬼が棲むっていうんで南へ分けて建て増しして、南の廂に御帳台《みちょうだい》を立ててね、孫廂に女房《キャリア》は控えてんの。

〔**註**：廂《ひさし》の、更に廂だから〝**孫廂**《まごびさし》〟！〕

近衛《このえ》の御門から左衛門の陣へ出勤される上達部の前駆《さき》の声ね——殿上人のは短いからさ、〝大前駆《おおさき》〟〝小前駆《こさき》〟ってネーミングして、聞いちゃ大騒ぎよ。何回にもなればさ、その声なんかもみんな聞き分けて、「彼よ」「あの人よォ！」なんか言うとまた「違うわよォ！」なんか言うからさ、人をやって見させたりなんかするんだけど、言い当てた子は「だから言ったじゃないよォ！」——なんか言うのも、素敵ね。

有明《ありあけ》月のメチャクチャ霧がかかってる庭に下りて歩いてるのをお聞きになって、御前《だんなさま》もお起きになられたのね。

御前《ごぜん》にいる女房《キャリア》の全部が出て来て、坐ったり下りたりなんかして遊んでると、だんだん夜が明け渡ってくの。

「左衛門の陣に行ってみない？」って、行けばさ、「あたしも」「あたしも」って〝伝言ゲーム〟になって、行くとさ、殿上人が一杯声出して、「ナントカに、一声の秋！」って漢詩唱えてやって来る音がするからさ、逃げ帰って来て、男女交際《おはなし》なんかするの。

「月を御覧になってたんだァ」――なんか、感心して和歌を詠むのもいるのね。

夜も昼も、殿上人が絶える時がないの。上達部まで、出勤なさるのに特別に急ぐことがない時は必ずお寄りになるのよね。

〔**註**：やっぱり宮中を出ちゃうと大胆になるのかしらね？　女の子だけで、歩いて外出てっちゃうなんてね。普段じゃ考えらんないわ。そんなとこ男の人に見られたら大変だからさ、見つかったら逃げちゃう訳。でもあたし達のモラルってどうなってんのかしらね？　外の立話はとんでもないくせに、中の立話は平気なんだもんね。ま、簾越《すだれご》しとはいえさ、日本の歴史の中でキチンとグループ交際ってのもやれてたのはあたし達の時代だけなんだもんね。なんか、職《しき》の御曹司《みぞうし》って、とんでもないオープンな女子校の寮って感じよね♡〕

第七十四段

ガックリ来るもん。

自分から思い立って宮仕えに出て来た女がユーウツになってうっとうしそうに考えこんでる

の。

〔**註**：千年前から、そういう女はいたんですゥ！〕

養女で、顔がブスなの。

いやがってた人を無理に婿にしといて、「思い通りにならない」って文句言うの。

第七十五段

得意になってるもん。

卯杖《うづえ》の捧げ持ち！

御神楽のリーダー！

御霊会《ごりようえ》の〝振幡《ふりはた》〟とか、持ってる奴！

〔**註**：〝**卯槌**《うづち》〟の話は前にしたと思うんだけど、**卯杖**《うづえ》もそれと似たようなもんね。卯槌は桃の木を削って木槌の頭を作って、それに五色の糸を下げるんだけどさ、卯杖はそれが杖になるのね。桃の木とかを杖に削ってさ、それに五色の糸を巻くのね。それを卯槌とおんなじようにさ、お正月の最初の〝卯の日〟に、お役所から帝や中宮や、それから皇太子様なんかのとこに捧げる訳——御健康を祈ってね。それを運んでく舎人《とねり》が得意そうな顔してるってことよ。それから〝**御霊会**《ごりようえ》〟

っていうのは、怨霊とかね疫病の神様のたたりを鎮めるお祭りね。祇園祭って御霊会よ。その先頭に立ってくのが大きな御幣《ごへい》なんだけれど、それが〝**振幡**《ふりはた》〟なんだとかって言うわよ〕

第七十六段

御仏名《みぶつみょう》の次の日、陛下が地獄絵の御屏風をズーッと広げて宮にお見せになり遊ばされるのね。気持悪さのすさまじいったら、ちょっとないわよォ。

〔**註**：〝**御仏名**《みぶつみょう》〟っていうのは〝**仏名会**《ぶつみょうえ》〟のことね。三日間連続してさ、お釈迦様の名前を唱えるの。お釈迦様っていうのは実際お一人だけどさ、そのお誕生以前に色んな形で仏様になっていらしたし、未来にだって色んな形で御出現になるのよね——その一番有名なのが弥勒《みろく》菩薩だけども。生きてらっしゃる間だって、もう、色んな形でお姿を現わされてた訳でしょ？　だから〝どこにだって御仏はいらっしゃる〟ってことになるんだけどさ。それだからね、過去と現在と未来とでお釈迦様の名前は色々違うからさ、そのお名前を三日間にわたって唱える訳。過去の部、現在の部、未来の部で三日よね。そんでさ、そういう時だからさ、現在で悪い行いすると未来で地獄へ行くぞって、それで地獄絵の御屏風なんかを出して来て飾る訳。いやよね、そんなの、気持悪くて〕

「ホラ、見て。見てったらァ」っておっしゃられるんだけど、全然見らんなくて、気持悪いから小部屋に隠れて寝ちゃった。

雨がすごーく降ってて退屈だっていうんでさ、殿上人を上の御局《みつぼね》に呼んで演奏《セッション》になるの。道方《みちかた》の少納言は琵琶がすっごいすぐれてんの。済政《なりまさ》の箏《そう》の琴、行義《ゆきよし》の笛、経房《つねふさ》の中納言の笙《しよう》の笛なんか、素敵だったァ……。

一回演奏《プレイ》して琵琶を弾き終っちゃった頃に、〝大納言様〟が「琵琶の音止まって、しゃべろうとする声はなかなか……」って唱えられたんで、隠れて寝てたんだけども起き出してさ、「やっぱりたたりはこわいけども、現実の素晴らしさには我慢出来ないんだろォ」って、笑われんの。

〔**註**：ここに出て来る〝**大納言様**《だいなごんさま》〟っていうのは〝宮〟のお兄様でらっしゃる**伊周**《これちか》様ね。まだお若くて――二十歳ぐらいだったかな――時めいてらした頃のお話。あたしが宮仕えに上がってワリとすぐの頃だったかなァ……。昔よ〕

第七十七段

〔**註**：ここは遂に〝**頭中将**《とうのちゆうじよう》〟のおでましね。ここの頭の中将は**藤原 斉信**《ふじわらのただのぶ》様っておっしゃってさ、覚えてるかなァ、前に小白河の小一条の大将のお屋敷ですっごいオールスターキャストの八構《はこう》があった話したでしょ？ 三十二段だけど、あそこに出て来た〝**藤大納言**《とうだいなごん》〟ていう方が後に太政大《だじようだい》

臣《じん》になられるのね。その太政大臣藤原《ふじわらの》 為光《ためみつ》様のお子さんが、この頭中将。頭中将っていうのは、それぐらいの格なのよ〕

頭中将がいい加減な作り話聞いてさ、メッチャクチャ悪口言って、「〝なんだって人間だって思って賞めたんだろう？〟なんて殿上の間でメチャクチャおっしゃってるわよ」って、聞くんだっても恥ずかしいんだけど、「本当だって言うんならそうなんでしょ。その内気ィ直して下さるでしょ！」って笑ってたら、黒戸の前なんか通る時でも、声なんかする時は袖で隠してさ、全然見ようともしなくって、メッチャクチャに嫌ってらっしゃるからさ、どうこうも言えないでしょ。見ないようにして過ごしてたら二月の末頃よ。メチャクチャ雨が降ってて退屈だったんだけど、御物忌みの宿直になってて、「〝そんでも寂しいったらホントだなァ。なんか言ってやろうか〟ってさ、おっしゃってるわよ」って女房達《キャリア》は言うんだけどさ、「ある訳ないでしょ」なんか、揉《も》めててさ、一ン日中部屋にこもってて参上したら、宮は寝室《よるのおとど》にお入りになられちゃってたの。長押《なげし》の下に灯りを引き寄せて〝漢字ゲーム〟よ。

〔**註**：〝**黒戸の前**〟っていうのは前に言ったことがあるんだけど、〝小半蔀《こはじとみ》〟って言うのね。あたしが宮中でいた時の話になると、いつも〝清涼殿の東北の隅《うしとら》〟から始まるんでもういい加減うんざりでもあるんだけどさ、宮のいらした上の御局の奥の細殿よ。通称〝小半蔀《こはじとみ》〟っていう局があってさ、そこの戸が煙ですすけて黒いのよ（昔火事でもあったのかな？）――だからそこら辺を〝**黒戸**〟っていうの。要するに〝あたし達が普段にいるとこをお通りになると〟ってなもんよ。

そんでね、〝**物忌み**〟の話は前にしたわよね。その日には家の外に出られないって。普通の人が物忌みだっていうんならそれでもいいわよ。自分が外出なきゃいいんだから。ところがそれに〝御《おん》〟の一字がつくと大変よ。それは帝が物忌みでお籠り遊ばすんだから。帝の**御物忌み**《おんものいみ》ってことになるとさ、それは宮中全体に禁足令が出されたみたいなもんなのよね。だって、宮中は帝の〝お家〟だし、そこにいる人間はみんな帝と一心同体でしょ？　だからさ、たまたま宮中に御出勤になってた頭中将は帝の物忌みに引っかかって、宮中から退出出来なくなったのね。それでしょうがないから（なことホントは言っちゃいけない、スイマセン）御宿直よ。あたしも一日中自分の局に籠ってて、出てったら漢字ゲームしてんのね、みんなは。やっぱり退屈だったのよね（あんまり大っぴらには言えない）。〝**漢字ゲーム**〟って分かるでしょ？「木ヘンの漢字ってなァーんだ？」って、それでいくつもいくつも書いてくの、あれをやってたの――」

「あーら、うれしい。早くいらっしゃいよ」なんか、見つけて言うんだけどさ、うんざりした気がしてて、「なんで参上しちゃったんだろ？」って思えんの。

火鉢のとこに坐ってたらさ、そこにまた一杯いて、おしゃべりなんかしてるとさ、「ナントカさん、おいでですかァ？」って、すっごく陽気に呼ぶのね。

「ヘンねェ、いつ分かったの？　なんだっていうのよォ」って、尋ねさせたらさ、主殿寮《とのもりおとこ》だったのね。

「ちょっとそちらに、人伝てじゃなくてお話がァ――」って言うからさ、外に出て、言うセリフね。

「これ、頭中将様がお渡しになるんです。御返事を早く」って言うの。

「メチャクチャお嫌いになってるのに、どういう手紙よ？」って思うけど、今すぐ急いで見るほどでもないからさ、「行きなさいよ。今するから」って懐《ふところ》に突っ込んで、ズ――――ッと、人が話してるのを聞いたりなんかしてるとすぐに戻って来て、「〝だったらその渡した手紙をもらって来い〟ってさァ、そうおっしゃるんですぅ。早く、早く」って、言うの。

「〝かいをの物語〟じゃないよ」って、見ればさ、青い薄様《うすよう》にすっごくすっきりとお書きになってるの。心配してたみたいでもなかったのよね。

〔**註：『かいをの物語』**って知らない？　フーン……。じゃ、千年たつ内になくなっちゃったんだ。あなた達の知らない〝**物語**〟って、多分一杯あるんだわ。『かいをの物語』に、ここにあるみたいなシチュエーションが出て来てんのよ。そんだけ〕

「蘭省《らんせい》花時《はなのとき》錦帳下《きんちようのもと》」って書いて、「下の句はなんだった？　なんだった？」ってあるんだけどさ、どうしたらいいと思う？

「御前《だんなさま》がいらっしゃったらお目にかけるんだけど、この下の句を知ったかぶりで下手クソな漢字書いちゃうっていうのもすっごいみっともないし……」って、頭回してる時間もなくて催促がうるさいからさ、ちょっとその後に、火鉢に消し炭があるのを使って「草の庵《ボロや》に誰が来るんですゥ?」って書きつけて渡してやったんだけどさ、それで返事も来ないの。

〔**註**：あんまり知ったかぶりすんのもいやなんだけど、「**蘭省《らんせい》ノ花ノ時ノ錦帳《きんちょう》ノ下《もと》**」っていうのはさ、白楽天の詩集にあるのよ。〝蘭省《らんせい》〟っていうのは中国のお役所のことでさ、「あなた達は都のお役所で豪勢な毎日」ってことね。突然〝あなた達〟が出て来るぐらいだからさ、この先の句は「廬山《ろざん》ノ草堂夜《そうどうよる》ノ雨《あめ》ニ独《ひと》リ宿《やど》ス」ってさ、「私は山ン中の草の庵で雨に濡れてます」ってなるのよ。そういう下の句をあたしに書かせようっていうんだから、頭中将のいじめだって陰湿だと思うけど、でもさ、そうなると余計書けやしないじゃないよ、正解なんか。だからあたしはすねて見せたの――「意地悪するだけで、別に会いに来て下さる訳でもないんでしょう?」って。向こうは「蘭省ノ花ノ時」だからさ、すごい立派な紙にすっきりも書けるけど、「やァーイ、お前なんかボロ家の仲間はずれだァイ！」って言われてるみたいなもんだからさ、あたしは、だから「どうせそうでしょうよ」で、消し炭使って書いちゃったの！」

みんな寝て、次の朝よ。すっごく急いで局に下がったらさ、源《げん》中将の声で「ここに〝草《ボロ》の庵《や》〟はいるかァ?」って、大袈裟沢山に言うからさ、「ヘンねェ、どうして人間じゃないもんが〝いる〟のォ? 〝玉の台《キンキラごてん》〟でお尋ね遊ばすんだったら返事もするけどさァ」って言うの。

「おお、やった。下がってたのかよ。御前《ごぜん》で訊こうと思っちゃったぜ」って、昨夜《ゆうべ》のこと――。

「頭中将の宿直所《とのいどころ》にちょっと気のきいたヤツはみんな——六位まで集まってさ、いろんな人間の話さ——昔、今って話して来てさ、喋ってたついでに〝やっぱりあの女、すっぱり縁切りしちゃった後っていうのは、結局いいことねェよ。もしかして言って来ることもあるかなって待ってたけど、少しもなんとも思ってないみたいだし、平然としてるのもすっげェシャクじゃんか。今晩さ、いいか悪いか決着つけて終りにしちゃおうってばよ〟って、みんなで相談して決めた文句をさ、〝ちょっと今は見たくないのって、引っ込んじゃいました〟って主殿寮《とのもりおとこ》が言うからさ、また追い返して、〝もう、手エ捕まえて、四の五の言わさずに受け取って持って来ないんだったら、手紙取り返せ！〟って念押して、あんなに降ってる雨の中にやったんだけどさ、すっごく早く帰って来て、〝これ〟って出て来たのがああいう手紙だからさ、〝返事書いたんだな〟って、開けて見るのに合わせて叫ぶもんだからさ、〝なんだよ？〟〝どうしたんだよ？〟って、みんなが寄って見ると、〝メッチャクチャな大泥棒だぜェ♡　やっぱり無視しといちゃいけなかったんだよォ〟って、見て騒いでさ、〝こいつに上の句を付けてやろうぜ〟〝源中将、付けろよ！〟なんかね。夜が更けるまで付け悩んでて、やめになっちゃったんだよなァ。〝後の世までも語り草になることだよなァ〟——なんかね、もう、みんなで決めたんだ」なんて、メチャクチャきまりが悪くなるまで話してくれて、「今から呼び名は〝草の庵《ボロや》〟ってさァ、もうつけちゃったい！」って、急いでお立ちになるからさァ、「すっごいダサイ名前が後の世まで残っちゃうなんてホォ——ント、冗談じゃないわよォ！」って言う内に、修理亮《しゅりのすけ》の則光《のりみつ》よ——。

〔**註**：これがあたしの〝亭主《だんな》〟というか、〝前の亭主〟**修理亮則光**《しゅりのすけのりみつ》。勿論宮中のこんなとこに出て来んだから蔵人よ――勿論下っ端だから六位だけど。蔵人で〝修理のNo.2《すけ》〟を兼ねてんの。**修**《しゅ》**理**《り》**職**《しき》って、内裏の修繕するセクション。そんで、源中将《げんちゅうじょう》っていうのは、頭中将の同輩というか〝とりまき〟よね。どうでもいいけどさ、ひどいと思わない？〝草の庵《ボロや》〟が名誉だったら、あたしの呼び名は、今頃清少納言じゃなくて〝**草庵**《ボロや》**少納言**〟よ!!　ったく、一体なに考えてんのよッ!!〕

「非常なお慶《よろこ》びを申し上げようってね、御前《ごぜん》かなって思って来たんだけども」って言うからさ、

「どうしたの？　人事異動なんかは聞いてないけど、何におなりになったのよ？」って訊くと、

「いやァ、ホントにメチャクチャ嬉しいことが昨夜《ゆうべ》あったのをね、ワクワク思ってて徹夜しちゃったから……。これぐらい面目のあることってなかったよ」って、さっきあったことなんか――源中将がお話しになったことね――おんなじこと言って、

「〝要するに、この返事によっては、押し籠め封印で、きれェさっぱり、そんなヤツがいたとさえ思わないぞ！〟って頭中将がおっしゃるからさ、全員が賛成して送られたんだけどね、ゼロで帰って来たのはかえってよかったよ。持って来ちまった時にはどうなるんだろうって、胸がつぶれてなァ、〝本当にまずかったら、亭主《おれ》にとってもまずいんだろうなァ〟って思ったんだけども、〝並〟どころじゃなくて、そこいらの人間の賞めて感心して、〝亭主、こっち来いよ。これ見ろよ〟っておっしゃるもんだからな、本心はすっごい嬉しいけども、〝そっちの方

面は全然タッチ出来ない方で……〃って言ったらよ、〃意見言え、見て分かれって言うんじゃねェの。ただあいつに話せっつうんで聞かすんだよ〃っておっしゃるからな、まァ、ちょいと口惜しい亭主気分はあったけども、上の句付けるのを試してても、〃言う文句がないぜ〃〃それにさァ、これに返歌がいるかァ?〃なんか、談合になってな、〃ダサイって言われたら結構シャクだぜェ〃ってな、夜中までやってらしたよ。これはな、俺の為、あんたの為にもメッチャクチャな光栄じゃないか、な? 人事異動でちょっとのポストを手に入れるのなんかはなんとも思わねェって、なァ」

って言うから

「ったく、大勢で、そんなことやってるのも知らないで、ヤバイことになるとこだったのねェ」って、ここら辺みーんな、ドキドキもんだと思ったわ。

（この〃妻〃〃亭主〃っていうことは帝まで全部ご存じで、殿上の間でも官名《ポスト》の方を言わないで、〃亭主〃っていう風にさ、呼ばれてんの）

（**註**：余分なことだけど、〃**亭主**《ていしゅ》〃とか〃亭主《だんな》〃っていうのはウソよね。ホントはあたし達の時代、夫婦っていうのは〃**兄・妹**〃だったんだから。〃兄〃は〃**兄**《しゅうと》〃って読むのね。だから、男は女を保護するってことだったのかなァ。彼が年上だったってだけかもしんないけど……）

おしゃべりなんかしてたとこに「ちょっと」ってお召しだから伺ったらさ、〃あのことおっしゃるんだろうなァ……〃って、いうことだったの。

「お主上《かみ》がお笑いになられてお話しして下さってさ、男達はみィーんな、扇に書きつけてさーァ、持ってるんだって！」なんか仰せになってもさ、ホーント、「まいったわねェ、何があんなこと言わせたのかなァ」って、思ったわよ。

そうやって後はね、袖の顔隠しなんかも取っ払っちゃって、御機嫌直されたみたいだったの♡

第七十八段

次の年の二月の二十何日の、宮が職《しき》の御曹司《みぞうし》へお出になられたお供についてかないで、梅壺に残ってたの。その次の日、頭中将のお便りって、「昨日の夜鞍馬山《くらまやま》に参詣したんだけど、今晩方位がふさがってるから、方違え《かたたが》にちょっと行くんだ。まだ夜が明けない内に帰ると思う。絶対話したいことがあるんだ。あんまりノックさせないで、待ってて」っておっしゃったんだけど、「局に一人ってどうしてありよォ?!　こっちで寝なさいよ」って御匣様《みくしげ》がお呼びになったから、行っちゃった。

ぐっすり寝て起きて、局に戻って来たらさ、「昨夜《ゆうべ》メチャクチャに誰かがノックしてらっしゃったんですよ。やっと起きてきましたら〝御前かよォ？　そんならこうや、ってる、って言ってくれよ〟ってことでしたんですけど、まさかお起きにはなんないだろうって、寝ちゃいましたんですけど……」って言うの。

「気がきかないわねッ」って思ってると主殿寮《とのもりおとこ》が来て、「頭中将の御伝言です――〝今から退出するけど、話したいことがちょっとある〟」って言うからさ、「見なくちゃなんない用があって御前《ごぜん》へちょっと上がりますから、そこで」って言って帰したの。

局だと「引戸《ドア》お開けになるんじゃないかしら……」って胸がドキドキしてわずらわしいからさ、梅壺の東ね。半蔀《はじとみ》上げて「ここに」って言えばさ、キラキラしてさ、歩いてらっしゃるのよね。

桜の綾織《あやおり》の直衣がメッチャクチャはなやかで、裏の艶《つや》なんかなんとも言えないぐらいきれいなんだけど、葡萄《えび》染めのすっごく濃い指貫《さしぬき》に藤の折枝もこってりと織り茂らして、紅色や、打ち出しの光沢なんか、輝くぐらいにさァ、見えんの。

〔**註**：頭中将はさ、太政大臣の二男坊だからさ、すっごいお金持ったらお金持よ。だからすっごいもの着てる訳。指貫の袴って普通〝**織物**《おりもの》〟だからさ、厚くて模様なんかが織り出してあんだけどさ、その模様が〝藤の花〟なのよねェ……。ずいぶん手のこんだもの織らせたなァ、とか思って。直衣の下に着てる袿《うちぎ》だってさ、一々生地を砧《きぬた》で叩かして艶を出さしてんのよねェ……。あ、**砧**《きぬた》って知らなかった？　ビール瓶みたいな恰好した木の棒よ。きれを柔らかくしたり艶を出したりするんでさ、それでトントン……と叩くの〕

白いのとか淡い色なんか、下に沢山重なってるのね。狭い縁側に片足は下にして、少し簾のとこに近く寄って坐ってらっしゃるのよ――実際さァ、「絵に描いて、物語ン中じゃ〝キラキラしてる〟って風に言ってるのは絶対こういうんだわァ」って思えるの。

お庭の梅はね、西のは白くて東のは紅梅でさ、ちょっと散りかけになっちゃってるんだけどそれでも素敵なとこに、うらうらとお日様の光がのどかでさ、他人に見せたかったわ。

御簾の中にさ、これで若々しい女房《キャリア》なんかが〝髪は見事にこぼれかかって……〟なんか言えちゃったみたいにしてさ、受け答えなんかしちゃってるんならもうちょっと素敵で見た目だっていいんだろうけどさ、すっごい、盛りの過ぎてババァババァした女がさ、髪なんかも自毛じゃないのかもしんないけど、ところどころちぢれてバサバサになってて、大体普通の色着てない時だからさ、色があるのかないのかっていう淡鈍色《うすにび》の、コーディネートも関係ない着物なんかばっかり――一杯着てるんだけど全然見栄《みば》えもしないとこに宮だっていらっしゃらないからさ、裳《も》だってつけてない袿《うちぎ》スタイルで坐ってるっていうのがさァ、もうホント、ぶっこわしになってて、くやしかったのよッ！

〔**註**：あたしって、自虐的なのかなァ……。でもまァ、それは全部ホントのことだし……。三十過ぎたら女なんてみんな〝**ババア**〟だなんていう常識が覆《くつがえ》ったなんて、やっとあなた達の時代になって、でしょう？　あたしはもう三十過ぎてたしねェ、この頃。そんでさァ、この段の初めに〝宮〟が職の御曹司へお出になられたって書いたでしょう？　なんでかっていうとさ、ちょうど宮は喪中でいらしたのね。お父様がお亡くなりになって。

宮と伊周様御兄妹のお父様って関白の藤原道隆《ふじわらのみちたか》様だけど、お父様がお亡くなりになって一年間宮は〝喪中〟ってことになさってたから、宮中で行事の日なんかはね、ちょっとまずいんで御退出になるのね――外の中宮職まで。まァ、それはいいんだけど、宮がそうでらっしゃるから、当然お付きのあたし達だってそうなるのよ。〝淡鈍色《うすにびいろ》〟って喪服なんだもん――鈍《にび》＝灰色だから、分かるでしょ？　私って、なんか、とことん自分の容貌ってなると客観的になっちゃうのね――冷静というか……。なんか、どっか欠陥でもあんのかしら？　自虐してる訳でもないけど、なんか、あまりにもためらいなく冷静になっちゃうのって異常よね。ああッ！　なんか、それがくやしいわッ！」

「中宮職《やくしょ》へちょっと行くんだけど、言《こと》づけってある？　いつ来んの？」なんか、おっしゃるの。

「そんでも昨夜《ゆうべ》は明けない内にさ、〝そうだっても、前からそう言っといたんだから待ってんだろうな〟ってさ、月がメチャクチャ明るいとこを西の京っていうとこから来てそのまんま局をノックしたんだけど、やっと寝呆けて起きて来た顔だろ。返事のぞんざいったらよ」、なんか言って、お笑いになるの。

「なんちゅうかね、がっくり来ちゃったよ。なんだってあんなヤツをさ、使ってんの？」っておっしゃるの。「ホントそうなんだろうなァ」って、おかしいやら気の毒やらだったわ。

ちょっとたってから、出て行かれたのね。外から見る人ならさ、素敵で、「中にはどんな女がいるんだろう?」って思うでしょうよ。奥の方から見透かされちゃう後ろ姿ときたら、外にそんな男がいるとはねェ、思えないでしょうよォ……。

日暮れになっちゃったから、参上したのね。御前《ごぜん》には人間がすっごく多くて、殿上人なんかが控えてて、物語のいい悪い、ヤなとこなんかをさ、議論して文句つけてんの。〝涼《すずし》や仲忠《なかただ》〟なんかのことをね、御前《だんなさま》もさ、〝負けてる〟〝勝ってる〟とこなんかを、お話しになるのね。

〔註:『宇津保《うつぼ》物語』は知ってるでしょ? 仲忠《なかただ》も涼《すずし》もどっちも琴の名手でね。だからどっちが素敵かはよく問題になってたけど、やっぱり主人公は仲忠だしね。帝のお嬢さんと結婚出来たし。仲忠が子供の時に逼迫《ひっぱく》してさ、お母さんと一緒に山の杉の洞《うつぼ》の中に住んでたことだって、そんなに問題だとかはなんないと思うんだァ……。だってそんなこと言ったらさ、北島マヤはラーメン屋の出前持ちの娘よォ。亜弓さんなんか生まれついてのスターだけど、亜弓さんはそのことにコンプレックスさえ持ってる訳でしょ? 一体なんの話してんのかしらね? 要するにさ、北島マヤと姫川亜弓じゃどっちが紅天女に向いてるかっていう、そういう論争みたいなことを、あたし達は年中してたってことよ——分かりやすく言えばさ。余計分かりにくいかもしれないけど、〝涼と仲忠〟の分からなさ加減ていうのはこの程度なのよ。『ガラスの仮面』知らないの?〕

「ちょっとォ、なにやってたのよォ! 早く判断《ジャッジ》してよ。仲忠はね、幼児期が下品だって、しつこくおっしゃるのよ」——なんか言うからさ、「ええッ?! 琴なんかも天人が降りて来るぐらい弾くし、そんなにダサイ人じゃないわよ。帝のお嬢さんなんかさァ、貰えたのォ？」って言うとさ、仲忠の陣営は勢いづいて、「そうよねェ」なんか言うんだけど「そういうことよりさァ、昼に斉信《ただのぶ》がやって来たのを見てたならさァ、どんなに賞めて興奮するだろうってさァ、思ってたのォ」って宮がおっしゃるとさ、「そうッ！　ホントにいつもよりもキマってたわァ!!」なんか言うのよ。

「もうね、そのことをホントに申し上げようと思って来たんですけど、物語の方に行っちゃって」って、あったことを申し上げたら、「みんなで見てたんだけど、しっかしそこまで、縫い糸や針目にまでは目が行かなかったわよねェ」って、笑うの。

「〝西の京っていうところのジーンと来ることったら、一緒に眺める人がいたらなァって思ったよ。垣根なんかもみんな古びて、苔が生えててさァ〟なんか話したから、宰相の君が〝瓦に松はありました？〟って答えたのにメッチャクチャ感心して〝西の方、都の門を離れること、どれくらいのとこだったかなァ……〟って、口ずさんだのよォ」なんか、うるさいぐらいまで言ってたっていうのがさァ、ホント、素敵だったのよ。

〔**註：〝西の京〟**って、都の西側ね。あんまり賑やかじゃなかったのよ、そっちは。だから風情があったんじゃないの。**宰相《さいしょう》の君《きみ》**っていう女房《キャリア》が「瓦に松はありました？」って言ったっていうのはさ、頭中将の言った〝垣根に苔が生えてる〟っていうのが白楽天の詩集にある文句だってピーンと来たからなのね。あたしだってそんなことぐらいピーンと来るけどさ、「垣ニ衣有リ、瓦ニ松有リ」っていうのよ原文は。〝衣〟ってのが苔のこと。したら頭中将がやっぱし白楽天の詩を

口ずさんだって、そういうこと」

第七十九段

実家に戻ってるとこに殿上人なんかが来るのをさ、「おやすくないわね」って、周りは言ってるみたいなのね。そんなすっごく用心してしっかり隠してるつもりって全然ないからさ、そんなこと言ったたってカリカリはしないのね。第一、昼や夜もやって来る人間を、どうしてそう〝留守よ〟なんて恥かかせて帰せる？　ホントは別に仲良くなんかない人だっても、そんな風には来るものよ。

あんまりうるさかったりもするからさ、今度はどこって、みんなには知らせないで、左の中将の経房《つねふさ》の君や済政《なりまさ》の君なんかだけがご存じなの。

左衛門の尉《じよう》の則光が来ておしゃべりなんかしててね、「昨日宰相の中将が参内《さんだい》なさって、〝カミさんのいそうなとこ、どうあったって知らない訳じゃないだろう？　言えよ〟ってしつこくお尋ねになるからさ、全然知りませんてことを言っといたんだけど、意地悪く無理押しなさってなァ」なんか言って、

「知ってるのを抵抗するってのはずいぶんつらいことだよなァ。うっかりバラしちゃいそうだったけど、左の中将がずいぶん冷たくて、知らん顔しておいでになったんだけど、あの殿と視

線でも合ったら笑い出しちゃいそうだったから、困って、台盤《だいばん》の上にワカメがあったのを取って、ただやたらに食ってごまかしたもんだからさ、〝半端な時にヘンなもの喰うなァ〟って見えたんだろう。でもいい具合にそのまんまでなァ、〝どこ〟とは言わないですんだけどな。笑っちゃってたら台なしだったぜ。〝本当に知らないいらしいなァ〟って思われたってのも、実際うまかったよなァ」なんて言うからさ、「もう絶対に教えたりしたらいやよ」なんか言って、何日かたったのよ。

夜がすっごく更けてさ、門をすっごく大袈裟沢山に叩くからさ、「誰がこんなに無遠慮に、離れてもいない門をうるさく叩くのよ？」って思って訊きに行かせたら、〝滝口《サムライ》〟だったのね。「左衛門の尉から」って、手紙を持って来たの。みんな寝てんだけど、灯を取り寄せて見たらさ、「明日御読経《みどきよう》の結願《けちがん》で、宰相の中将は御物忌みでおこもりになる。〝カミさんのありかを言えよ、言えよ〟って責められるんだけどどうしようもない。もう隠すのは無理だと思う。〝あすこです〟って、お教えしてもいいかな？　どうだ？　言う通りにするよ」って言ってるの。返事は書かないで、ワカメを一寸ぐらい紙に包んで送ったわ（！）

そしたら後で来て、「こないだの晩は責めまくられて、適当なとこをアチコチさァ、まァ、連れて御案内したよ。本気で責めるんだから、すっごくつらかったよ。ところで、どうしてどうこうの御返事はなくて、つまんないワカメの端っこなんかをさ、包んで下されたのかね？　ヘンな包みもんだわな。人のとこにそんなもんを包んで贈るって法はあるのか？　間違えたんだろ？」ってさァ、言うのォ（！）

「ちっとも分かってなかったんだァ！」って分かるんだけどさ、頭来たからなんにも言わないで、硯箱にある紙の端に、

潜行中の　海女の住み家が底《ソコ》だっても　言うんじゃないって　ワカメ喰うのよッ！

　って書いて差し出したら、「和歌をお詠みになんのかァ？　絶対に見ねェぞォ」って、扇ではたき返して逃げてっちゃった……。


　こんな風に付き合ってて、お互いの面倒なんかみてたりしてる内にね、どうってことないんだけど少し仲が悪くなって来た頃よ、手紙が来たの。

「気に入らないことなんかがあるんだろうけども、やっぱり夫婦約束したってことは忘れないで、よそからは〝ああ、やっぱりな〟っていう風に見ててもらいたいってな、思うんだよな」

って、言ってるの。

　普段言ってることはさ、「俺を好きだっていうような女は、和歌を絶対に詠んで来たりするんじゃないぞ。みィーんな敵だと思うからな。〝今はもう限界が来ちゃって別れよう〟って思うような時にだよ、そんなもん詠めばいいんだ」――なんて言ってたからさ、その返事に、

崩れ始めた妹背山の仲なんだもんね
もう　仲が吉野川には見えないのよね

って言ってやったんだけどさ、ホントに見ないまんまになっちゃったのかなァ……、返事も来ないでそのまんま。

そうやって、冠《かうぶり》してさ、遠江《とおとうみ》の介《すけ》って呼ばれてたからさ、カーッとなっちゃって、それで終っちゃったんだよねェ……。

〔**註**：私の亭主というか、まァそういう修理亮則光《しゅりのすけのりみつ》は本名**橘**《たちばなの》**則光**《のりみつ》っていうんだよね。**修理亮**からちょぼっと出世して**左衛門尉**《さえもんのじょう》になったの。修理《しゅり》職《しき》よか左衛《さえ》門府《もんふ》の方が、どっちかっていうとメジャーな役所だから〝No.2《すけ》〟から〝No.3《じょう》〟になった方がちょびっとだけ、出世としては本筋の方に寄った、とかさ。その間は六位で蔵人も一緒にやってたのが五位になってさ——つまり〝**冠**《かうぶり》**して**〟さ、位は殿上人の正式資格は獲得したんだけど、要は〝**蔵人**《くろうど》**の五位**〟よね。以前は蔵人でしたが、五位に出世して〝**大夫**《たいふ》〟の格は獲得しましたが、別に帝のおそばにいられるような身分でもなくなりましたって感じでさ、〝**遠江**《とおとうみ》**の介**《すけ》〟よ。**受領**《ずりょう》になって田舎行き——。結局そんなもんになるだけが人生なの？　とか思っちゃってさ。大体あたしが宮仕えに出るってとこで、ホントの話言えば二人の間は終ってたみたいなもんだしさ。まァいいんだけど——。

気分変えよっと——〕

第八十段

もののあわれだって、言いたそうなもん！

ハナたらして、休みなしにかみながらなんか言ってる声。

眉毛抜くの……。

第八十一段

そうやってね、例の〝左衛門の陣〟なんかに行った後ね、実家に帰ってしばらくしてたら、「早く帰っといで」なんかいう仰せの端にさ、「左衛門の陣へ行った後ろ姿がさァ、いっつも思い出されんのよ。どうしてさァ、あんなに平気で老けこんでられたのよォ。メッチャクチャ輝いてるだろうってさァ、ホントに思ってたの？」――なんかおっしゃられた御返事に、「すみません」てこと申し上げといて、プライベートな方には、

「どうして〝輝いてる〟って思わないことがあるんですゥ？　〝御前《だんなさま》も、天女だわァって御覧

になってるんだろうなァ〃って、そう思ってましたのよォ」って、申し上げさせたら折り返し、「メチャクチャ愛してるみたいな〃仲忠〃がうろたえそうなことをどうして言うのよ？ ともかく、今晩中に全部ほうり捨てて来なさいよ。そうじゃなかったらメッチャクチャ嫌いになるからね」ってさァ、おっしゃりごとがあるからさ、

「どうってことないことだっても大変だもん。まして〃メッチャクチャ〃っていう文字だったら、命も身体もそのまんま捨ててったって！」ってさ、帰って来たの。

第八十二段

中宮職の御曹司《おやくしょ》にいらっしゃった頃、西の廂でお経のマラソンがあるんで、仏様なんかを掛けさしていただいて、お坊さん達がいたっていうのはモチロンのことだわよね。

二日ぐらいあって、縁側のとこにみすぼらしいやつの声で、「やっぱりあのお供えをお恵み下さいな……」って言うと「どうして？ まだ途中なのに」って言ってるらしいのをさ、「何が言ってんだろう？」ってさ、出てって見ると、ちょっと年取った尼さんが、メチャクチャ煤《すす》けた着物着て、猿みたいな恰好して言うんだったのね。

「あいつは何言ってんのよ？」って言うとさ、声気取らして、「仏の御弟子でございますから、お供えのお下がりをお恵みにって申しますんですけど、この坊サマ達がケチでらっしゃるから

――」って言うの。お調子もんでさ、気取ってるのね。

「こういうヤツって、暗ーくしてるのがホント、いいのよォ。とんでもなくはしゃいでるじゃないよ」ってさ、「他の物は食べないで、ただ仏様のお下がりだけを食べる訳？　すっごく敬《けい》虔《けん》なことねェー」なんか言うさ、顔色を見てね、「どうして他の物も食べないでいられます？それがございませんからこそね、いただくんざんす」って、言うの。

果物、昆布、餅なんかをものに入れてやったらさ、突然なれなれしくなって、色んなことをしゃべるの。

若い女房《こ》達が出て来て、「旦那はいるの？」「子供はいるの？」「どこに住んでるのさ？」なんか口々に訊くと、バカ話やジョークなんかを言うから、「歌は謡《うた》うの？」「舞なんかはすんの？」って、訊き終りもしないのに、「夜は誰と寝ようかなァ、常陸《ひたち》の介と寝ようかなァ、寝てると具合のいい肌よォ――」

これの〝下の句〟がすっごく長いの。そんで、「男山の峰の紅葉、真っ赤っ赤、さぞ浮名は立ァつかよ、さァぞなァ、立つかよ」って、頭を回して振るのね。

メチャクチャやな感じがするからさ、笑ってもやな感じで、「行っちまえ！」「行っちゃいな！」って言うからさ、「可哀想だよ、これに何かやろうよ」って言うのを宮がお聞きになってさ、「メチャクチャムカつくことを、よくさせたもんねェ。聞いてらんないから耳をふさいでさァ、いたわよォ。その絹、一つやって早く帰して」っておっしゃるから、「これいただけんのよ。着物汚れてるみたいだし、新しくして着なさい」って、投げてやったらさ、頭ついて拝んで、肩にかけちゃァ踊るんだもん。ホントにやな気がして、みんな引っこんじゃったわ。

〔**註**：分かるだろうけど、この〝尼さん〟ていうのは乞食の別名よね。なにしろ出家するってことはさ、自分で稼がなくてもいい——他人の施《ほどこ》しによって生きていけるってことでしょ？　**御布**《おふ》**施**《せ》っていうのはそもそもそういうもんだし。お寺からあぶれて物貰いになっちゃったのか、カッコだけ尼さんになってるヤなやつなのか知らないけどさ、なんか貰おうと思って芸をするってことはさ、芸人がこっから生まれるっていう、そういう芸能史の証言だったりはするわよね、あたしの書いたことはさ（少しオーバーか？）。

でさ、乞食の芸人だからオーバーなお礼するっていうのは間違いなのね。これが、あたし達の時代の**お礼の挨拶**なのよ。物貰うでしょ？　そしたら布が巻いてあるやつだと腰に差すのね。着物みたいに仕立ててあるやつだと肩にかけるのよ。勿論地面に頭くっつけてお辞儀してからね。だからこいつもその通りにやった訳。**絹**ってさ、**一反**ずつ巻いてあって、それが二反（二本）で**一疋**《いっぴき》って数えるのよね。だから一本《ひとつ》やった訳よ。そしたらお辞儀して、バーッと広げて肩にかけてさ、踊り始めたの——それがホントに正式の作法だからね。でもさ〝正式〟って言ったたって、やって賞められる場合と怒られる場合の二つがある訳でしょう？　たかが乞食がお情けで絹貰ってさ、宮中の正式の挨拶なんかしていいのかよォ？　とか思う訳。そんなの正式やってる人に対するブジョクじゃない。ウケようと思ってそういうことやってさ（そうに決まってんだ）、それでみんなに「やりすぎだよ！」って嫌われてんの。そこら辺の限度っていうのが分かんないから嫌だって言うのよ〕

それからクセになったのかもしんない。いっつも、目につくように歩くの。そのまんま〝常陸の介〟って付けたわ。着物だってきれいにしないで、おんなじ汚れっぱなしでいるからさ、「どこへやっちゃったのかしら?」なんかってね、嫌うの。

右近の内侍がやって来たとこに、「こんなヤツをね、手なずけておいてるみたいなのね。うまいこと言って、いっつも来るのよ」って、あったことなんかを、宮が小兵衛《こひょうえ》っていう女房《キャリア》に真似させてお聞かせになられたらさ、「それ、絶対に見たいですわァ。絶対見せて下さいねェ。お気に入りなんでしょ? 絶対に絶対、口きいて横取りなんかしませんから」――なんか、笑うの。

〔**註:右近《うこん》の内侍《ないし》**って、前に言ったと思うけど、帝付きの女房《キャリア》でしょ? まァ、あたしもそうだけど、みんな暇もてあましてんのよね。だから娯楽に飢えてるっていうかさ――。でもさ、だからって〝常陸の介〟なんかねェ……。芸するったって、すっごい**ヤらしい芸**なんだもんねェ……。別に彼女が隠れてどういう商売してたっていいけどさ、結局女の売るもんと見せる芸っていうのが〝アレ〟だったりするとさァ……。まァ単に、右近の内侍が〝好きな人〟だってだけかもしんないけどさ――〕

その後にまた、尼のカッコした乞食ですっごい品のいいのがやって来たのをまた呼びよせてね、話なんか訊くと、こっちはすっごく恥ずかしそうにしてて、いいなァって思ったんで、前とおんなじ絹を一つ下されたんだけどさ、頭つけて拝むのも、まァ、いいわね。

そうやって泣いて喜んで帰ってったのを、もうさ、この〝常陸の介〟が来てて見ちゃってたのね。

(その後はずいぶん見ないけどさ、誰が思い出すかっていうの!)

師走の十何日かのぐらいに雪がメチャクチャ降ったのをさ、女官《おんなのこ》達なんか使って縁側にすっごく沢山置いたんだけどさ、「おんなじなら庭にホントの山を作らせちゃおよ」ってさ、侍呼んで「御命令だ」って言えばさ、集まって作るの。主殿寮《とのもづかさ》の男が雪かきに来てたのなんかもみんな寄って来て、すっごく高く作っちゃうの。中宮職の役人なんかも来て集まって、口出しして面白がんの。三四人来てた主殿寮《とのもり》のやつらなんか二十人ぐらいになっちゃったのよ。

宿下りしてる侍を呼びにやったりなんかしたわ。

「今日この山作る人間には、三日分の出勤扱いですって。そんで、来なかったヤツはおんなじ数取り消しよ」――なんて言えばさ、聞きつけたのじゃあわてて来るのもいるのね。家が遠いのには教えてやれないし。

作り終わっちゃったんで中宮職の役人呼んで、絹を二台くれてやって縁側に投げ出したのを一疋《ぴき》ずつに取って、お辞儀しては腰に差してさ、みんな帰ってったわ。袍《うえのきぬ》なんか着てたのは、だから狩衣になってたのよね。

〔**註**:あたし達の時代だと「ごくろうさん」の**お手当**は〝金一封〟のお金じゃないのよね。絹を

上げるのね。だって要るでしょ？　衣裳作んなきゃなんないし──。でさ、この雪かきのお手当みたいに沢山の人間に上げるとなるとさ、〝巻物一つ「ハイ」〟って訳にいかないじゃない？　だからさ、一杯巻物を台の上に載っけてさ、「ハイ、分けなさい」ってやる訳。三十人ぐらいいたから、絹も三十疋（六十反）以上はいるでしょ？　だからさ、巻物積み上げた台が〝二台〟にもなる訳。そんで〝狩衣《かりぎぬ》〟の話は前にしたと思うけど、着物の前側のさ、身頃と袖の間が開いてるのよね。狩の時に着る活動着だからさ、蹴鞠《けまり》なんかやる時のスポーツ・ウエアにもなるし、雪かきやる時の作業着にもなるのね。袍《うえのきぬ》っていうのはフォーマル・ウエアだからさ、まさかそれ着て雪かきやる訳にいかないでしょ？　──という訳〕

「これ、いつまであるかしらねェ」って、女房達《キャリア》におっしゃられるからさ、

「十日はあるでしょォ」

「十日以上はあるでしょォ」

なんか、ただそこら辺の数をね、いるのは全員申し上げるんだけど、「どう？」ってお訊きになるからさ、「正月の十日過ぎまではあるんじゃないですか」って申し上げるのをさ、御前《だんなさま》の方も、「そんなにはないわよォ」ってお思いになったのね。

女房《キャリア》はみんな「年内ね。大晦日までだってもたないわよ」ってばっかり言うから、「あんまりオーバーに言いすぎたかなァ……。やっぱりそうはもたないわよねェ……。〝元日〟なんかさ、言えばよかった……」って、内心では思うけど、「いいかァ、そんくらいじゃなくても言

っちゃったことだし……」ってさ、強情張っちゃった。

二十日ぐらいに雨が降ったんだけど、消えちゃいそうもないの。ちょっと高さがね、やばくなってくの。「白山の観音様ァ、これ、消えさせないでェ！」なんか、お祈りすんのもバカみたいよね。

〔**註**：**白山**《はくさん》て、越前とか加賀とかそっちの方にある山でしょ？　だから一年中雪って消えない訳でしょ？　それで〝**白山**《しらやま》〟って言うんだよね？　だからさ、もう、雪の本場だから、白山の観音様におすがりしちゃったの〕

そんでさ、その山作った日ね、帝のお使いで式部丞《しきぶのじょう》の忠隆《ただたか》が参上したもんだからさ、敷物差し出して話なんかしてると、

「今日、雪の山を作らせられなかった所ってないですよ。御前の壺庭にもお作らせになりましたよ。春宮《とうぐう》でも弘徽殿《こきでん》でも作られましたね。京極殿《みちながさま》ンとこでもお作らせになったそうで」なんか言うんだけど、

〔**註**：〝**春宮**《とうぐう》〟は〝**東宮**《とうぐう》〟よ。皇太子殿下のこと。帝の周りで一番重要な方って言ったら、春宮様と中宮様よ。春夏秋冬と東西南北で、どっちも一番だから、東宮を〝春宮〟って書くようになっちゃったのね。だってこっちの方が〝らしい〟でしょ？

〝**弘徽殿**《こきでん》〟ていうのは、宮が内裏でお住まいでいらっしゃった登花殿の一つ前——清涼殿寄りの

ところにある御殿ね。〝弘徽殿《こきでん》の女御《にょうご》〟も雪山を作らせられたってこと。京極《きょうごく》っていうのは道長サマのオヤシキのあったとこ。エライ人はみんな雪の山を作ったってことでしょ。でもさ、なんだって式部丞《しきぶのじょう》は宮ンとこ来てまで〝京極殿《きょうごくどの》〟なんてこと言うのかしらね？」

ここだけで珍しがってる雪の山
ところどころでありふれて降るか

って、そばにいる女房《ひと》使って伝えたら、ちょこちょこっと首かしげてさ、「返歌してダイなしにしたくないですね。ああ〝やったね〟だな。帝の御簾の前で、みんなにもう、話しちゃいます」って、立ってったの。

和歌がメチャクチャ好きだって聞いてたのに、ヘンよね。御前《だんなさま》もお聞きになってて、「〝メチャクチャいい出来〟とかさ、思ったんでしょ」ってさ、おっしゃられるの。

大晦日頃には少し小さくなってるみたいなんだけどさ、やっぱりすごく高いままだったんだけど、昼の頃ね――縁側に女房達《キャリア》が出て坐ってなんかしてるとこに〝常陸の介〟がやって来たの。

「どうしたのよ？　ずいぶん長い間来なかったのに」って訊くとさ、「どうしてねェ……、つらァーいことがございましたもんですからねェ」って、言うの。

「なんなのよ？」って訊くとさ、「まァ……、こんな風に思ってたんですゥ」ってさ、朗々と詠み出すのね。

うーらやましい　うらやまし〰〰い
足だっても突っこめない
御所って海よね――どういう尼《アマ》には
物　くださるの〰〰ォ

って言うからさ、頭来て笑って、女房《キャリア》は見向きもしないからさ、雪の山に上ってぐずぐず歩いて。――行っちゃった後でさ、右近の内侍に、「こうだったのよォ」って言ってやったらさ、「どうして人を付けてでもよこしてくれなかったんですのォ。あれがバツが悪くって雪の山にまで這い上って行っちゃったっていうのが、ホント、すっごく可哀想だわァ」って来るからさ、また笑うの。

そうやって、雪の山はそのまんまで、年も返ったのね。

元日の日の夜よ。雪がすっごく沢山降ったのを「うれしいのよねェ、また降って積っちゃうわァ」って見てると、「これはだめよ。初めの分は残して、今度のは掻き捨てて」って、おっしゃるの。

局へすっごく早く下がったら、侍の長《おさ》ってやつがさ、柚《ゆず》の葉みたいな宿直衣《とのいぎぬ》の袖の上に、青い紙を松につけたのを置いてさ、震えながら出て来たの。

「それはどっからなの？」って訊けばさ、「斎院《さいいん》からで――」って言うからさ、途端、パーッと輝かしくなっちゃって、受け取って参上よ。

まだおやすみになってらっしゃるから、御帳台《みちようだい》に向いてる御格子《みこうし》を、碁盤なんかを引っ張って来て、ひとりでウーンて、上げるの。すっごく重いの。片っ方だからさ、きしんじゃうんでね、お目覚めになられてさ、「なにそんなことしてんのよ？」っておっしゃるからさ、「斎院から御手紙が参ってるっていうのに、どうして急いで上げないでいられますゥ？」って言うと、「ホント？　すっごく早かったのねェ」ってさ、お起きになられたの。

お手紙をお開けになられたらさ、五寸ぐらいの大きさの卯槌《うづち》二つを、卯杖《うづえ》みたいに頭なんかを包んでさ、山橘・ひかげ・やますげなんかを可愛らしく飾って、お手紙はないのね。「これだけってことはないわよね？」って、御覧になったらさ、卯杖の頭を包んである小さな紙に、

山のこだま　斧が響くの　見たらばちょっと
お祝いの卯杖切ってる音なのよ

御返歌お書きになる様子も、すっごい光ってた。斎院にはね、こっちからお出しになるのでも御返事でもやっぱり特別でね、書き汚しが多くて、お心がまえが分かるのよね。お使いにはね、白い織物の単衣――蘇枋《すおう》色だったのは〝梅の衣〟だったのかもしんない。雪

が降り続いてるのに肩にかけて行くのも素敵に見えて……。（その時の御返歌を知らないままになっちゃってるのが、ホント、残念だわァ……）

（**註**：〝**侍**《さむらい》〟って前にも言ったけど〝召使い〟なのよね。だからさ、宮のいらっしゃった〝職の御曹司〟にも侍はいる訳よね。そこの〝長《おさ》〟ってどれくらいの身分なんだかあたしには分かんないんだけどさ、それが朝早くだから宿直《とのい》が明けたぐらいの頃でしょ――緑色の**宿直衣**《とのいぎぬ》、つまり宿直服を着てた訳よね。普通の身分の人だったら宿直の時には直衣《のうし》着るんだけどさ、〝**侍の長**〟なんて身分になるとどんなもん着てるかよく分かんないのよ――ロクに見てないし。だから「ああ、青い宿直衣だなァ……」って思って見てたの。したら「斎院からのお使い」って言うでしょ？

斎院《さいいん》ていうのは、**賀茂神社**においでになるのね。神様にお仕えする未婚の**内親王**《ないしんのう》――即ち皇女様のことよね。〝**斎王**《さいおう》〟とか〝**斎王**《いつきのみこ》〟とかおっしゃるのね。もうお一人、**伊勢神宮**で神様にお仕えしてらっしゃる内親王もおいでだけどさ、こちらは〝**斎宮**《さいぐう》〟――〝**斎宮**《いつきのみや》〟ね。賀茂と伊勢とでは呼び名が違うのよ。この宮にお使いを下された斎院は、別名〝**大斎院**《おおさいいん》〟ておっしゃられたんだけど、先々代の村上天皇のお嬢様で、ズーッと長く斎院をやってらしたの。私より少しばかりお年上の方だから、長くったって〝お婆ァさん〟じゃないのね（と思うけど……）。まァ、あなた方なんかだと「うるさいオールドミスの小姑か」なんていうとんでもないこと言い出しかねないけど、そんな方じゃ全然ないの。当時の――つまりあたし達の女流歌壇の一方の雄みたいな方でらしたから、もう、みんなから御尊敬っていうのを集められていたのよね。そんな方からのお使いだからあたし焦っちゃってさ「宮をお起こしもうしあげなくっちゃ」ってアワくっちゃったの。

宮がお寝みになるのは母屋《もや》に御帳台《みちょうだい》――前言ったお寝み用のベッドカーテンよね――置かれてその中でだけど、まさか宮をお起こしするのに、直接手をかけて「お起きあそばしてッ！」とかは出来ないじゃない？「もう、ホラこんなに朝ですよ」ってことをさ、見せなきゃなんないんで、母屋の外の廂の間の、その外にある廊下との境の格子――宮がいらっしゃるところの格子だから〝**御格子**《みこうし》〟ね――をさ、一人で上げたの。卯槌と卯杖の話は前にしたからいいわね。ともかく、宮は御返事を差し上げたんだけど、なにしろ相手は〝大斎院〟でいらっしゃるからさ、お心がまえっていうのも大変でらっしゃる訳。私にもその御返歌の内容見せていただけなかったし、お贈物の単衣だって、白い織物の単衣だと思ったけど蘇枋《すおう》なんて色がちょこっとのぞいてたから〝**梅重ね**〟だったのかもしれない。〝**梅**〟**の色目**は表が白で裏が蘇枋（赤）だから〕

そんでね、その雪の山は「ホントの〝越前もの〟かしらァ？」ってぐらいで、消えそうもないの。黒くなって見るかげもないカッコはしてんだけど、絶対勝っちゃった気がしてさ、「なんとか十五日までもたせたィ～～～～ッ!!」って、お祈りよね。

「でも七日だってさ、もたないわよォ」ってそんでも言うから、「どうなんのか、結果見物ね」ってみんなで思ってる内にさ、急に宮中へ三日にお入りになるっていうのね。

〔**註**：帝がお召しになるからさ、内裏の外――つまり中宮職にいらっしゃる宮は〝お入りになる〟のね〕

「メッチャクチャくやしいわァ、この山の最後を知らないで、終わっちゃうなんて」って、本気で思うのね。他の女房《キャリア》も「ホント、知りたかったのにねェ」なんか言うのを、御前《だんな》さまもそうおっしゃるからさ、「おんなじことなら言い当てておみせしたいわァ」って思ってたんだけど、仕方ないからさ、御道具類運んでメチャクチャ騒々しいのに呑まれて、木守《こもり》っていうヤツが築土塀《ついじ》のそばに屋根吊って住んでるのをさ、縁側の近くに呼び出して、「この雪の山、本気で番して子供なんかに踏み荒らさせないで、こわさせないでよく番して、十五日までいなさいね。その日まであったら立派なごほうびいただけるようにするから。私だってメチャクチャお礼はするつもりよ」――なんか話してさ、いつも台盤所の人間や中産階級人間なんかに嫌われてんだけど、果物やなんかやすっごく一杯やったからさ、ニコッと笑って、「お安い御用で。ちゃんと番しときます。子供は登ると思うんですよね」って言うからさ、「それは止めてね。聞かないヤツは言いなさいよね」――なんか言いきかせてさ、御入内《じゅだい》になったから七日までお勤めしといて、下がったの。

〔註：〝木守《こもり》〟ってさ、職の御曹司の庭にホッタテ小屋建ててヘンな女が住んでたのよ。なんで住んでたのか知らないわ。あたし達――というか下の人間なんかは「木守《こもり》」って言って、勝手に庭の番してる人間だと思ってたみたいだけど――まァ実際そんなことしてたけどさ〕

その間もあれが気になるからさ、公人《おおやけびと》――宮中の掃除婦や雑役婦なんか使って、いっつも確かめに行かせたの。七日の節供のお下がりなんかまでやったからさ、「拝んでました」なんてね。笑っちゃったわね。

〔註：〝公人《おおやけびと》〟っていうのは宮中に勤める召使いね。なにしろ帝に仕えるんだからさ、〝公《おおやけ》〟な訳

よ」

実家にいてもね、まず夜明けになるとすぐ、これが大事だからって見に行かすの。

十日の辺でね、「五日もつぐらいはあります」って言うから、嬉しいッ！　って思っちゃった。

そんで、昼も夜も行かすんだけどさ、十四日——夜から雨がメチャクチャ降るんで、「これでさァ、消えちゃうんだろうなァ……」って、たァーいヘン。「あと一日二日も待ってくれないでッ!!」って、夜も起きてて口に出してぼやいてたらさ、聞いてる方も「バカみたい」って、笑うの。

他人は起き出してくんだけど、そのまんま起きててさ、下女を起こさすんだけど全然起きないからさ、メッチャクチャイライラして腹立って、起きて来たのをやってさ、見させたら、「円座《しきもの》ぐらいは、ええ、ありますけど。木守は〝すっごくチャンと番してて、子供も近づけてませんよ」明日、明後日までだってあるに決まってますよ。ごほうびはいただけますよ〟って言ってますよ」って言うからさ、メチャクチャ嬉しくて、「早く明日になったらさ、和歌詠んで、なんかに入れて、差し上げようっと」って、思うの。すっごくワクワクして、つらかったわ。

暗い内に起きて、折櫃《おりびつ》なんかを持たせてさ、「これにその白そうなところを入れて持って来て。汚らしくなってるとこは搔いて捨ててよ」、なんか言ってやったらさ、すっごく早く、持たせたもんをぶら提げてさ、「とうになくなってましたけどォ」って言うからさァ、すっごくびっくりして、素敵に詠み出して、他人にも語り草にさせようって呻《うめ》いて作ってた歌も、ガックリ、用なしになっちゃった……。

「どうしてそんなになっちゃったのォ？　昨日まではあんなにあったっていうのがさァ、夜の内に消えちゃうなんてェ……」って言ってくすぶってると、「木守が言ってたんですけど、〝昨日はすっごく暗くなるまではあったんですよ。ごほうびいただこうと思ったんですけどォ〟って、手ェ叩いて喚《わめ》いてましたよ」なんかね、言って騒いでると宮中から仰せが来たのね。

「ねェ、雪は今日まであった？」って仰せだからさ、すっごくしゃくで残念なんだけど、「〝年の内——元日までだって残んないってみんなが申し上げてましたけど、昨日の夕暮まであったのはすっごいエライって、もう、思うんです。今日までっていうのは出来すぎだっていうんで、もう、夜の内に誰かが嫉妬して取り捨てたんでございます〟って、申し上げて下さいましねッ！」なんか、申し上げたの。

二十日に参上したんでも、まずこのことを御前でも言うのね。

「〝身投げしちゃえ〟って蓋ばっかり持って来たんでしょ。坊主じゃないっていうの——そのまんま持って来たんですけど、ガックリ来たことったら……。なんかの蓋に小山作って、白い紙に和歌を最高に書いて、差し上げようってしてたのに……」——なんか申し上げれば、メチャクチャお笑いになるのね。

御前の女房達《キャリア》も笑うんだけど、「こんなに心にかけて思ってたことを、チャラにしちゃったら罰が当たるわね。ホントは四日の夜、侍達をやって取り捨てたのよ。返事の中で〃言い当てた〃っていうのがホント、すっごく素敵だったわァ。その女がさ、出て来てね、メッチャクチャ手を合わせて言ったんだけども、〃命令なんだ。その家から来る筈の人間にこうだって言うなよ。そしたら小屋を壊しちゃうぞ〃なんか言ってね、左近の司《つかさ》の南の築土《ついじ》にみんな捨てちゃったみたい。〃すっごく固くて、沢山、まァ、ありました〃なんかさ、言ってるみたいだったからさ、実際二十日も間に合ってたのよ。今年の初雪も降り積ってたんじゃないの？ お主上《かみ》もお聞きになってさ、〃ずいぶん見通しよく論争してたんだなァ〃なんかさ、殿上人達なんかにもおっしゃってたんだって——。そうよ！ その〃和歌〃、言いなさいよ。今はさ、こうやって話してバラしちゃったんだからさ、同じよ。勝ったんじゃないよ」って、御前《だんな》さまも仰せだし、女房《キャリア》達もおっしゃるんだけどさ、「なんだってそんなにせつないことを聞いちゃって、申し上げられるんですかァ？」——なんか、ホントに本気で暗くなって、重っ苦しくなったら、「ホントだよ。ここ何年かは〃大切な女房《キャリア》なんだろうなァ〃って思ってたけど、これじゃあぶねェなァって思ったよ」なんか、お仰せになられるとさ、すっごくせつなくてつらくって、ワーッて泣き出しちゃいそうな気がするんだわァ……。

「なんだってェ……、あぁッ！ メッチャクチャせつない世の中だわァ。後から降って積ってた雪を、〃よかったァ……！〃って思ってましたのにさ、〃それはダメよ。掻き捨てちゃって！〃っておっしゃいましたもんねッ！」って言ったらさ、「〃勝たすまい〃ってお思いだったんだろ」って、帝もお笑いになるの——（！）

〔註：あたしが雪山の残りを入れようとした〝折櫃《おりびつ》〟っていうのがさ、そもそもは蓋《ふた》がついてない四角な箱なのよ。「雪入れて来て」って言うのにさ、空っぽのまんま――まるで身の方は投げちゃって「こいつは蓋ばっかり♫」っていう感じでさ、使いにやったやつがブラ提げて来んのよ。雪の山で身投げしたってさァ、お釈迦様じゃないのよねェ――知ってた？ お釈迦様がヒマラヤの雪ン中で修行してた時に鬼が出て来てさ、それがまた珍しい鬼で「諸行無常《しょぎょうむじょう》、是生滅法《ぜしょうめっぽう》」って言ったのよ。そんななって鬼に向かって来られたらさ、お釈迦様だってたまんないじゃない？ 「ああ、食われちゃう……」と思ったらもうその瞬間〝諸行無常〟そのまんまでしょ？ だったらそういう真実に殉じちゃえって、身を投げたら「生滅滅已《しょうめつめつい》、寂滅為楽《じゃくめついらく》」ってことが分かったのよ。平たくいえば「身を捨ててこそ浮かむ瀬もあれ」ってことだけどさ――もっとメンドくさく言えば、限界を超えて初めて真実が真実として迫って来るっていうようなもんだけどさ――ま、そんなことどうでもいいんだ。お釈迦様にそういうことを悟らせた鬼が、実は帝釈天《たいしゃくてん》が変身した姿だったって言うんだけどね。別にあたしはお釈迦様じゃないしさ、身投げしたってなんにもいいことなんてないのよね。空の蓋だけ持って来てさ――そういう風になるように仕向けられたのが〝宮〟の御計画だっていうんだもんね。ホントひどい。なんてミもフタもない話だろうって、あたしは思うのッ！

あ、〝左近《さこん》の司《つかさ》の南の築土《ついじ》〟っていうのはさ、職の御曹司の道一つ隔てて隣が、左の近衛府《このえふ》の建物なのよ。そこの土塀の前に捨てとけば、あっちなんか〝衛府《ガード》〟だからお手のもんでしょ、そんな雪かきなんか！ だからよッ!!〕

解説：女の時代の男たち

　こんにちは。第一巻が終りましたので、やっと私は橋本治です。本文では清少納言女史が色々と熱弁をふるって註を入れて下さったので分かるべきところは分かりましたが、しかし今から千年ばかり前に書かれた清少納言女史の『枕草子』にはこんな註はまったくありません。清少納言の宮仕えの時期はある意味で彼女の主人である中宮定子の没落の時期でもありますけども、彼女はほとんどそうした背景には触れていないんですね。昔からそれに関しては「どうしてだ？」ということが言われてる訳ですが、まァはっきりしているのはその当時は藤原道長が生きていたということですね。藤原道長の時代――即ち〝摂関政治〟と呼ばれる平安朝貴族文化の全盛期は正しく〝女の時代〟である訳ですが、それを代表する二人の才女、紫式部と清少納言の仲があんまりよかったとは思えない。女の喧嘩はいつだって男の下世話な興味をそそるものですが、しかしこの二人は、個人的に仲がいい悪いという以前に、この二人がそれぞれ対立するグループに属していたということの方が重要です。

　清少納言は皇后定子の女房、紫式部は中宮彰子の女房。一人の天皇に正式のお妃が二人いるという異例中の異例の時代に、一方は追われる側、一方は追う側に属していたということはかなり興味深いことです。〝追う側〟藤原道長のグループに所属していた紫式部が当時の政治情勢というか権力闘争に無関心だったとしても別に不思議はありませんが、そのことによって〝追われる側〟に属していた清少納言はどうしてその〝背景〟に口をつぐんでいたのか？　どうして彼女は〝訴える〟ということをしなかったのか？　ということです。

理由は簡単ですよね。その当時は藤原道長が生きていたから、ですね。彼が政治の頂点に立っている限り、彼女が〝訴え〟を届ける相手は道長になってしまう。「なんてひどいことするの！」なんてこと訴えたって握りつぶされてしまうに決まっている――だから彼女は中宮定子の不遇をなに一つあからさまには訴えなかった――というのは、かなり近代的な考えですね。

もうちょっと当時に即して考えてみましょう――。

道長が生きている以上、道長に取り入らなければ生きていけない――これは当時の出世を願う男達の当然のやり方です。だから清少納言はこれに倣《なら》って筆をまげたのだ、という考えです。中宮定子の不遇を訴えれば、それはそのまま道長の非道につながる。だから定子の不遇は訴えずに、不遇な状況の中で（これだってぼんやりしてれば不遇なのかどうかは読者には分からない）如何に〝宮は御立派〟〝光ってらした〟だけを書く。そうして彼女が筆の立つ有能な女であることをアピールして、没落して死んでしまった（中宮定子は大進生昌邸に御幸された翌年に死んでいます）定子方から道長方へ乗り換えることを策していた、と考えることだって出来ます。そう考えてしまえば清少納言というのは相当にいやらしい女ということにもなりますが、ひょっとしたらこれは、あまりにも現代的で男性的な見方かもしれません。だってひょっとしたら、清少納言というのは全然政治のことなんか分かんない女だったかもしれない――ということだってあるからです。

男というのは不思議なことに、女の感覚を女の感覚として見ないものだから、男の知性の上に女の感性が乗っかって、それで「女の時代の女達はとっても素晴らしい」というような、ヘンな錯覚をしがちですが、やっぱりこんな考えは間違いなんじゃないかと思います。男がバカである程度に、女だってやっぱりバカなんだという、このことはかなり重要な事実なんじゃないんでしょうか？　それをこそ〝理性〟と言うべきじゃないのか、と。

1　メンズ・ノンノの時代

清少納言は男のこと、その男が動かしている政治なり社会の構造なりというものに全く頭というものを使わなかったのかもしれない――そういう頭の回り方がしなかった（即ち男から見れば〝バカ〟である）ということを示すような傍証は結構あります。その一つはファッションです。ともかく男が何をどう着ていて素敵だったのかんだのという描写がこれほど氾濫している時代もありますまい。その点でこの時代の文学に匹敵するものは千年後の少女マンガだけです。「説経の講師は顔がいいの！」とは、なんたる大胆不敵な断定でありましょうか。顔、ファッションに次ぐ彼女の価値観は〝情景〟ですね。そこになんとなくジーンとさせるような（あはれ）なドラマが感じられれば素敵で（をかし）、なるほど随筆文学の神髄はここか、とも思わされます。〃見た目〃〃ドラマ〃と続いて、その次に来る彼女の価値観は〃本来性〃です。〃ホントだったらこうこうこうあってカクカクシカジカになる筈なのに、ウンタラカンタラ、ああいやだ！〃っていうようなもんです。おっそろしく意地悪な断定をしてしまえば、彼女の価値観は〃ミーハー〃〃センチメンタリズム〃〃小姑根性〃で、この三つを冷静なまでの観察力がつなげている。知性を獲得した女にとって〃自由〃とはこういうものであっただろうと、千年の昔と今とを一挙に結んで、私は思ってしまいます。「千年も昔にこういう女がいたのよ！」は、「千年経っても相変らずこういう女」ということでもある訳で、私はとんでもなく意地の悪い訳者ですね。

さて『枕草子』第三十二段、小白河にある小一条の大将のお屋敷で結縁の八講が催された時、当時の殿上人、上達部はオールスターキャストでここに集まった訳ですが、ここでのヒーローは勿論、それから十日も経たずに出家してしまった〃義懐《よしちか》の中納言〃――この人は夏のさ中の集会に〃すっきり〃という言葉を体現してここに現れますが、これと正しく対照的なのが〃暑っ苦しい〃を体現するツッパリの〃三位中将《さんみのちゅうじょう》〃です。この三十二段を読めば分かることですが、清少納言のシンパシイというのは〃義懐の中納言〃に集中しています。そして、このシンパシイというのはかなりに際どいところでバランスを保っているということは、当時の情勢を知る人にとっては容易に分かることです。何故かと言えば、この〃義懐の中納言〃を出家に持って行った影の黒幕は、〃暑っ苦しい〃三位中将の一族だからです。三位中将――後に関白となった藤原道隆《みちたか》とその弟の道兼《みちかね》は父親の右大臣兼家《かねいえ》と謀って、花山天皇に出家を勧めたんです。この小白河の屋敷に上達部、殿上人はオールスターキャストでやって来たけれども、そこに左右の大臣はいなかったと清少納言は書いています。いなかった右大臣は多分その頃、忙しかったんでしょう。それから十日後に自分の政敵、若き中納言義懐を葬る為に。

清少納言は果たしてこのことを知っていたのか？　知っていたから〝左右の大臣は欠席〟と書いたのか、それともなんにも知らないでただ〝左右の大臣はいなかった〟と見たままを書いただけなんでしょうか？　知らなかったのなら〝当時の女は政治に疎《うと》かった〟ですし、知っていたのなら〝彼女は相当なタマ〟です。但し、それはどっちでもいいようなもんです。知っていたとしても彼女はそんなことをどう間違っても書ける筈がなかったという、そのことの方が重要ですから。何故かといえば、彼女が熱くシンパシイを寄せた――そして「帰っちゃうのもいいなァ！」とその彼女に気安く声をかけて来た若き（そして素敵な）権力者・義懐の中納言を追い落としたのは、彼女が何にもかえがたく敬愛していた中宮定子の父親（道隆）の一族だったからですね。

その場――小白河の屋敷で素敵だったのは義懐の中納言だった。その素敵だった人が突然出家してしまうなんて〝散る花の……〟どころの騒ぎじゃないと彼女は言っている。彼女が義懐の出家の原因理由を全く知らなかったというのはちょっと考えにくいことじゃないでしょうか。なにしろその結果浮上したのが中宮定子の一族ではある訳ですからね。知らないことはあっても、全く〝何か〟を感じずにいるということは考えにくいですね。明瞭に事態を知っていれば、義懐は二枚目の善玉、三位中将は悪玉になるような状況が背後にあって、その結果〝すっきり〟と〝暑っ苦しさ〟の二種類の賛美がある訳ですね。（悪玉であっても不思議はない三位中将を〝暑っ苦しい〟とは言いながらも賛美している）

事態の裏を知っていて、彼女は〝賛美〟という形で逃げたのか？　ということになると、やっぱり私は、それもあまりに近代的な物の見方のような気がしてしまう。一番ありそうなことは、詳しくは知らないでホンのちょっとだけ事件の裏は知っていたけれどもそれとは全く関係なく、ただ素敵な公達を見て「素敵♡」と思ってしまった、という……。これが一番正直な女性の感性というものではないでしょうか？「知ってるけど、でも関係なくってェ」というのが、男の目から見た女の平然たる自由なのではないでしょうか。

貴族の世界は政治の世界ですから色々なことはある――あるけれども、それとは別に、素敵な男は素敵であるということが平気で浮き上がって来る。その平気で保留にしていられる、知らないまんまでもいられるというのが女という特権的な立場の本質ではないかと思うのです。だから、知ろうと思えば知ることの出来る位置にいるにもかかわらず知らないままでもいられる。知らないままでいてもある程度は自ずと耳に入って来ることの背景を全く考えないでいられる――知るも自由、知らぬも自由である以上、〝自由〟という立場を取ってしまえば〝知る・知らない〟の詮索を超えていることが出来る。当人があらかじめ超えているのだから、平気で書かないでいられる、だから分からないままでもいられるというのが、清少納言の文章に当時の政治的背景が一切登場しない真相のように思えるのです。

第三十二段のところにある系図を見ていただけば分かるのですが、義懐の中納言と右大臣兼家の叔父・甥の争いはもう一度、権力を掌握した兼家の息子の代で起こるのです。道長と中宮定子の兄・伊周《これちか》との争いがそれですね。平安時代の権力争いというのはほとんど藤原氏の兄弟喧嘩です。兄弟喧嘩をしていた兄貴の方が死ねば、今度はその兄貴の息子と残った弟との間で争いが起こる――即ち叔父・甥の争いということです。

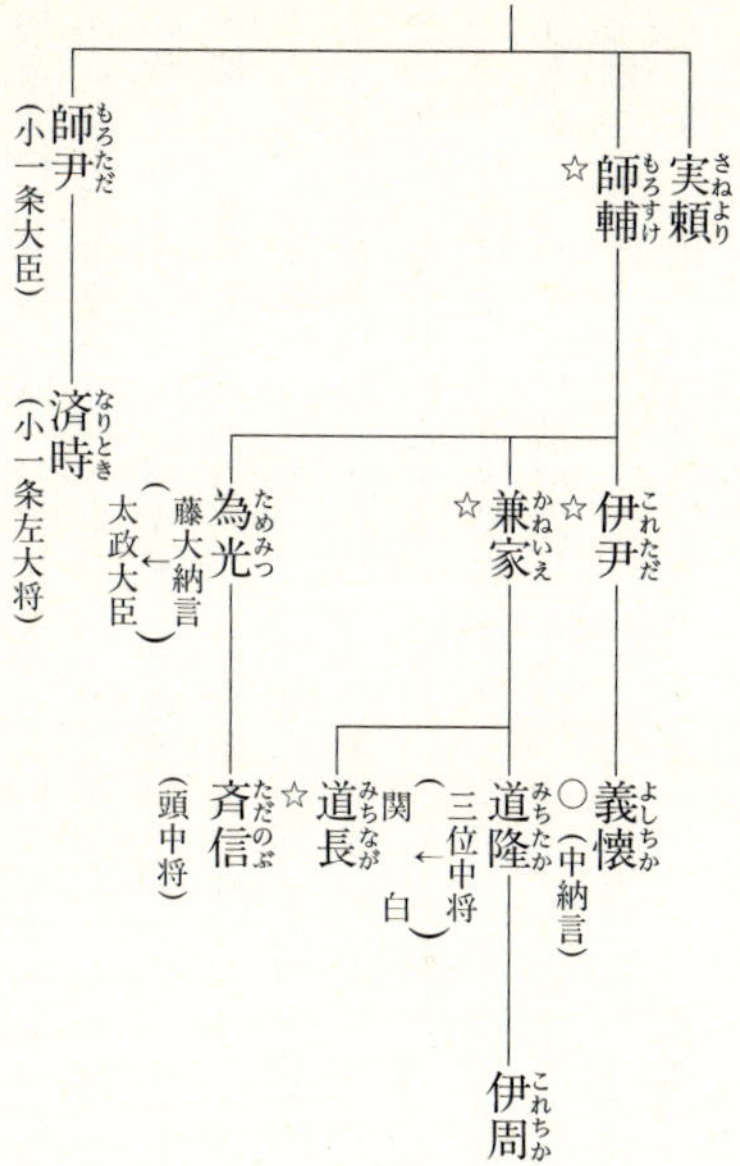

第三十二段の出来事は背後に〝叔父の兼家と甥の義懐〟の対立を持っていますが、舞台とな

った〝小一条大臣〟というのが興味深いといえば興味深い存在です。つまり、一つのポストを二人の兄弟で争った時、三番目の弟はどうしているのか、というようなもんだからです。〝小一条の左大臣〟藤原の師尹には兄貴が二人いて、この二人の激しい争いから師尹は（別に身を引いていた訳ではないけれども）ちょっと離れたところにいた。だからその結果、彼等の息子の代の時には〝小一条〟という家がある種の中立地帯になっていた、というようなものです。これと似たような立場にあるのが〝藤大納言《とうだいなごん》〟藤原為光。義懐の中納言の叔父であり舅であったこの人は後に太政大臣になっている（その息子が清少納言に〝いじめ〟を仕掛けた頭中将）。小一条左大臣も藤大納言もどちらも娘を帝の後宮に入れてはいるけれども、彼女達が男子を生むことはなかった。だから――彼等は出世をしなかったのかというとそんなことはない。師尹は小一条の左大臣だし、藤大納言は太政大臣で、ちゃんと出世をしている。〝位人臣を極めた〟と言う人がいたかどうかは別にして、はっきり言って彼等は〝位人臣を極めた〟の部類ですね。もっとはっきり言ってしまえば、この二人は権力争いの渦中に敢然と乗り込んで行った、という訳でもなくて出世の頂点まで行ってしまった、お公家さんの鑑というか典型のような人物ですね。訳の分からない話をしているとお思いになるかもしれませんが、貴族というものはそういうものなんです。

どういうものか？

〝なんにもしないもの〟です。

この時代の男達が女達からファッションでしか語られないというのは、その時代の男達がそういうものだったからですね。

平安時代に権力者は一人しかいません。誰かといえば天皇の祖父です。先の系図の〝☆〟がついている人物です。天皇の祖父の次に偉いのは誰か？　勿論天皇の母です。〝天皇の父〟というのは存在しないのですから、こういうことになります。極めて不思議な、そしてその実なんの不思議もない、日本的な権力構造がこの平安時代――摂関政治時代に出来上がるのです。

〝天皇の父〟が存在しないというのは、彼が死ぬか、もしくは出家遁世すると次の天皇が生まれるからですね。存在しない以上、天皇の父に権力はないんです。出家して譲位した上皇が「俺もまだ人間だ」と言い出した途端に〝院政の時代〟が始まるという、明治維新の大政奉還の芽は既にこんなところにあったというようなものです。

それではこの時代〝天皇〟というのはなんだったのか？

分かりません。少なくともそう答えるのが一番正解だと私には思えます。「この時代に誰が権力を持っていたのか？」ということになった時、真っ先に排除されるのが天皇という存在であるという、そういうヘンテコリンなものがこの時代の天皇だったからです。天皇の役割は一つしかありません――誰かを権力者として認定する、即ち機構を成立させるシンボルです。

天皇がいればこそその機構は成立する。その機構があって初めて権力者は権力者となりうるという、そういうヘンテコリンな世界の成立土台が天皇なんです。どこかで天皇の置かれ方は〝女〟に似ています。「清少納言はそのことを知っていたのかいなかったのか？」の答が「どっちであっても別に関係ない」という不思議な答であったことを頭の隅に思い浮かべて下さい。

さて、その時代に一番偉かったのが天皇の祖父で、次に偉かったのは天皇の母（女院《にょいん》）だったということの内実です。天皇の祖父が最大の権力者であったのは、〃彼が、天皇の母の父〃だったからですね。平安時代という女の時代に、家父長制は生きています。娘を天皇のところへ嫁入りさせて男の子を生ませ、その孫に当たる男の子を天皇にすると〃彼〃は初めて〃天皇の祖父〃になる——話が妙にこんがらがっているように思えるのは、すべてが結果論を前提にして動いているからです。

娘が生んだ男の子が帝にならなければ、彼はただの〃高官〃ですね。その前に、娘が生んだ子供が男でなかったら、やっぱりそれでもまだ彼はただの〃高官〃ですね。その前に、娘が子供を生まなかったら、やっぱり彼はただの〃高官〃で、娘が宮中に上がらなかった、彼が娘というものを持てなかったら、彼はただの〃貴族〃であるというそういうものが、その孫が帝になった途端、全部ひっくり返る——孫が帝でありさえすれば彼はその後見《うしろみ》をする〃摂政〃であると。こうなって初めて、彼は〃位人臣を極める〃ことになるんですね。

一体なんでこんなに面倒なことをするんでしょう？　私にはよく分かりません。それは「なんで今の日本社会はこんなにもいかがわしいの？」という問の答を簡単に出せと言われているようなもんだからです。あなた、分かります？

まず、摂政と関白と太政大臣はどう違うのかということを説明しましょう。どう違うのか？

字が違います。読み方が違います。それだけです。それ以上の違いは、当時の貴族達には存在しても今の私達には関係ありません。天皇を補佐し、天皇にかわって政治の実際を執り行うのが摂政であって、関白の仕事であって、太政大臣のポジションだからですね。右大臣と左大臣を比べれば左大臣の方が上だけれども、その更に上にある摂政その他のポストは例外的に存在するポストだから、例外間の序列なんてあってないようなもんだし、ないもんだからです。摂政も関白も太政大臣も常置されるポストではない。これらが存在しない時の〝一番上〟というのが左大臣です。時として左大臣より上のポストを望むものがあって必要とされた時に登場して来るのが摂政であり関白であり太政大臣であって、その時その時の特殊状況の反映でしかない――ということは、摂関政治というのは〝例外的状況〟を普段の原則とすることによって成立していた、極めてヘンテコリンな時代ということになります。勿論こんな倒錯は当たり前ですよね。だって、すべての権力闘争は「未来に孫が生まれてその孫が天皇になる」という、未来予測を前提にして成立してるんですからね。もっと極端なことを言ってしまえば、ある人間（藤原氏の二人）が権力闘争を演じることによって初めて〝権力〟というものが成立するのがこの時代なんですね。

　はっきり言って、この時代には〝権力〟なんてものがないんです。だって平和な時代なんですもん。平和な時に権力を手にしたかったら権力闘争を起こすしかない――だから、権力闘争があって権力が生まれた――だからこの時代は、極めてのどかなまんま争い事は進行していたということになるのです。

話がメンドクサくなって来たので、一挙に簡単にしましょう。平安時代というのは「上の方で派閥争いやってるみたいだけど、俺達にゃ関係ないよなァ」と若手新人社員が言っているような世界です。この若手社員が大学出でＤＣブランドで身を固めて女の子達とアッケラカンと付き合ってれば、こりゃもう平安時代の蔵人・公達《ぼっちゃん》ですね。なんというつまらない時代なんでしょう。（なんというとんでもない解説なんでしょう！）

2　お嬢さまの時代

平安時代には〝新人類〟とか〝旧人類〟という言葉がなかったので、そのかわりに〝公達〟とか〝受領〟なんていう言葉を使っていた訳ですが、それではデザイナーズ・ブランドの服のことしか頭にない女好きのバカ息子と、派閥争いのことしか頭にない爺さん達とはどういう関係にあるんでしょうか？　勿論この二つが関係ない訳はありません。権力闘争の爺様連は、バカ息子が平気でバカ息子であれるような〝世の中〟という枠組を作ります――だから彼等は権力者なのです。そしてじゃァ、バカ息子は何をその世の中という枠組の中で担っているのかというと、話は昔も今も変わりません。花盛りの文化を演じているんです。ある意味で、平安時代の若者（公達）と平安時代の天皇はおんなじです。なんにもしないでいいかわりにいなくちゃ困るという、そういうヘンなもんだからです。爺さんが枠組を作ったところで、その枠組をそのまま演じてくれるゲームのコマというものがなければ世の中というものは単なる絵空事で終ってしまうからです。

若者は常に爺さんに踊らされているのです——というのは、あまりに近代的か現代的な考え方でしょう。何故かといえば、平安時代の権力者は権力者になるまではイヤラシイことなんかいくらでも平気でやるけれど、権力者になった途端平気で人格者に変わるからです。藤原道長が容赦なく政敵を蹴落として行ったことは有名ですが、同時に蹴落とした後の〝被害者〟に対する彼の〝寛大さ、やさしさ〟というのも有名です。何故でしょう？　なんてことは言うまでもありませんね。だって、平安時代は平和な時代だったんですもの。平和な時代の権力者は平和でなければ権力を維持することが出来ません。そうであればこそ、権力者は待望され歓迎されたんです。つまり、彼が権力者であるということは世の為人の為に必要なことだったんです。つまりバカ息子と権力爺さんは持ちつ持たれつだったんですね。

世の中がこのように持ちつ持たれつになっていたのならば、世の中の中核をなす〝お父さん〟という人種は全部この中におさまります。中流貴族というヤツですけどね。

こんなところで今更お断りもなんですが、まさか私に陳腐な平安時代文学論なんてものを期待なんかしてないでしょうね？　あんなもんは女のやることで、ここが〝男の領域〟だってことはこの文章の一番初めに書いてあるでしょう。(お気の毒様)

平安時代の〝お嬢様〟は、言ってみれば食虫植物の〝花〟です。虫をおびき寄せるものです。

勿論その〝虫〟は若い男です。若い男が食虫植物に捕獲されることを〝婿《むこ》になる〟と言います。斯くして食虫植物そのものである男の貴族は生きていけるのです。天皇とその外祖父の外戚である摂政関白と女御更衣は、そういう関係にあります。一番テッペンがそうならその下だってやっぱり上を倣います。

平安時代の屋敷の相続権が親から娘へと続いて行ったというのは有名な話ですが、花だけで根がなかったら、その花は食虫植物にはなれないというだけです。貴族に娘と息子がいたら、屋敷はまず娘に譲られる。息子は「どっかいい玉の輿探してこい」と言われてポンとほうり出される。そういう男を引きずり込む訳ですから、女の方はやっぱりそれ相応の構えというのを有してないとまずい訳ですね。娘に立派な邸宅が譲られるのは娘の素晴らしい特権なのか、それとも彼女が家屋敷に縛りつけられることなのか、それはどっちか分かりません。縛るもので も雨露がしのげる庇《ひさし》がある分幸福なのかもしれません。

女は家を持っていて男を引き寄せて、男は女の家に転がり込むことによってその家屋敷を自由にする。婿が出世すれば女の父は潤うという、なんという素敵なお嬢様の時代でしょうか。ゾッとするような話です。

家屋敷を相続した娘は有力な婿を持っている。その婿がその家に居つけばその家は婿のものになって、そこで生まれた娘へと受け継がれて行く。その婿がもしも、その家に居つかなかったら、その相続権を持った娘は、立派な家屋敷と蜘蛛の巣を友として、又再び静かに男の来るのを待ち続ける。という訳で、平安朝の女流文学のある部分は成立する訳ですが、なんとこわい話でしょうか……。

勿論爺さんが若い有力な婿を必要とするのは出世の手蔓を得る為ですね。というところでやっと話は本題に入って来ました。

平安時代の貴族というのは、全部国家公務員です。こんなことお分かりですね？　彼等はすべて官僚であり政治家なんですね。

ところで一体、その官僚であり政治家である王朝貴族の彼等は、一体どんな仕事をしてたんでしょう？　どんな政策を立ててどんな統治をしてたんでしょう？　答は謎です。

彼等が派閥争いの人事と、お祭りのセレモニーと、女遊びにうつつをぬかしていたことは有名ですが、何をやっていたかということになると、幸いにして私は不勉強なもので、なんにも知りません。まァ、こういう発言自体が政治家や高級官僚にとっては不思議なことでしょう。何故かといえば、彼等の最大の仕事は、組織人事と私腹を肥やすことでしかないからです。それ以外の仕事があるのはもうほとんど〝破天荒な一大事〟。そういうことがなかった故をもってこの時代は〝平安時代〟と呼ばれている訳ですから、実際彼等はなんにもしなかったんです。する必要がなかったんです。だから文化が花開いたんです。文化というのはそういうもんです。余剰を基盤にして豊かさは花開くんです。だからそれでいいんじゃないのと、この平安文学の現代語訳者は半分ヤケクソで思うのでした。

3 日本株式会社の源流――位階制度

平安貴族の最大の仕事は人事で、その最大の関心事は人事異動です。寄らば大樹の蔭で、大樹に近寄る手蔓として〝お嬢さま〟は存在するのでした。ここでは〝能力〟というのはまず関係ありません。なにしろ事件が起こらないのだから、それを解決する能力なんてのは不必要なんです。唯一起こりうる事件は一番上にいる藤原家の兄弟喧嘩・叔父甥喧嘩ですから、それを解決する能力は〝あくどさ〟だけです。

閑話休題。

平安時代のことで一番分かりにくいのは、朝廷の官職と衣服のことです。どちらも言葉ばっかり氾濫して分かりにくいったらありゃしない、です。官職を表わす言葉はまるでファッションを語る言葉のようだし、衣服を表わす言葉はまるで公式行事を語るような煩雑に満ち満ちています。という訳で、官職はファッションであり、ファッションは官職であるようなものなのです。

たとえば以前の話で清少納言女史は〝弁官《べんかん》〟の説明に困っておりました。という訳で私はここでその説明をしなければならないのですが、私に出来る〝弁官〟の唯一の説明は「訳が分からない」です。多分これが一番正確な説明だと思います。

平安時代の朝廷の職制を図にすると次のようになります。

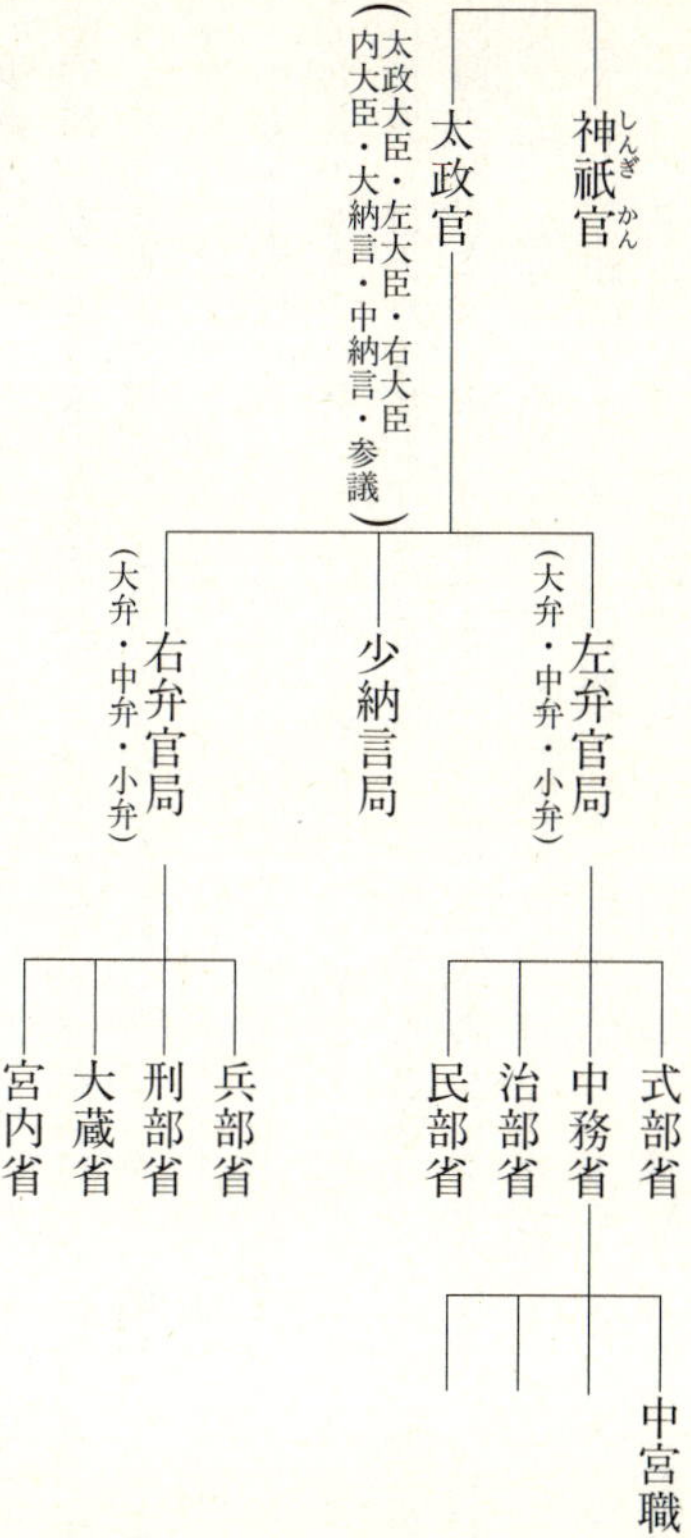

朝廷はまず〝神祇官《しんぎかん》〟と〝太政官《だじょうかん》〟の二つに分かれます。王朝時代の政治は〝祭政一致〟ですから、神事儀式を司る神祇官があるのは当然です。これを除いた太政官が〝俗の世界〟――即ち私達が考える〝政府〟ですね。ここには太政大臣以下参議までの上達部《かんだちめ》（公卿）が属します。勿論太政官というのも役所の一つですから、ここにはNo.《かみ》1・No.《すけ》2・No.《じょう》3・No.《さかん》4の四階級が

ありま す。No.《かみ》1に相当するのは大臣で、弁官局の弁クラスとそして少納言が〃太政官局のNo.《じょう》3〃なんです。

表を見ていただければお分かりになると思いますが、〃太政官〃というのは〃太政官局のNo.《かみ》1・No.2《すけ》クラスのいるところ〃で、その下にNo.《じょう》3の弁官局（当時の役所の多くがそうであるように〃左右〃に分かれている）、少納言局が来て、ここが〃八省〃と呼ばれる各省をたばねるところです。少納言局というのは〃書記局〃のようなもの、弁官局というのは太政官の下部組織である〃事務局〃のようなものと考えればよいのでしょう。

そうしたところで次は、その弁官局とたばねられる側の八省との関係です。これは図にすると〃下〃になりますが、別に下にあるものではないんです――というヘンな話です。弁官局の大弁・中弁・小弁は、みんな太政官局のNo.《じょう》3ですが、その下の各省にだってそれぞれNo.《かみ》1・No.《すけ》2・No.《じょう》3・No.《さかん》4があり、その下の〃職《しき》〃にだってNo.《かみ》1……があります。まァ、異様に管理職の多い世界ではありますが、弁官局のヘッド〃大弁〃とその下の中務省《なかつかさしよう》のNo.《かみ》1と、その下の中宮職のNo.《かみ》1とでは誰が一番〃エライ〃のかということになりますと、これは中務省のNo.1〃中務卿《なかつかさのかみ》〃が一番エライんです。エラさの順序としては〃中務のNo.1〃〃大弁〃〃中宮のNo.1《だいぶ》〃の順です。下部組織のトップと上部組織のトップを比べれば上部組織のトップの方がエライ――これがピラミッド構造の原則ですね。ということは、事務局である弁官局は各省の下に来るということになります。

組織の系統図だと、

太政官――弁官――中務省――中宮職

という具合になるんですが、どうも実際は、

　　中務省――中宮職
太政官┤
　　弁官局

であったようです。〃ようです〃などという心細いことを言っていますが、どうも心細くならざるをえない話が続きます。

第五段で中宮定子が御幸した〃大進《だいじん》生昌〃の兄さんというのは、元の中宮大夫《だいぶ》（＝No.１）で〃中納言〃でした。中納言というのは太政官のNo.３《じょう》である大弁よりも上です。太政官局のNo.２《すけ》が中納言なんですから。

ヘンというのはここで、中務省のNo.１《かみ》よりも下にあるのが中宮職のNo.１《かみ》（大夫《だいぶ》）であるにもかかわらず、このポストに中納言というポストにある人物が就くということもありだ、ということです。

そうなるとどうなるでしょう？

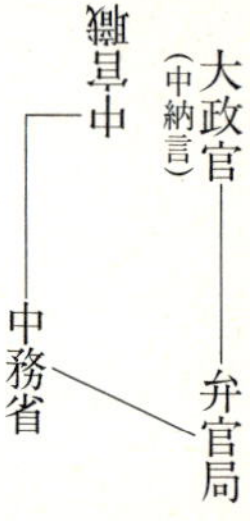

という訳の分からない構造になります。

平安時代は貴族制の時代なんだから当然身分制で、だから組織人事もピラミッド構造で出来上がっているんじゃないか？　というのが現代人の期待ですが、どうもそうではないんです。官職の組織は妙に歪んでおります。歪んでいるけれども、じゃァ上下の区別はないのかと言ったら、ここには歴然とあります。私はタネを隠して手品をやってたようなもんです——というのは「中務のNo.1と大弁とではどっちがエライのか？」という、その〝基準〟はなんなのかということをまだ言ってないからですね。「どっちがエライのか？」という話になって「こっちがエライ」という答が出来るのなら、その答を生む〝基準〟というのがあるからです。

その基準が〝位〟——官位《かんい》です。平安時代、国家公務員である筈の貴族達にとって一番重要なのは官職《ポスト》ではなくて〝位〟なんです。〝一位、二位〟の位。〝五位以上は殿上人、三位以上が上達部〟の、その〝位〟です。私達の頭は「どの官職に就いたらどの程度の位」という風に解釈しますが、そんなことを考えたら平安貴族に笑われるだけです。彼等は「どの位についたらどの官職がふさわしいか」としか発想しないからです。ここには論功行賞の基になる〝能力〟とか〝貢献〟とか〝労働〟というものの意味がありません。位があって官職があるのであれば、能力なんて関係ないからです。能力を問題にされるのなら、それ即ち出世とは無縁の下ッ端に属する人間であるという、それだけの話です。ひょっとしたらこの時代、才気とか能力を買われた人間達がいたとするなら、それは清少納言や紫式部を始めとする女房――つまり女性だけだったのかもしれません。

すべての貴族は位を持ち、その位の上昇をこそ出世と言うのです。ポストはそれに付随するものだから、組織の系統図があって、それぞれの組織に管理職ポストがありさえすれば、その組織間の上下なんかなんの問題にもならないんです。能力とは関係ないところに位というものがあるのが正しく〝貴族〟で、能力を認められて僅かばかり位が上がるのが〝中・下級貴族〟なんです。

貴族には二種類が歴然とあります。そのことは官職を見ている限りでは分かりませんが、官位の秩序を見ればもう、歴然です。

平安時代の官職《ポスト》は、官位に応じて与えられます。このことを〝官位相当《かんいそうとう》〟と言います。官位は重要なものですからこの件の〝人事異動〟だって勿論あります。第二段に白馬節会《あおうまのせちえ》が出て来ますが、官位に関する人事異動はこの一月七日の白馬節会の前に行われて〝叙位《じょい》〟と言います。だからその次の日の一月八日には〝お礼の牛車を走らす〟んです。

後のページの官位相当表を見れば明らかですが、太政官の参議と大弁の間にはくっきりと一本の線が引かれます。三位以上が上達部で、その下の四位である参議はやはり上達部なのです。

この件は五位の殿上人と蔵人の関係に同じです。六位で蔵人になり、五位になって蔵人であることを終えて（蔵人の五位）、その後は国司（受領）になるのが、平社員──→定年間近──→課長──→定年コースなら、参議はそれの〝部長版〟というようなところでしょうか。弁官局はこの参議の下にあります。出世出来る人間ならこの上に当然のように行ける。出世しない人間ならここが一つの終着点の目安になる──そんな位置が弁官局です。役所又は会社の課等で、下の方は専門の事務職、上の方は別に専門とは関係のない管理職コースになっているという、そこら辺を露骨に表すのが大弁と中弁の間にある四位・五位の線ですね。言ってみれば、五位が貴族としての人並、四位が貴族としての人並以上──そんなもんです。外記《げき》・史《し》というのはそれぞれ少納言局・弁官局に所属する事務員です。殿上人じゃない人達というのがここにいます。例の大進生昌もここです。彼の兄さんの〝中納言〟は、こうして見るとずいぶんの出世で、この人が兼任するのが中宮大夫《だいぶ》です。官職は官位に相当するのですが、適当な官職がない時は下のポストにもなります。第三十二段の小一条邸に現れた後の関白である〝三位中将〟は三位でありながら中将なんですね。中将は従《じゅう》四位相当ですから。

申し遅れました。官位（位階）は一位から始まって初位《そい》まで。一位から八位まではそれぞれ〝正《しょう》〟と〝従《じゅう》〟に分かれて、四位から八位まではそれが更に〝上《じょう》・下《げ》〟に分かれます。初位になると〝正・従〟ではなく〝大・小〟で、ちゃんと区別はついています。

三位中将というのは、初めに家柄があってポストがある典型ですね。年頃でいけば中将なのに、家柄分でワンランク・アップ──だから三位中将なんです。基準が官位であって、位とな

官位相当表

	位階		太政官	その他
	一位	正一位	太政大臣	摂政・関白・内覧
		従一位		
	二位	正二位	左大臣・右大臣	蔵人のNo. 1＝別当
		従二位	内大臣	（左大臣が兼任）
↑この上、上達部	三位	正三位	大納言	
		従三位	中納言	
（参議は上達部）	四位	正四位上 正四位下	参議	中務No. 1＝卿
		従四位上 従四位下	大弁	近衛中将──→（頭中将）・中宮大夫
↑この上、殿上人	五位	正五位上 正五位下	中弁──→ 少弁	（頭弁）
		従五位上 従五位下	少納言	五位の蔵人
（蔵人は殿上人）	六位	正・上下	大外記・大史	六位の蔵人
		従・上下		中宮大進（従六位上）
	七位 八位 初位	正・従・上下 正・従・上下 大・少・上下	少外記・少史	

──和田英松著・所功校訂『新訂・官職要解』より──

ったらもう能力とかなんとかの問題じゃありません。職務《ポスト》・労働・能力——それがこれほど無関係な世界というのはないんですね。基準が位であればそこから生まれるものは唯一つ、それをどう現実社会の組織にはめこんで行くかという〃人事〃だけです。だから政治とは人事であって、その決定された人事による政治はなにもしないいんです。何も生まずに既成に対応して行くこと、ただそれだけがこの時代の〃男の社会〃なんです。そしてここには〃宮仕え〃という名で働く女達もいる。彼女達もちゃんと昇進とそういう内規によって位置づけられている。女のシステムは女のシステムで又ちゃんとそういう内規がある訳で、ここでは男女が平等なんです。実質がないから平気で平等でいられる、というようなもんです。これが日本の根本ですね。

日本で位階制を始めたのはご存じの聖徳太子です。この人の二大業績というのは、日本史を勉強した人なら無理矢理暗記させられる〃十七条の憲法〃と〃冠位十二階〃で、十七条の憲法の方はなんとなくその必然が理解出来ますが、冠位十二階の方は丸暗記のかなたへ消えて行きます。人間というのは正直なもので、忘却のかなたへ消えて行ったものに大した意味があるとも思いませんし、覚える時に「よく分かんない……」と思うものは〃重要じゃない〃という付箋《せん》《ふ》がついて忘却行き、という段取りは初めから出来ているようなものです。大体〃十七条の憲法〃そのものがいつの間にか「どういう意味がある訳？」で消えて行ってしまって、明治の帝国憲法・第二次大戦後の新憲法となって登場する為の、ロマンチックな歴史の伏線のようなものでしかない訳で、覚えてる方がそういうもんなんだから、忘れちゃった方なんか全然どってことがないもんなんだろう、ということになるんです。ところがここでもう一つ別の重要というのは、人間というのは特別なものなら気にかけるが、当たり前のものなんか気にもかけないという特質があるということです。なんにも知らない人だと、〝十七条の憲法—→律令制古代国家の成立—→摂関政治〟と記憶の道筋が出来上がっている訳で、〝冠位十二階〟なんぞというものは痕跡もとどめません。痕跡をとどめないのも道理、それは膨大に広がって〝当たり前〟という酸素になってしまったからです。日本というのはひょっとしたら政治史なんていうものの歯が立たない国なのかもしれませんが、十七条の憲法—→律令制古代国家の成立—→摂関政治—→院政—→鎌倉幕府なんぞという風に続くと、いつの間にか律令制国家は消滅しているような錯覚に陥ります。こんなもん、勿論間違いですね。徳川幕府という明治まで続いていた武士政権のトップは〝征夷大将軍〟という、律令国家の官職なんですから。そういう官職があるんなら、勿論そういう制度はあるんです。そしてこの〝官位〟というものは律令国家よりも古いんです。

聖徳太子の十七条の憲法は〝理念〟ですね——「みんな仲良くしろ」とかね。理念があると当然そこからは現実が生まれて来ると思うのは、近代人の錯覚であり願望ですね。早い話、そんな大昔に突然理念があったから目立っただけ、というのが聖徳太子の十七条の憲法です。理念と実質は関係ないんです。日本という国では、実質が理念と化して行って、理念は〝当たり前〟となって見えないままにズーッと続くんです。冠位十二階は、一切の能力制をはねとばして、千四百年は続いたんですね。終身雇用の年功序列と化してね。戦時ではない、平時の日本の秩序は、全部ここに行っちゃうんですね。

聖徳太子が冠位十二階というのを定めたのは、まだ日本が国家官僚の組織を持たなかった時代ですね。律令制の〝令〟が官僚組織を規定している訳ですが（〝律〟は刑法）、冠位十二階はその以前です。天皇を中心にする豪族達の階層社会を作る――それが聖徳太子の目指した古代国家の確立な訳ですが、冠位十二階が官位十二階でないのは、十二の等級とそれぞれに対応する〝冠《かんむり》〟が制定されていた為です。極端なことを言ってしまえば、字が読めないような程度の人間達に、誰がどういう順序でエライのかを分からせる為には具体的なものがなければならない――その結果〝冠〟が登場したんです。エライ順に冠を変えていけば、誰がどういう順でエライかは、見ただけで分かる――だから、ピラミッド組織を作る為の〝エライ〟という概念は冠によって植えつけることが出来る。「実質は理念を生むんだからまず実質を作れ！」というのがこれですね。古代の政府の原始段階はこのように形成されて、その上で完成された中国の官僚組織の導入――律令制ということになるのです。

さてそこで不思議というのは、どうして律令国家で官位（位階）というものがなくならなかったのか？　ということです。秩序立った組織が出来て、そこでなお〝エライ〟という概念が必要ならば、その官職《ポスト》にエラサを吸収してしまえばすむことなんですからね。部長だからエライ、局長だからエライ、専務だからエライという肩書の位階は現在もちゃんと成立している訳ですからね。ところが、律令国家になっても位階制度は消えないんですね。かえって確固とした見えない秩序として根を張って行くんですね。それはちょうど、官職というきらびやかな衣裳が複雑巧緻になって行っても、その衣裳をまとう身体は消滅しないのと同じことです。官職がファッションで、「ファッションが重要である時代」という意味はお分かりになりますでしょう？　制度が形骸化した時代なのではなくて、形骸化することによって初めてそれを着こなせたのが会社的日本人の原型、平安時代なんですね。

　聖徳太子の時代、冠位十二階にはそれぞれ名前がついていました――徳・仁・礼・信・義・智の六段階がそれぞれ〝大・小〟に分かれて十二階。律令国家が出来て官僚組織が出来上がると、いつの間にか〝それぞれの冠〟も位についている名前（儒教理念の体現ですが）も消えてしまって、ただの序列（一、二、三……）です。衣裳として登場した〝冠位〟が、官職という本格的な衣裳の制定と共に、それを着る人間の等級に変わって行くんですね。人間はまず位を持ち、それに官職《かたがき》という衣裳を着る――位こそが人格であるというのは普通の人には理解し難いことですが、〝会社人間〟にとってこれは当然の前提ですね。日本的な〝会社〟というものの本質は、平安時代に律令制度の日本化という形で作られたんです。理念を〝冠〟という実質によってとりあえず定着させようとした聖徳太子の方策はどうやら裏目に出て、実質がなければ理念が分からない、制度がなければなんにも出来ない〝官僚〟ばっかりが生まれちゃったみたいです。人間に等級をつけるのは、ある限定された時代における一種の方便だった筈ですが、それが理念の衣裳（大徳・小徳・大仁・小仁etc）を剥ぐことによって、単なる〝等級〟と化した。そして、その等級がなければ自分のポジションが分からない――内からではなく外からしか自分というものを把握出来ない人間を積極的に作り出すことになって、〝社会〟というものはそういうものになってしまった。位という身分によって人間が固定されている社会でありながら、その身分が定期昇給のように上がって行く——だから固定されていないという、ヘンテコリンな自由さを可能にしてしまったんですね。

4　テレビ局と清涼殿

日本というのは不思議な国です。〝庇《ひさし》を貸して母屋《おもや》を取られる〟ということわざがありますが、その実は違いますね。〝庇を貸して母屋はそのまんま〟ですものね。第七十三段に中宮職の御曹司に移った中宮定子が廂《ひさし》を建て増す話が出て来ます。母屋《もや》には鬼が出るからだそうですが、鬼退治もせずに取り壊しもせずにただ廂を建て増してそれに孫廂をくっつけるというやり方をするなんてところは、さすがになんにもしない平安時代人の典型です。

平安時代は、だだっ広い御殿に廂の間という〝一角を仕切った小部屋〟が登場して来る時代です——ついでにこの時代、まだ部屋の中に壁はありません、壁となるべき仕切りは、みんな半透明の格子で、格子と簾と几帳という〝半透明〟が仕切りでよかった中間の時代です。で、その平安時代——平気で孫廂という付け足しですべてをすませてしまう時代を特徴づける官制は、なんと言っても〝令外官《りようげのかん》〟です。令《りよう》の外《そと》——律令制度の令の規定外のものが付け足されるんですね。令外官の時代は規定外の土地所有、即ち〝荘園〟の時代でもあるんですが、土地の話まで手を広げるとあまりにも平安時代が現代になりそうなのでやめましょう。

　平安時代の権力者・摂政関白とその他はみんな〝例外的な存在〟である、平安時代はその例外的な存在が当たり前のものとして存在していた時代だということは前に言いましたが、この〝例外的な存在〟こそが令外官です。「エライ人がいた方がいいね、エライ人はもっとエライ方がいいね」という願望が、本来ならば、これが頂上である左大臣の上に、太政大臣・摂政・関白というポストを作ります。摂政だの太政大臣だのというのは、そもそもが皇太子のポストではあったんですが、いつの間にか臣下組織の範囲を超えてエラクなってしまった臣下（典型的なのが天皇の母親の父である〝外祖父〟という名の〝民間人〟）のポストになってしまいました。〝摂政〟というのは、天皇が女性であったり幼少であったりした時に政治を補佐代行する人間のことで、この初めは聖徳太子ですね。〝関白〟というのは、天皇が成人した時にいる摂政のことです。ここら辺でもうおかしくなるんですが、まともな頭で考えると「〝成人する〟ということは摂政の類を必要としないことなんじゃないの?」ということにもなるんですが、どうも現実の人間関係というのはそう簡単には行かないようです。現実の人間関係にはいつだって〝特別〟という存在がいたりして、それを無理矢理位置づけようとすると、ヘンな言葉が氾濫するんですね。私が怒ってることぐらい、お分かりでしょう?

　摂政というのがあって関白があって、もう一つ太政大臣というおんなじ役割のポストがあります。天皇が成人したら摂政が関白になる。天皇が成人したら別に摂政も関白も必要ないじゃないかというこちらのイチャモンを取りあえず置いておいて、まァ、天皇がいて摂政がいます

――だとすると当然、摂政には補佐なんかいりませんよねェ？　幼少の天皇を立派に補佐出来るだけの実力を持った人が〝摂政〟になっているんですから。ところが、摂政がいると、今度は同時に太政大臣もいるんですね。前に出て来た〝藤大納言〟の藤原為光――この人は後に太政大臣になるんですが、なんとこの人の上には〝兄貴の息子〟である甥の道隆（定子・伊周兄妹の父）が摂政としているんです。道隆が無能だった訳じゃない。そして多分、藤大納言の為光が有能だった訳じゃない。「いいポストは一杯あった方がいい」という、上級職のインフレですね。ズーッと前に註で、一杯重ねて着る袿《うちぎ》の一番上が表着《うわぎ》になって、表着が出来たら下の袿との間に区別が必要になって、表着と袿の間の〝打衣《うちぎぬ》〟というのが生まれたというのがありました。藤大納言が出世した結果の太政大臣は、この打衣なんですね。さすがに十二単の時代ではあって、十二単と呼ばれるファッションそのものが令外官の体現みたいなもんです。ポストの数だけが増大して行く時代というのは、大体なんの事件もなくてただ豊かになって行った時代ではあります。豊かさの結果だから、誰も内実なんか問題にはしないんですね。

建て増しの令外官――上は太政大臣ですが、豊かさは上だけじゃない、中にも下にも増殖します。中納言というポスト、これが〝中〟ですね。平安時代は〝中〟が生まれる時代です。冠位十二階が〝大徳・小徳〟の〝大・小〟二分、平安時代の位が〝正四位上・正四位下〟の〝上・下〟であるように、大体は二つに分かれて〝中〟というのはなかったんです（例外は弁官局の中弁ぐらいでしょう）。ところが平安時代は大少の納言に〝中〟が生まれます。これが令外官。〝頭中将〟の〝中将〟があるじゃないかとおっしゃるかもしれませんが、この大将・中将・少将というポストを持つ近衛府《このえふ》というのが令外官。平安時代は〝中〟が生まれるんです。私がここで、平安時代は会社の始まりで〝中流〟の始まりなんだと言いたがっていることぐらいお分かりでしょう？　そうなんです。〝中〟が出来て初めて、ポストの森は花盛りになるようなもんです。太政大臣と中納言と蔵人を取ったら、平安時代はずいぶん寂しいものになるでしょうという、その〝蔵人〟が勿論、令外官。

さて蔵人です。殿上人ではない〝六位〟という下ッ端貴族がスポットを浴びる唯一のポジション。別に蔵人で分からないところはもうなんにもないんですが、当たり前に平安時代であることの典型のようなこのポスト――実は蔵人こそが〝当たり前に平安時代である〟ことの秘密を握っているのです。

蔵人というのは天皇の身の回りの雑用係ですね。見方を変えれば、清涼殿のウェイターです。身分だってそう高くはない。高くはないけど、仕事場が殿上の間であるという理由だけで〝殿上人〟というぐらいとも優雅な名称を有している。何も知らずに〝蔵人〟とか〝殿上人〟という言葉を聞けばなんとなく優雅でカッコいい響きを感じてしまう。それはなんなんでしょう？　話を一足飛びにはっきりさせてしまうと、蔵人はテレビ局のアシスタント・ディレクターなんです。そして清涼殿の殿上の間というのは、そこへ行ければもう一人前の〝有名人〟というテレビ局のスタジオなんです。

今のテレビ局には何がある訳でもないけれど、昔の清涼殿には天皇がいた。天皇の役割は多分、そこにいて〝有名人〟を作ることだったんですね。

平安時代に人事しかなくて政治がなかった、そのことを典型的に象徴するのが清涼殿のクローズ・アップです。ここの殿上の間に人々（貴族という名の政治家官僚です）が集まって来ることがなんとなく政治活動になっているように見えるのが平安時代の清涼殿ですが、しかし清涼殿というのは天皇が寝起きするプライベート・パレスなんです。政治の場じゃありません。天皇に会うことが政治家にとっての仕事の一環ではあったとしても、清涼殿は政治家にとっての労働の場ではないんです。ここを労働の場にするのは、天皇に仕える蔵人と女房と、上《うえ》の御《み》局《つぼね》にやって来る〝夫人〟達だけです。だってここはプライベート・パレスなんですから。

もしも平安時代が、国家の組織が整備されていなくて、政治の実権を天皇が握っていて、何をやるにしてもまず彼の判断をあおがなければどうにもならないというような国家の原始時代だったら話は別です。会社は焼けて、これを建て直すのはワンマン社長の腕だけというんで、朝から晩まで社長の私宅が人の出入りでゴッタ返しているという、そういう状況と、平安時代の清涼殿は全然別です。組織の全部は出来て、摂政関白が政治の実権を握っていて、その下に太政大臣さえもいる屋上屋だか屋下屋だかの過剰時代に、清涼殿というプライベート・パレスが脚光を浴びるのはもう、重厚長大の〝総合誌〟が過飽和の状態に達して、芸能ジャーナリズム、写真週刊誌がジャーナリズムの屋台骨を支えるのとおんなじです。〝お付き合い〟だけが政治活動になったんです。

前に〝宮中〟というのは内裏のことで、その外側には〝大内裏〟というのがあるという話が出て来ました。こんな話が出て来るということは〝大内裏〟なんていうことを普通の人が知らないでいる、忘れているということですね。天皇というのは〝シンボル〟であるような支配者（というか統治者）ですから、この性格には公私の部分が二重にあります。普通の政治家なら、外に出れば大臣、内にあればお父さんですが、天皇は、政治の場に出れば政治家、天皇としてあれば祭祀のシンボル、自分の家にいれば自分という、三つの面があるということです。内裏と大内裏というのは、天皇の私と公、そして、内裏の中の天皇にも私と公がある、という訳です。

内裏は天皇の私的部分です。その内裏の中のプライベート・パレス清涼殿は〝私の私〟です。ということは、内裏にはもう一つ〝私の公〟であるようなパブリック・パレス——というかセレモニー・パレスがあるんです。この名前が紫宸殿。前庭に左近の桜、右近の橘のあるところです。徳川将軍の例で言えば、清涼殿は〝奥〟〝大奥〟であり、紫宸殿は白書院、黒書院で、内裏全体が江戸城。その周りに大内裏という丸の内の官庁街があるとなるとこれはもう江戸幕府の比喩では語れなくなって、現代で行くしかありません。つまり、平安時代の大内裏には現在の国会議事堂に相当する建物があったんです。平安時代になると「一体これはどこ行ったんだ?」ということにもなってしまいますが、奈良の平城京ではこれが中心でしたというのが内裏の外、大内裏の内にあった〝大極殿《だいごくでん》〟——これが天皇の〝公〟でした。天皇は自分の〝私〟の部分である内裏を出て、〝公〟の領域である大内裏の大極殿に行って、政治家としての仕事をしてたんですね。これが律令制本来の奈良時代。平安時代になって奈良から京都の平安京に移って、それでもやっぱり大内裏には大極殿があったんです。あったけれども、こんなものおよそ平安朝女流文学とは関係ない。帝はほとんど清涼殿の住人だし、時たま紫宸殿に出て行くぐらいのもの。平安時代の大極殿なんて、ほとんど武道館と化した国会議事堂のようなもんです。なんの意味もない。というより、ただのシンボルと化したスーパースター〝天皇〟の年に一度のリサイタルのステージみたいなもんです。（大極殿というのは〝国家の大礼〟を執り行う場所でした）

シンボルとしての天皇はスターです。そして、政治家とは国家のマネージメントを担当するものです。つまり、摂政関白とは天皇のマネージャーであり、天皇というスターにはマネージメント能力がなかった――だから彼はスターに専念した（せざるをえなかった）。

平安時代の天皇というのは、みんな若いんですね。清少納言の時代の天皇である一条天皇は、六歳で即位して三十一歳で譲位してます（譲位の年に死亡）。その前の花山天皇は十代の二年間だけですぐ出家（恋人が死んだから〝引退〟です）。六歳の天皇《スター》、恋人の死を悲しんで失踪しちゃう天皇《スター》――ほとんど、現代のアイドルスターですね。大体、一人前になると譲位させられちゃうのがこの時代の天皇ですけどね――結婚して男の子が出来たら奥さんの父親が「やっとワシの出番だ」と言って出て来るような。マネージャーにとっては小さなアイドルの方が扱いやすいんでしょうね。

スターはなんにも出来ないことによってスターなんだ、だから、自分なりになにかしたくなったらスターを辞めろ（引退しろ）というのは、今と千年前とを貫く、まったくおんなじ原則なんですね。

という訳で、スターに群がる人間達は「自分にはスターと接する特権がある！」と、そのことを誇る。それを誇れる人間達のことを貴族と言うんです。スターと接近出来る距離の序列を〝位階〟というんです。普通の人は〝スターに接する〟止まりだけれども、この世にはたった一人、スターの生みの親というのがいて（母親である〝女院《にょいん》〟）、そしてスターの育ての親という権力者がいる。スターを育てることが出来る朝廷という芸能プロの大マネージャーのことを〝摂政〟とか〝関白〟っていうんですね。

斯くして世界は芸能界なんだから、誰と誰がくっついたは大問題だし、ミーハー的知性はもてはやされるし、男はなんにもしないでカッコばかりだったという、日本の原型は既にここにあったんです。

《以下続巻》

〔本書は萩谷朴校注『新潮日本古典集成・枕草子』を底本にし、その他諸本を参照いたしました〕

本書は一九八七年九月に小社より単行本として刊行されたものです。

kawade bunko

桃尻語訳 枕草子 上

著者 橋本 治

一九九八年三月二五日 初版印刷
一九九八年四月三日 初版発行

発行者 清水勝
発行所 河出書房新社
東京都渋谷区千駄ヶ谷二-三二-二
☎〇三-三四〇四-八六一一（編集）
〇三-三四〇四-一二〇一（営業）
振替口座 〇〇一〇〇-七-一〇八〇二

デザイン 粟津潔

印刷・製本 三松堂印刷株式会社

定価はカバーに表示してあります。
落丁本・乱丁本はおとりかえいたします。

ISBN4-309-40531-2

貞女への道

橋本治 40317-4

懐しい歌謡曲にのせ、貞淑の論理にのっとって展開されるアイロニカルな現代の女性論、三島由紀夫の『反貞女大学』に対抗し、貝原益軒の『女大学』がこだまする、美しい皮肉にみちた全16章。

秘本・世界生玉子

橋本治 40320-4

“関係としての性愛”のあらゆる側面をとりあげ、空虚な時代を支配するセクシュアリティの隠された本質を暴く、最も過激な、セックスについての本。『桃尻娘』と並行して書かれた橋本治の原点をなす書。

ぼくたちの近代史

橋本治 40331-X

全共闘、高校生べ平連、新人類、ニューアカ、フェミニズム‥‥世代の原風景“原っぱ”を思考の中核におき、戦後の鬼っ子世代が遭遇した時代の諸相を徹底的に裁断する、疾駆する作家の高らかな昭和批判序説。

アストロモモンガ

橋本治 40332-8

1988年の近過去から1999年12月の近未来まで謎の美人占星術師マダム・フランソワーズ・ハヤサカのみ言葉に託してくり広げられる、抱腹絶倒、驚天動地の世紀末大予言！　奇才橋本治の言葉遊びの極限がここに。

詩集「大戦序曲」

橋本治 40335-2

35歳の春のある日、中国製の厚表紙のノートブックにほとばしるように綴られた著者唯一の詩集。絶世の美少年に仮託して表現されたこの絢爛たる美と悪の世界は、7年後光源氏の語りの世界に響きわたる。

シンデレラボーイ　シンデレラガール

橋本治 40344-1

「僕は15の時に時間を止めた。25歳で老人になった。そして31歳で時間軸がグルッと輪をかいた」——自分でものを考え、現実を本当に生きるために、運命を信じない運命論者＝橋本治が語りかける人生の実用書。

'89 上・下

橋本治 40401-4 / 40402-2

昭和が終わり、天安門事件が起こり、リクルート事件がピークを迎え、美空ひばりが死亡し、東西の壁が崩壊し、宮崎勤事件が発覚した節目の年1989年。この一年を読み解き、現代の意味を問う画期的な時代批評。

ナインティーズ

橋本治 40410-3

激動の1989年に続き、80年代バブルの崩壊、冷戦構造の崩壊、湾岸戦争の勃発があった90年から91年にかけて“続行中”の戦争に平行して書かれた刺激的な時評。90年代を乗り切る基礎体力を作る思想の参考書。

桃尻娘プロポーズ大作戦

橋本治 40440-5

にっかつ映画の原作である表題作に、テレビドラマ『ピーマン白書』、テレビ・ドキュメンタリードラマ『パリ物語』、ラジオドラマ『瓜売小僧』を加え、『桃尻娘』から派生した全シナリオを集めた傑作集。

流水桃花抄 橋本治掌篇小説集〔文藝コレクション〕

橋本治 40444-8

夢が誘導する物語の始原。詩のような、対話篇のような、小説のような、声と色彩の氾濫する宇宙。想像力の水源に浮かぶ鮮やかな、小さな花びらの数々。作家・橋本治の誕生を記す、初の短篇小説集。

女性たちよ！ 橋本治雑文集成＝パンセ1

橋本治 40454-5

ただひとり女性の内実に踏み入って女性を論じてきた著者の女性論集大成。“女の現在”を正確に描写し、時代の中でさまざまに浮上する女性にまつわる事柄を具体的にとりあげ、掘り下げ、正しく挑発する。

若者たちよ！ 橋本治雑文集成＝パンセ2

橋本治 40468-5

時代への痛烈なアジテーター橋本治のエッセンスを集めた雑文集成《パンセ》の第二弾。80年代、表層の豊かさのウラで進行していた精神の退廃をついて今日の病を予見した、若者に向けてのメッセージ。

太平記　全四冊

山崎正和〔訳〕　40281-X / 40282-8 / 40283-6 / 40284-4

鎌倉幕府の崩壊、つかのまの天皇親政、そして再び武家政権へ！　後醍醐天皇・新田義貞・楠正成・足利尊氏ら英雄入り乱れる中世史を描いた軍記物語の名作『太平記』を、読みやすい口語訳でおくる。

改訂版　新歳時記　春

平井照敏〔編〕　42031-1

春は、立春の日より立夏の前日まで。陰暦では大略、一月・二月・三月、陽暦では大略、二月・三月・四月とかさなる。山笑う、入学、メーデー、春場所、猫の恋など631季語をおさめ、さらに全季語の〈本意〉を収録。

改訂版　新歳時記　夏

平井照敏〔編〕　42032-X

夏は、立夏の日より立秋の前日まで。陰暦では大略、四月・五月・六月、陽暦では大略、五月・六月・七月とかさなる。土用、五月闇、夏休、ビール、冷奴、鯉幟など800季語をおさめ、さらに全季語の〈本意〉を収録。

改訂版　新歳時記　秋

平井照敏〔編〕　42033-8

秋は、立秋の日より立冬の前日まで。陰暦では大略、七月・八月・九月、陽暦では大略、八月・九月・十月とかさなる。夜長、十六夜、運動会、秋刀魚、敬老の日など559季語をおさめ、さらに全季語の〈本意〉を収録。

改訂版　新歳時記　冬

平井照敏〔編〕　42034-6

冬は、立冬の日より立春の前日まで。陰暦では大略、十月・十一月・十二月、陽暦では大略、十一月・十二月・一月とかさなる。小春、師走、山眠る、ボーナスなど563季語をおさめ、さらに全季語の〈本意〉を収録。

改訂版　新歳時記　新年

平井照敏〔編〕　42035-4

新年は、正月に関係する季語を集める。旧正月は陽暦二月だが、正月とのつながりで新年とする。門松、賀状、寒稽古など257季語に、全季語の〈本意〉をおさめ、季語論、行事一覧、総索引などを巻末に収録した。

万葉大和を行く

山本健吉　40270-4

万葉のふるさと——大和の地——の各所を訪ね歩いて、万葉の風土を体で感じ取り、国文学や民俗学の知識を生かしながら、日本人の心の原郷を味わい楽しむ紀行文。万葉関係の地図および写真を多数挿入。

考証・日本史

稲垣史生　47061-0

時代考証の第一人者が、日本歴史を彩ってきた数々の事件の謎に挑戦し、真実の姿を明らかにすべく、資料の克明な検討から出発して、時に大胆な推論を加えて描いた日本史探訪。「考証江戸奇伝」の姉妹篇。

百人一首故事物語　故事物語シリーズ

池田弥三郎　47068-8

百人一首は、ながいあいだ庶民に親しまれてきた身近な文学作品である。その一首一首を綿密に解釈・鑑賞し、さらにそれらの歌にまつわるさまざまな民間の伝承・故事を紹介した面白百人一首エピソード集。

ことばの中の暮らし

池田弥三郎　47087-4

なぜ、あきっぽい人のことを「三日坊主」というのか——庶民が育んだ諺や言いまわしを国文学と民族研究の手法で分析し、人々の美意識や道徳観・生活ぶりを浮彫りにした、楽しい言葉のフォークロア。

飛鳥ロマンの旅　畿内の古代遺跡めぐり

金達寿　47083-1

祇園祭で有名な京都の八坂神社をふりだしに、京都から大阪、奈良、飛鳥へと、神社、寺院、古墳など古代のいぶきをいまに伝える遺跡をたずね歩き、古代人の夢とロマンをさぐる遺跡めぐり古代史紀行。

古代日本文化の源流

金達寿　谷川健一〔編〕　47086-6

日本文化の北方渡来説の金達寿氏と南方渡来説の谷川健一氏が、古代文化ゆかりの地を訪ね、考古学、歴史学の専門家とともに日本文化のルーツに鋭く迫ったユニークな日本文化論であり、古代史論である。

日本史の巷説と実説

和歌森太郎　47118-8

ねずみ小僧、赤穂浪士、大岡越前守、天一坊、侠客と博奕打、勝海舟と榎本武揚——戦国から幕末維新の歴史を彩る有名無名の人物像の核心に迫る史談の傑作。痛快！　歴史人物おもしろ読本。

日本史の虚像と実像

和歌森太郎　47136-6

英雄・偉人、豪傑などの歴史的人物や大事件は、時代の権力と民衆がイメージをつくりつつこれを伝承してきた。本書は民族学者の目からその虚像のベールをはぎ、あわせて日本人の歴史意識を解明する。

最近日本語歳時記

稲垣吉彦　47147-1

アパマン・ＫＢＢ・天井ってる・ムリ若丸など、日常なにげなく使われていることばの意味、背景を探りながら、流行語、カタカナ語に焦点をあてて、ちょっとしゃれた文明批評を試みる“はやりことば歳時記”。

にっぽん歴史秘話

秋吉茂　47157-9

元朝日新聞記者が、北海道から沖縄まで自らの足でていねいに歩き、各地に埋もれた興味ぶかい史実・地元で語り継がれた秘話・人情あふれる逸話などを掘り起こした日本列島歴史紀行。旅を興趣豊かにする一冊。

中世内乱期の群像

佐藤和彦　47202-8

自由狼籍・下剋上の内乱の世紀を生き、闘い抜いた人々——足利尊氏・新田義貞・楠木正成・後醍醐天皇そして全国を遊行する一遍上人。彼らの生きざまを悪党・野伏・一揆というキーワードから民衆史に位置づける。

日本歴史の名言

百瀬明治　左方郁子　高野澄　47221-4

歴史は名言の宝庫である。平清盛の遺言、武田信玄の兵法の真髄、勝海舟の文明批評……。名将・高僧から庶民まで、その場その時に臨んで放った138の言葉。私たちの日々の生活を豊かにしてくれる名言で読む日本の歴史。

単行本

橋本治
hashimoto osamu
小説集成

1 桃尻娘

デビューから20年、橋本治待望の小説選集。第一巻は処女作『桃尻娘』。女子高生の口語体を大胆にとり入れ、リアルなストーリーにユーモアをまじえてベストセラーとなった異色の青春小説。 4-309-60371-8

2 その後の仁義なき桃尻娘

衝撃のデビュー作『桃尻娘』で世の大人の度肝をぬき、若者たちの大喝采を浴びた大河シリーズの第二作。浪人・榊原玲奈を中心に、磯村薫、木川田源一、醒井涼子の四人を主人公とした小説。 4-309-60372-6

3 帰ってきた桃尻娘

モモジリムスメこと榊原玲奈は、早稲田大学第一文学部に入学する。利倉くん、田中くんという新しい登場人物もまじえたキャンパス・ライフのお話。シリーズ第三作。

4-309-60373-4

4 無花果少年《いちぢくボーイ》と瓜売小僧《うりうりぼうや》

無花果少年こと磯村薫くんと瓜売小僧こと木川田源一くんが同棲する話。シリーズ第四部。それまでの一人称モノローグがここでは三人称小説になる、美しい男の子同士の物語。

4-309-60374-2

5 無花果少年《いちぢくボーイ》と桃尻娘

利倉くんと結婚したい榊原玲奈。もう一度木川田くんと暮らしたい磯村薫。第二部から続いた話は、主人公たちが大人になって一応の結末をみる。シリーズ第五作。 4-309-60375-0

6 雨の温州蜜柑姫《おみかんひめ》

醒井涼子を主人公としたシリーズ第六作。昭和の女版『坊っちゃん』と評される青春大河小説「桃尻娘」シリーズ、完結篇。

4-309-60376-9